The Big Clock
빅클락

옮긴이 이동윤

서울대에서 사회학을 전공했다. 미스터리 애독자인 그는 고전부터 현대, 본격 추리부터 코지까지 폭넓은 미스터리를 독자에게 소개하기 위해 번역의 길로 뛰어들었다. 옮긴 책으로 루이즈 페니의 『치명적인 은총』, 루스 렌들의 『활자 잔혹극』, 피터 러브시의 『가짜 경감 듀』가 있다.

THE BIG CLOCK (1946)
by kenneth Fearing

Korean translation copyright 2012 by Finis Africae Publishing House

이 도서의 국립중앙도서관 출판시 도서목록(CIP)은 e-CIP 홈페이지(http://www.nl.go.kr/ecip)와 국가자료공동목록시스템(http://www.nl.go.kr/kolisnet)에서 이용하실 수 있습니다. CIP제어번호 : CIP2012004904

The Big Clock
KENNETH FEARING

빅 클락

케네스 피어링 지음 | 이동윤 옮김

피니스
아프리카에

| 할머니께 |

| 차 례 |

미국 유수의 거대 출판업체,
재노스 엔터프라이즈 임직원 일부 명단

_ 발행인	얼 재노스 • 쾌활한 부자
	스티브 헤이건 • 상황 판단이 빠르고 인정사정 없다
_ 크라임웨이(Crimeways)	조지 스트라우드 • 편집 주간
	로이 코뎃 • 편집장
	시드니 키슬락 • 편집 보조
	헨리 와이코프 • 편집 보조
	버트 핀치 • 기자
	냇 스펄링 • 기자
	토니 왓슨 • 기자
	리언 템플 • 기자
	루실 • 비서
_ 뉴스웨이(Newsways)	필립 베스트
_ 퍼스낼리티(Personalities)	돈 클라우스메이어
_ 퓨처웨이(Futureways)	에드워드 올린
	에모리 매퍼슨
_ 홈웨이(Homeways)	재닛 클라크
_ 스포틀랜드(Sportland)	딕 잉글런드
_ 커머스(Commerce)	해리 슬래터
_ 패션(Fashions)	마이크 펠치
_ 더 섹스(The Sexes)	루엘라 멧칼프
_ 회계 감사부	앨빈 딜리
_ 금융 어드바이저	해밀턴 카
_ 사내 변호사	랠프 비먼

※ 일러두기
본문의 모든 주는 옮긴이 주입니다.

조지 스트라우드 I

내가 폴린 델로스를 처음 만난 것은 얼 재노스가 주최한 파티에서였다. 얼은 두세 달마다 꼭 이런 파티를 열어 회사 직원과 친구들, 친분이 있는 업계 거물들, 그 외 이런저런 사람들을 되는 대로 초대하곤 했다. 이번 파티는 이스트 60번가에 있는 그의 집에서 열렸다. 엄밀히 따지면 공개 파티는 아니었지만, 백여 명은 족히 되는 사람들이 몰려와 두세 시간 정도 파티를 즐기다 떠나곤 했다.

이날은 조젯과 동행했다. 파티에 도착한 직후 〈퓨처웨이〉의 에드워드 올린을 비롯하여 그와 함께 있는 사람들을 소개받았는데, 서로 친하게 지내는 사이 같았다. 그중에는 이름으로만 들어 봤던 폴린 델로스도 있었다. 이 조직에서 이 여성에 대해 들어 보지 못한 사람은 아무도 없었지만, 그녀를 실제로 본 사람은 소수에 불과했고 그녀가 재노스와 함께 있는 모습을 본 사람은 극히 드물었다. 그녀는 키가 컸고 연한 금발에 굉장히 아름다웠다. 그녀를 보면 본능적으로 함께 자고 싶다는 생각밖에 떠오르지 않았다. 머릿속에서는 절대 그래서는 안 된다고 되뇌고 있었지만.

"얼이 조금 전에 당신 이야기를 하던데요. 다른 사람들이랑 인사 좀 나누라고 하더군요." 올린이 말했다.

"예정보다 좀 늦었습니다. 사실 조금 전에 매킨리 각하랑 이십 분 가량 대화를 나눴거든요."

델로스는 약간 흥미를 느낀 듯 보였다. "그 분이 누구신데요?"

"윌리엄 매킨리 말입니다. 이십사 대 대통령이오."

"알아요. 아마 꽤 많은 불평을 들으셨겠네요." 그녀는 웃으며 말했다.

덩치가 작고 얼굴빛이 다소 어두운 남자가 큰 소리로 말했다. 내 기억으로는 아래층 어딘가에 있는 〈퓨처웨이〉의 에모리 매퍼슨이었다.

"회계 감사부에 매킨리처럼 깐깐한 사람이 한 명 있죠. 당신이랑 만난 사람이 그 친구라면, 분명 엄청나게 불평을 들었을 걸요."

"아뇨. 정말로, 문자 그대로 매킨리 대통령과 이야기를 나누느라 붙잡혀 있었습니다. 실버 라이닝 바에서 말이죠."

"대통령이 맞아요. 저도 함께 있었으니까요." 조젯이 말했다.

"그렇습니다. 불평 같은 건 늘어놓지 않더군요. 오히려 정반대였습니다. 요즘 일이 꽤 잘 풀리는 모양이니까요."

나는 이야기를 하며 웨이터가 들고 있는 칵테일 쟁반에서 맨해튼을 한 잔 더 집었다.

"물론 정식으로 계약을 맺고 흉내를 내는 건 아닙니다. 하지만 유명인사 흉내내기는 꾸준히 하는 모양이더군요. 그는 때로는 매킨리 대통령 외에도 홈스 판사올리버 웬델 홈스 주니어. 1841-1935. 미국의 법조인. 1902년부터 1932년까지 미국 대법원 판사로 재직했다나 토머스 에디슨, 앤드류 카네기, 헨리 워드 비처1813~1887. 노예제 폐지 운동을 이끌었던 미국의 성직자가 되곤 합니다. 그 영향력만큼이나 품위 있는 모습을 보여 주죠. 워싱턴이나 링컨, 크리스토퍼 콜럼버스로는 몇 번이나 분했는지 자신도 기억하지 못할 걸요."

"친구로 삼으면 굉장히 편리하겠네요. 그 사람이 누군가요?" 델로스가 말했다.

"무대에서 쓰는 가명은 클라이드 노버트 폴헤머스라고 하죠. 사업 관계로 몇 년 동안 알고 지내는 사람입니다. 게다가 절 자신의 대역으로 써 주겠다고 약속한 걸요."

"뭘 하는 사람입니까? 말만 들어서는 유령을 한 무리 불러내고는, 되돌려 보내지 못해 쩔쩔맬 것처럼 보이는군요." 올린이 마지못해 물었다.

"라디오 배우입니다. 시대를 막론하고 어떤 사람이든 소환해 낼 수 있는 사람이죠."

그리고 여기까지가 폴린 델로스를 처음 만났을 당시 일어난 일의 전부였다. 이후 늦은 오후와 이른 저녁 시간은 언제나 그러하듯이, 재노스 엔터프라이즈보다 더 크거나 작은 왕국에서 참석한 각양각색의 왕족과 신민들에게 둘러싸여 보냈다. 새로 인사를 나눈 사람들과 예전에 수차례 했던 대화를 반복했다. 조젯과 나는 백화점 재벌의 조카딸을 만나 이야기를 나눴다. 어쨌든 유산 상속에 조금은 권리가 있는 모양이었다. 수학계의 거두와도 이야기를 나누었다. 그는 수많은 계산기를 연결해서 하나처럼 사용한다고 했다. 세계에서 가장 큰 슈퍼 계산기라는 것이었다. 이로써 창안자의 이해 수준을 넘어서는 미지의 영역에 대한 계산을 할 수 있다고 했다. 나는 이렇게 말했다.

"아인슈타인보다 더 위대한 분이 되시겠군요. 그 기계가 있으면 말입니다."

그가 불쾌한 듯 나를 바라보는 모습을 보니, 순간 내가 조금 취했다는 생각이 퍼뜩 들었다.

"그렇게 되지는 않을 겁니다. 그 계산기는 순수하게 특정한 목적을 위해서 고안된 기계일 뿐이니까요."

나는 그가 세계에서 가장 위대한 수학자는 아닐지 몰라도, 가장 계산이 빠른 수학자라는 사실은 분명하다고 말해 주었다. 다음으로 만난 사람은 중앙 정치 무대에서 활동하는 하찮은 법률 사기꾼이었다. 그 다음으로는 재노스의 최근 작품인 이른바 사회평론가라는 사람이었다. 그리고 다른 사람들도 모두 빌어먹을 정도로 중요한 사람들이었고, 그들도 그 사실을 알고 있었다. 일부는 정치가나 학자들이었는데, 그들을 알아보는 사람들은 거의 없었다. 일부는 장래에 법망을 피해 달아나야 할 사람들이었다. 상당수의 미치광이들도 있었지만, 그들은 아직까지 혐의를 받은 적도 앞으로 그렇게 될 가능성도 없었다. 장래에 파산을 경험할 사람들도 있었다. 지금은 많은 사람들에게 알려져 있지만 10년이나 20년쯤 후 자살을 시도할 때에는 아무도 그들을 기억하지 못할 것이다. 매혹적인 잠재적 살인자들도 있었다. 정말로 훌륭한 어머니와 아버지들도 있었을 테지만, 내가 만났던 사람들 중에 그런 부류는 없었다.

빅 클락은 평소와 다름없이 움직였고, 이윽고 귀가할 시간이 다가왔다. 때로는 시곗바늘이 서로 경주를 벌이기도 했고, 때로는 전혀 움직이지 않는 것처럼 보일 때도 있었다. 하지만 그런 점은 빅 클락에 문제가 되지 않았다. 시곗바늘이 뒤로 움직일 때도 있었고, 두 바늘이 똑같은 속도로 움직일 때도 있었다. 이 시계는 앞으로도 지금처럼 계속해서 돌아갈 것이다. 다른 시계들은 모두 빅 클락을 따라 시간을 맞췄기 때문이다. 빅 클락은 달력보다도 훨씬 더 영향력이 컸고, 무엇이든 무의식적으로 이 시계에 맞춰 움직였다. 이런 모습을 비유하자면, 마치 계산기가 있는 사람이 손가락으로 셈을 하는 것과 같았다.

어쨌든 조젯을 불러 집으로 향할 시간이었다. 나는 언제나 집에서 잠을 잤다. 항상 그랬다. 때때로 다른 곳에 들를 때도 있었지만, 결국에는 집에서 하루를 마감했다. 철도 시간표에 따르면 집까지의 거리는 60.2킬로미터였지만 가끔은 6,020킬로미터가 될 수도 있었고, 그럼에도 나는 여전히 시간에 맞춰 집에 들어갔다. 얼 재노스가 어디선가 나타났고, 우리 둘은 작별 인사를 나눴다.

재노스의 크고, 혈색이 좋지만 어수선한 얼굴에서는 언제나 느껴지는 게 있었다. 어쩌면 그저 내 느낌일 뿐일 수도 있었다. 그의 얼굴에 항상 떠올라 있지만 그 자신은 오래 전에 잊어버린 것 같은 희미한 미소와 솔직하고 가식 없어 보이는 시선은 더 이상 사람을 진심으로 대하지 않았다. 그는 더 이상 빅 클락에 자신을 맞추지 않았다. 그는 그런 게 있는지조차 알지 못할 것이다. 어린아이 같은 눈빛 뒤에 숨겨진 복잡한 회색 두뇌는 평범한 세계에서는 존재하지 않는 무언가를 곱씹고 있었다. 최종적인 결론을 움켜쥐려 그 주변을 맴돌고 있는 것이었다. 그 결론은 그의 얼굴에 언제나 방치되어 있는 듯한 다정한 미소 같은 것과는 놀라우리만큼 달랐다. 그러다 마침내 결정이 내려지면 느닷없이 공격을 가할 것이다. 아마도 이전에 그랬던 적이 있었을 것이다. 분명 앞으로도 있을 것이고.

그는 조젯이 얼마나 아름다운지에 대해 찬사를 보냈다. 그 말은 진심이었다. 그녀를 보면 언제나 할로윈 축제가, 야구 역사상 가장 빠른 투구가 떠오른다고 했다. 그리고 그런 말을 하는 목소리에서는 평소처럼 진실되고 특별한 따스함이 느껴졌다. 이러한 면은 그의 제3의 인격에서 비롯된 것이었다.

"내 오랜 친구 콘클린 소령이 일찍 떠나서 유감이로군. 요즘 우리가 〈크라임웨이〉에서 하는 일이 마음에 든다고 하던데. 자네야말로 우리를 새로운 지평으로 이끄는 초능력이 있는 사냥개라고 말해 줬다네. 관심을 보이던 걸."

"그분을 만나 뵙지 못해서 아쉽군요."

"뭐, 최근에 래리가 망해 가는 잡지 나부랭이를 하나 인수했는데, 뭔가 하고 싶은 모양이더군. 하지만 자네처럼 실무 경험이 풍부하고 신중한 성격을 가진 사람도 그에게 도움을 줄 수는 없을 거야. 그에게 필요한 건 지관地官이거든."

"즐거운 파티였습니다, 얼."

"안 그랬던 적이 있었나? 잘 가게."

"이만 가보겠습니다."

"안녕히 계세요."

우리는 긴 방을 따라 내려갔다. 지극히 정치적인, 우아한 소동이 벌어지는 곳을 지나쳤다. 내일 일은 생각하지 않고 일찌감치 죽치고 앉아 파티를 즐기는 사람들을 정면으로 뚫고 지나갔다. 우리들의 등장에 한 커플이 갑자기 조용해지더니, 무력한 분노를 표하며 웃어 보였다.

"이제 어디에 가려고?" 조젯이 물었다.

"잠깐 어디 들렀다 가자. 저녁 식사는 해야 할 거 아냐. 그리고 당연히 집으로 가야지."

각자의 물건을 챙기러 갔다가 먼저 나와 조젯을 기다리고 있는데, 네 명의 사람들에게 둘러싸여 어둠 속으로 사라지는 폴린 델로스의 모습이 보였다. 그녀는 이 별을 버리고 떠나고 있었다. 그토록 무심한 태도로. 나는 언제든 다시 들러 달라고 텔레파시를 보냈다. 어느 때라도.

택시 안에서 조젯이 말했다.

"조지, 지관이 뭐야?"

"나도 모르겠어, 조지." 우리 가족은 서로를 같은 애칭으로 부르곤 했다. "얼은 사전에 한 번 수록된 말은 소매에 적어 놓고 누구보다도 빨리 써먹거든. 그래서 우리 보스인 걸 테지. 나중에 사전에서 찾아보라고 말해 줘."

조지 스트라우드 II

약 5주 후인 1월 아침, 나는 밥 애스펀웰이 아이티에서 보낸 편지 생각으로 머리가 꽉 찬 채 잠에서 깨어났다. 이 편지가 왜 하필이면 잠자리에 막 들려고 할 때 생각이 났는지 도통 알 수가 없었다. 이미 여러 날 전에 받았던 편지였다. 편지에는 온통 아이티는 얼마나 따뜻한 곳인지, 얼마나 안락한 곳인지, 그리고 무엇보다 얼마나 소박한 곳인지에 대한 이야기뿐이었다.

그는 아이티가 흑인들이 세운 공화국이라고 했고, 나는 꿈 속에서 밥과 내가 〈크라임웨이〉 내부에서 박해를 받지 않기 위해 백인 혁명을 계획하는 모습을 보고 씩 웃었다. 그리고 나는 정말로 잠에서 깨어났다.

월요일 아침이었다. 나는 마블 로드에 있는 내 집에서 아침을 맞았다. 중요한 월요일이었다.

로이 코뎃과 나는 4월호 대비 편집자 전체 회의 일정을 잡아 두었고, 사람들의 자존심과 상상력을 자극할 깜짝 선물을 준비해 놓았다. 빅 클락이 느긋하게 움직이고 있어서 나 또한 그에 보조를 맞췄다.

그런데 이날 아침 욕실 거울 앞에 서자, 오른쪽 관자놀이의 회색 머리카락이 약 5밀리미터가량 사라져 있었다. 이렇게 익숙한 환각은 매번 새로운 모습으로 나타났는데, 이번에는 천칭의 한쪽에서 곧 죽을 것 같은 모습으로 등장했다가 반대편에서 무력한 망령의 모습으로 사라졌다.

저쪽 책상에 앉아 종이나 오리고 있는 애처로운 백발 노인은 누구지? 딱딱하고 젊은 목소리가 들렸다. 그러나 나는 재빨리 그 목소리를 쫓아내고 다른 목소리에 귀를 기울였다. *임원실로 들어가고 있는 저 위엄 있는 학자 풍의 백발 신사는 누구지?*

그가 누군지 몰라? 조지 스트라우드야.

그가 누군데?

음, 이야기하자면 길어. 그는 철도회사의 총지배인이었어. 철도회사? 좀 더 미래지향적인 곳에서 일하게 해 주면 안 되나? 그럼 항공사 총지배인이라고 하지. 그는 처음부터, 초창기부터 이 분야를 주목해 왔어. 그런데 뭔가 일이 잘못되어 버린 거야. 정확히는 알 수 없지만, 굉장히 큰 추문이었어. 스트라우드는 대배심에 기소되었고, 너무 큰 사건이어서 신속하게 처리되어야 했지. 그래서 그는 자리에서 물러났어. 그 이후 그는 완전히 끝난 거나 다름없지. 이제 그가 하는 일이라고는 회의가 있을 때마다 회의실에 종이와 시가를 준비하는 것밖에 없었거든. 남는 시간에는 사무실에서 쓰는

잉크병을 채우거나, 여행 광고 전단을 새로 디자인하면서 지내고 있어.

회사에서는 왜 그를 계속 고용했던 거지?

뭐, 중역 몇 명이 오랜 동료에 대해 감상적인 생각을 품었었나 봐. 게다가 부양해야 할 아내와 딸도 있었거든. 잠깐 기다려, 친구. 이 이야기의 배경은 지금으로부터 몇 년이나 지난 후라고. 아이는 세 명으로 늘어났고, 아니, 네 명이었던 것 같아. 막내가 가장 영특했고 자기 아버지에 대해서도 정말 용감하게 굴었지. 아버지 말은 하나도 안 들었다니까. 그런데 그의 부인을 본 적이 있어? 두 사람은 내가 본 사람들 중 가장 헌신적인 노부부였어.

나는 얼굴을 닦으며 거울을 들여다보았다. 나는 어둡고 특징이 없지만 어떤 면에서는 호기심이 넘쳐 보이는 이목구비를 냉정하고 조용하게 보이도록 다듬었다.

"이것 좀 봐, 로이. 정말로 한 건 잡은 것 같은데." *어떤 일입니까?* "이거라면 돈이 될 거야." 나는 로이 코넷이 마르고 긴 손가락을 흔드는 모습을 어렴풋이 보고, 그가 요정과 도깨비가 사는 횡설수설의 세계로 진작에 도피했다는 사실을 알아차릴 수 있었다.

조지, 석 달 전에 이 건을 헤이건에게 가져갔던 것 같은데요. 그건 확실할 겁니다. 주간님이나 저나 목이 간당간당하다는 건 확실합니다. 그보다 더 심한 상황이죠.

"한계라니? 뭔가 알고 있나 보지?"

조직 내에 떠도는 일반적인 시각이 그렇다는 겁니다. 이 정도 말씀은 드려야 할 것 같아서요. 안 그렇습니까?

"나한테 그런 말을 해 줄 필요는 없어. 사실 난 일이나 계약 관계에, 거세된 새들로 가득찬 금빛 새장에 목을 맨 적이 없으니까. 난 지금이야말로 우리 마지막 패를 꺼내볼 때라고 생각하는데."

그렇다면 부딪쳐 보시기 바랍니다. 제가 기도해 드리죠.

"난 우리라고 했어. 어떤 면에서는 자네도 나만큼이나 계약에 매여 있는 처지일 텐데."

압니다. 내 말 좀 들어 보세요, 조지. 우리 셋이서 이 일에 대해 비공식적으로 이야기해 보는 건 어떻습니까? 주간님이랑 헤이건, 그리고 저 셋이서 말입니다.

"좋은 생각이야." 나는 전화기로 손을 뻗었다. "언제가 좋을까?"

오늘 하시겠다고요?

"당연하잖아?"

음, 전 오늘 오후에 좀 바쁠 겁니다. 하지만 스티브가 괜찮다면 오후 다섯 시쯤이 어떻겠습니까?

"다섯 시 사십오 분에 실버 라이닝 바에서. 술이 석 잔 정도 돈 다음에 이야기를 시작하도록 하지. 제닛 도너휴사에서 책을 대여섯 종류 내려고 하는 거 알지? 그냥 알아 두기만 해."

저도 그 이야기는 들었습니다. 굳이 말하자면 그쪽은 꽤 수준이 낮잖아요. 게다가 소문이 돈 지 일 년이나 지났습니다.

진짜 목소리가 상상 속 대화 장면을 산산이 부서뜨렸다.

"조지, 안 내려올 거야? 조지아가 스쿨버스를 타야 한다니까."

조젯에게 금방 내려간다고 하면서 욕실에서 나와 침실로 돌아왔다. 우리가 스티브 헤이건과 회담을 가진다고 쳐도, 그 다음에는?

이마 위에서 핏줄 하나가 벌떡벌떡 뛰기 시작했다. 사업가로서 헤이건과 재노스는 완전히 동일한 부류의 사람이었다. 헤이건은 날씬하고 섹시한 외모인데다 그의 혈관 속에는 피 대신 별스러운 신랄함이 녹아 흐르고 있다는 사실을 제외한다면.

침실에 있는 화장대 앞에서 머리를 빗었다. 사라졌던 머리카락이 되돌아와 평상시처럼 양쪽이 균형을 이뤘다. 헤이건 따위는 될 대로 되라지. 재노스에게 가도 되잖아? 당연히 되고말고.

빗과 브러시를 화장대 위에 놓아두고, 화장대 위에 팔꿈치를 기댄 다음 거울을 향해 입김을 불었다. "카드 패를 골라요, 얼. 패가 낮은 사람은 이십사 시간 안에 도시를 떠나는 겁니다. 패가 높은 사람이 모두 갖는 걸로 합시다."

넥타이를 매고 코트를 입은 후 아래층으로 내려갔다. 테이블에 앉아 있던 조지아가 평소처럼 콘플레이크 더미에 둘러싸여 있다가 무슨 생각을 한 듯 고개를 들었다. 아래쪽에서는 그녀의 발이 무료했는지, 가볍지만 꾸준하게 식탁 가로대를 쿵, 쿵, 쿵 차고 있었다. 창가에 놓인 식탁 위에 환한 아침 햇살이 쏟아져 은식기와 커피메이커 위에서 빛나면서, 조지아와 조젯의 얼굴을 돋보이게 했다. 접시들은 한쪽 벽에 붙은 서랍장에 반사된 햇빛을 받아 더욱 반짝였다. 서랍장 위에는 루이즈 패터슨의 그림 중 내가 두 번째로 좋아하는 작품이 들어 있는 호두나무 액자가 집 안을 떠도는 구름처럼 걸려 있었다. 반대쪽 벽에도 패터슨의 다른 그림이 걸려 있었고, 위층에도 두 점이 더 있었다.

조젯이 풍만하고 야성미 넘치는 몸을 돌려, 날카롭지만 다정한 관심을 담은 바닷빛 눈으로 나를 훑었다. 나는 아침 인사를 하고 두 사람에게 키스를 했다. 조젯은 넬리를 불러 계란과 와플을 가져와 달라고 부탁했다.

"이 오렌지 주스 말인데." 나는 주스를 마시며 말했다. "방금 오렌지가 자기들은 플로리다산이라고 말해 줬단다."

딸애가 믿지 못하겠다는 듯 놀라며 나를 바라보았다. "나는 아무 말도 못 들었어."

"그랬니? 이 녀석들 중 하나가 자신들은 잭슨빌 근처에 있는 큰 농장에서 왔다고 하던데."

조지아는 이 말에 대해 곰곰 생각을 해 본 다음, 단호하게 더 이상 생각하기를 그만두고 숟가락을 흔들었다. 정확히 20초 동안 침묵이 흐른 후, 조지아는 뭔가 생각난 듯 물었다. "이야기하던 남자는 누구야?"

"내가? 남자랑? 언제? 어디서?"

"지금. 위층에서. 조지가 당신이 어떤 남자와 이야기하고 있다고 하던데. 우리 둘 다 들었어." 조젯이 말했다.

"아."

조젯의 목소리에는 감정을 자제하는 낌새가 보였지만, 그 기저에는 술집에서 벌어지는 싸움에서 피를 보고 싶어하는 구경꾼의 열정이 깔려 있었다.

"설명을 잘 하는 게 좋을 거야."

"아, 그 남자 말이지, 조지. 그거 아빠가 연습하는 소리였어. 음악가는 공연 전에 연습을 많이 해. 운동선수도 시합 전에 훈련을 하고, 배우도 연기하기 전에 리허설을 하잖아." 나는 조젯이 시사하는 무언의 동의를 받아 서둘러 이야기를 마무리 지었다. "그리고 아빠는 아침마다 말을 하기 전에 몇 마디 연습을 하거든. 비스킷 좀 줄래?"

조지아는 비스킷의 무게를 저울질해 보다가 이내 이전 일을 잊어 버렸다.

"엄마 조지가 그랬는데, 아빠 조지가 나한테 재미있는 이야기 해 줄 거래."

"맞아, 재미있는 이야기 하나 해 줄게. 외로운 콘플레이크 이야기야." 이제 그녀의 관심을 최대한 끌어모았다. "옛날에 작은 소녀가 한 명 살았어."

"몇 살인데?"

"다섯 살쯤 됐을 거야. 어쩌면 일곱 살이었을 수도 있겠다."

"아니, 여섯 살이야."

"여섯 살이었어. 그래서 이런 콘플레이크를 먹었지."

"이름이 뭐야?"

"신시아였어. 그리고 이 콘플레이크 말이야. 수백 개나 되는 콘플레이크는 모두 한 봉지 속에서 자랐거든. 같이 놀기도 하고 학교에도 함께 가면서 다들 친한 친구가 됐지. 그런데 하루는 봉지가 열리더니 몽땅 신시아의 그릇에 담겨 버린 거야. 그리고 신시아는 그릇에 우유랑 크림이랑 설탕을 붓고는 콘플레이크 한 알갱이를 먹었어. 잠시 후 신시아의 뱃속에 들어간 콘플레이크는 다른 친구들은 언제나 도착할까 궁금해졌지. 하지만 다른 친구들은 끝내 오지 않앉어. 그 콘플레이크는 계속해서 기다리다가 점점 더 외로워졌단다. 나머지 콘플레이크 대부분은 마룻바닥에 쏟아지고 말았던 거야. 몇몇은 신시아의 이마에, 몇몇은 귀 뒤에 붙어 있었지."

"그래서 어떻게 됐는데?"

"음, 그게 전부야. 잠시 후 너무나 외로워진 콘플레이크는 주저앉아 엉엉 울어 버렸단다."

"그래서 어떻게 했는데?"

"뭘 할 수 있었겠니? 신시아는 콘플레이크를 제대로 먹을 줄 몰랐어. 어쩌면 제대로 먹으려는 노력도 해 보지 않았을지 몰라. 그래서 매일 아침 같은 일이 일어났어. 여러 콘플레이크 중에서 단 한 알갱이만 신시아의 뱃속에서 혼자 외롭게 지내야 했어."

"그래서 어떻게 됐는데?"

"음, 콘플레이크가 계속해서 너무나 슬프게 울어서, 신시아는 매일 아침 배가 아팠어. 그리고 자기가 왜 배가 아픈지 절대 알 수 없었지. 아무 것도 먹은 게 없는데도 배가 아팠으니까."

"그래서 그 애는 어떻게 했는데?"

"하루 종일 배가 아파 기분이 안 좋았어."

조지아는 자기 몫의 반숙 계란을 먹기 시작했고, 이는 곧 시리얼도 먹을 거라는 신호였다. 그녀는 이내 숟가락을 식탁 위에 내려놓고 그 위에 턱을 받친 다음 입 안에 든 음식을 씹으며 발로는 식탁 가로대를 걷어찼다. 쿵쿵거릴 때마다 내 잔에 담긴 커피에 잔물결이 일었다.

"아빠는 맨날 재미있는 이야기를 해 주더라." 그녀는 잊지 않고 있었다. "더 해 줘."

"작은 소녀가 한 명 있었어. 여섯 살 난 신시아라고 하는데······ 사실은 아까와 같은 아이였어. 신시아에게는 또 밥을 먹을 때마다 발로 식탁을 걷어차는 버릇이 있었지. 하루하루가 지나고, 한 주 한 주가 지나고, 한 해 한 해가 지나도, 그 애는 계속해서 걷어차고 또 걷어찼어. 그러던 어느 날, 식탁이 말했어. '이제 더 이상 못 참겠어.' 그러고는 다리를 뒤로 빼더니 힘껏 걷어찼단다. 그러자 신시아는 그 발에 채여 창문 밖으로 날아갔지. 그 애는 굉장히 놀랐단다."

이 이야기는 완벽한 성공을 거두었다. 조지아는 두 배의 속도로 발길질을 하기 시작했고, 우유 속에 아직 콘플레이크가 남았다는 사실에 화를 냈다.

"조심 좀 하지 그랬어, 천재 이야기꾼 아저씨." 조젯이 얼굴을 찌푸리며 말했다. 자동차 한 대가 집 밖에서 경적을 울리자, 그녀는 턱받이로 조지아의 얼굴을 능숙하게 닦았다. "버스가 왔단다, 아가야. 네 물건 챙기렴."

약 1분 동안 아래층에는 작은 운석이 떨어져 대소동이 일어났다가 새된 목소리를 내며 사라졌다. 조젯은 오늘의 첫 담배와 두 번째 커피잔을 들고 돌아왔다. 이내 그녀는 가느다랗게 피어오르는 연기 사이로 나를 보며 말했다. "신문사 일로 돌아가고 싶어, 조지?"

"천만에. 내가 살아 있는 한 다시는 소방차를 보고 싶지 않아. 내가 직접 소방차 꽁무니에 올라타서 사다리를 조종하지 않는 한은 말이야. 소방차 뒤꽁무니에 앉은 사람은 항상 운전석에 앉은 사람과 반대로 조종하더라고. 아마 그럴 거야."

"내 말이 그 뜻이었어."

"무슨 소리야?"

"당신은 〈크라임웨이〉 일을 싫어하잖아. 사실은 재노스 엔터프라이즈 자체를 전혀 좋아하지 않으면서. 그저 그 회사 정반대 방향에서 일하고 싶어하잖아."

"아니야. 정말로 아니야. 난 낡은 회전목마처럼 정신없이 돌아가는 회사 일이 좋아."

조젯은 스스로도 자신이 없는 듯 주저했다. 잠정적인 결론에 도달하여 입 밖에 내기까지, 그녀가 걸어온 힘겨운 사고 과정이 한발한발 느껴졌다. "당신 같은 부적응자가 하는 말은 안 믿어. 대가가 너무 커. 그렇게 생각 안 해, 조지?" 나는 어리둥절한 척 보이려 애를 썼다. "내 말은, 그러니까, 정말로 내게는 그렇게 보여. 가끔 그 생각을 할 때마다, 예전에 가로변 식당을 했을 때 당신은 훨씬 행복했던 것 같아. 나도 그렇고. 안 그래? 당신이 경마장 조사원이었을 때도 굉장히 재미있었잖아. 맙소사, 철야 일기예보를 할 때도 그랬어. 미친 짓이었지만, 난 당신이 그 일을 하는 게 좋았어."

나는 내 기억을 따라 과거로 길을 되짚어 가면서 와플을 다 먹어치웠다. 그녀 역시 내 뒤를 따라 기억을 되짚어 오고 있다는 사실을 알고 있었다. 건설 현장에서 시간 기록원을 하던 때, 경마장 조사원으로 일하던 때, 여관을 경영하던 때, 신문사 취재원 노릇을 하던 때, 영화사에서 스크립터 일을 하던 때, 광고 컨설턴트였을 때, 그리고 결국에는…… 뭐였더라? 그리고 지금은?

돌이켜 생각해 보면, 이 모든 경험 중 어떤 것이 굉장히 즐거웠고 어떤 것이 견딜 수 없을 만큼 짜증이 났는지 알 수 없었다. 그러나 지나가는 말이라도 이런 질문을 던지는 것은 시간 낭비라는 사실은 알고 있었다.

시간이라.

시간은 생쥐처럼 달려 빅 클락의 낡고 천천히 움직이는 추 위로 오른다. 커다란 시곗바늘을 건너 종종걸음 치다가, 옆길로 새어 안으로 들어가 복잡한 톱니바퀴와 기계장치 속 천칭과 용수철을 누비고 다닌다. 진짜 출구와 진정한 보상을 찾아, 가짜 출구와 막다른 골목, 경사가 가파른 길로 구성된 거미줄이 쳐진 미로 사이를 찾아 헤매는 것이다.

그리고 빅 클락이 한 번 종을 치면, 이제 가야 할 시간이자 움직이는 추를 멈출 시간이었다. 죄수가 되어 다시 한 번 빠져나갈 곳을 찾을 시간이었다.

물론 빅 클락은 시대를 구분해 낼 줄 알았고, 이 때문에 모든 일에는 일장일단이 있었다. 조지아가 숨쉬는 공기, 조젯의 기력, 내 몸 속 계기판의 눈금이 떨리는 모습 등등. 질서를 잡고 혼돈 속에서 패턴을 만들어 내는 이 거대한 시계는 이제껏 아무 것도 바꾼 적이 없었고, 아무 것도 바꾸지 않을 것이며, 바뀌지도 않을 것이다.

문득 정신을 차려 보니 아무 것도 보고 있지 않다는 사실을 깨달았다. "아니야. 나보다 적응을 잘 하는 사람은 본 적이 없을 걸."

조젯은 담배를 비벼 끄고 물었다.

"그 말을 억지로 믿으라는 거야?"

로이와 헤이건과 실버 라이닝 바가 생각났다.

"그런 거 아니야. 나 오늘 늦을지도 몰라. 전화할게."

"알았어. 역까지 태워다 줄게. 나도 오늘 잠깐 어디 갈지도 몰라. 점심 먹고 나서."

커피를 마저 마시면서 조간 신문을 펼쳐 첫 세 페이지의 표제를 훑어봤지만, 새로운 소식은 없었다. 세인트폴에서 은행 강도 피해액 기록이 경신됐지만, 우리와는 상관 없는 이야기였다. 조젯이 넬리에게 이런저런 지시를 내리는 동안, 나는 코트를 입고 모자를 쓴 후 차고에서 자동차를 꺼내 경적을 울렸다. 조젯이 나오자 나는 조수석으로 자리를 옮겼고 그녀가 운전대를 잡았다.

이날 아침 날씨는 추웠지만 마블 로드는 굉장히 밝고 상쾌했다. 지난 폭설 때 내린 눈의 흔적이 아직 갈색 잔디밭과 비뚤비뚤 늘어선 검은 나무들 사이로 저 멀리 보이는 언덕 위에 남아 있었다. 떠오르는 기업 경영자와 추락하는 공연 기획자, 경기 변동이 없는 세일즈맨 등이 함께 살고 있는 우리의 마블 로드를 벗어나, 이곳에 처음 정착한 시민들의 이름이 적힌 거대한 사각형 구조물을 지나쳤다. 그 구조물은 고색창연하지만 비바람에 다소 거칠어져 있었다. 마블 로드 뒤편, 도시 외곽에는 거대한 사유지가 언덕을 넘어서까지 드문드문 흩어져 있었다. 굉장한 부자들이 사는 곳이었다. 앞으로 3년쯤 후에는 그곳에 몇 에이커 정도의 땅을 사 이사할 생각이었다.

"오늘 오후에는 좀 괜찮은 커튼용 천을 찾을 수 있으면 좋을 텐데." 문득 조젯이 입을 열었다. "지난주에는 시간이 없었어. 닥터 돌슨의 병원에서 두 시간을 꼬박 채웠거든."

"그랬어?" 아무래도 조젯은 뭔가 할 말이 있는 것 같았다. "닥터 돌슨에게 진찰은 잘 받았어?"

그녀는 도로에서 시선을 떼지 않은 채 대답했다.

"괜찮을 것 같대."

"같다니? 무슨 의사가 그런 식으로 말을 하지?"

"괜찮아질 거래. 그 표현이 더 낫겠네. 다음 번에는 괜찮아질 거라고 했어."

"그거 잘 됐네." 운전대를 잡은 그녀의 손 위에 내 손을 얹었다. "왜 지금까지 비밀로 해 온 거야?"

"흠. 당신도 나처럼 진찰을 받아 보고 싶은 거야?"

"말해 봐. 내가 왜 돌슨에게 돈을 내는데? 그래, 그렇게라도 하고 싶은 심정이야."

"그냥 궁금했어."

"저기, 그러지 마. 돌슨이 언제 그런 말을 했어?"

"매번 그러지."

9시 8분이 되어서야 간신히 역에 도착했다. 나는 한 팔로 그녀의 어깨를 감싸고 다른 팔로는 문손잡이를 찾아 더듬거리며 그녀에게 키스했다.

"매번 하는 말이지만, 얼음길에 미끄러지지 않도록 조심해."

"전화해." 그녀는 내가 문을 닫기 전에 말했다.

나는 고개를 끄덕이고 역 안으로 들어갔다. 역 안에 있는 가판에서 신문을 한 부 더 사서 곧장 안쪽으로 향했다. 아직 시간은 많았다. 역에서 한 블록 떨어진 곳에서 운동선수 같은 사람이 달리는 모습이 보였다.

　내게 있어 기차를 타는 시간은 업무를 보는 시간이나 마찬가지였다. 어떤 신문이든 내가 가장 선호하는 뉴스는 경매장 소식이었다. 스포츠면과 보험 통계면을 훑어본 후 오락면으로 넘어갔다. 마침내 기차가 지하로 들어갈 때가 되면, 마지막으로 목차를 살펴보고 뉴스 요약 부분을 읽으면서 하루를 준비했다. 주목할 만한 기사가 있으면, 수많은 사람들이 복잡한 역사 내로 쏟아져 나와 제 갈 길로 나설 때까지 그 기사를 붙잡고 있었다. 사람들은 저마다 복잡한 경로를 그리며 움직이고 있었지만, 모두들 자신이 어디로 가야 할지 무엇을 해야 할지 알고 있었다.

　그리고 5분 후, 나는 2블록 떨어져 있는 재노스 빌딩에 도착했다. 건물의 흐릿한 외관은 마치 빌딩숲 사이에 존재하는 석신石神처럼 보였다. 이 빌딩은 그 어떤 헌신의 징표보다 인간의 육체와 정신으로 구성된 제물을 바치길 바라는 것처럼 보였다. 매일같이 우리는 기꺼이 자신을 제물로 바친다.

　나는 로비 안으로 들어갔다. 내 발 소리가 실내에 울려 퍼졌다.

조지 스트라우드 Ⅲ

재노스 엔터프라이즈는 재노스 빌딩의 상층부 9개 층을 차지하고 있었지만, 결코 미국에서 가장 큰 규모는 아니었다. 제닛 도너 휴사가 더 큰 잡지 그룹을 갖고 있었고, 비컨 출판사와 디버스 앤드 블레어사도 마찬가지였다. 하지만 우리 회사는 업계에서 특별한 위치를 점하고 있었고, 정치, 경제, 과학기술 기사나 소설을 싣는 잡지를 내는 출판사 중에서라면 수많은 소규모 업체와는 격을 달리했다.

우리 출판 그룹 중 가장 규모가 크고 잘 알려진 곳은, 일주일에 2백만 부 약간 못 미치는 부수를 자랑하는 일반 대중 잡지인 『뉴스웨이』였다. 〈뉴스웨이〉는 31층에 입주해 있었다. 그 위는 건물의 맨 꼭대기 층으로, 광고와 회계 및 유통 부서와 얼과 스티브 헤이건의 개인 사무실이 있었다.

『커머스』는 발행 부수가 25만 부 정도인 경제 주간지였는데, 실제

구독층이나 영향력은 발행 부수에 비해 상당히 높았다. 이 잡지와 연계하여 「트레이드」라는 4쪽짜리 일일 소식지가 발행되었고, 매시 간마다 관련 소식을 전하는 〈커머스 인덱스〉라는 통신사도 있었다. 이 〈커머스〉가 30층에 입주해 있었다.

29층에는 폭넓은 실용 분야의 신문, 잡지들이 모여 있었다. 대부 분은 월간지였고, 『스포틀랜드(스포츠 잡지)』에서부터, 『더 프로즌 에 이지(식료품 정보지)』, 『더 액추어리(인구 동태 통계지)』, 『프리퀀시(라 디오 및 텔레비전 잡지)』, 『플라스틱 투머로』까지 다양했다. 그 밖에도 여남은 개 정도의 생활 정보지들이 있었지만, 발행 부수는 모두 별 볼일 없었다. 그중 일부는 얼 재노스의 직관적인 결정에 따라 유지 되고 있었지만, 아마 그도 지금쯤은 그 존재를 잊어버리고 있을지 도 몰랐다.

그 아래 2개 층에는 순서대로 자료실, 사내 도서관, 일반 열람실, 디자인 및 사진 부서, 사람들이 자주 찾는 응급처치실은 작지만 시 설이 훌륭했고, 그 밖에 휴게실, 전화교환실, 종합 응접실이 들어서 있었다.

하지만 이 회사의 핵심, 〈크라임웨이〉는 26층에 있었다. 편집장 로이 코넷(2618호실)과 주간인 나(2619호실)는 사무실을 각각 하나씩 배정받았고, 편집 보조인 시드니 키슬락과 헨리 와이코프(2617호실) 는 둘이 한 사무실을 썼으며, 6명의 기자들 자리는 칸막이로 나뉘 어져 있었다. 원칙적으로 우리는 국가 형사 사건에 대한 기록자였 다. 동시에 경찰 예산과 양심, 때로는 도덕과 식사 예절에까지 시선 이 미치는 감시자이기도 했다. 즉, 범죄에 대해 진단을 내리는 의사나 다름없었다. FBI가 한 달에 한 번 정도 언론에 압력을 가해야 할 일이 발생한다면, 그 대상은 대개 우리였다. 만일 어떤 사회평론가가 네브라스카주 트윈오크스의 한 경찰에 대해 호의적인 평을 내렸다면, 전국 개신교 협의회가 부산하게 움직이는 모습이 눈에 띄었다면, 그 역시 우리 덕분이었다. 요컨대 국가의 건강에 대한 예보를 하는 기상청이라고 할 수 있었다. 우리는 과거와 현재에 일어난 범죄를 기록하고 미래에 일어날 일에 대해 예측했다. 그렇게 한 달에 한 번 정도 종합적인 논평을 냈다.

26층에는 우리와 비슷한 의제를 가진 4개의 잡지가 더 있었다. 바로 『홈웨이(단순한 살림 잡지를 넘어서는 존재였다)』, 『퍼스낼리티('이 달의 성공담' 같은 흔해빠진 기사는 싣지 않았다)』, 『패션(옷이 아닌 인간 문화 자체를 다루었다)』, 『더 섹스(연애, 결혼, 이혼에 대한 이야기를 다루었다)』였다.

끝으로 아래 2개 층에는 장기적인 시장 조사 단계에 있는 프로젝트 몇 개와 법무팀, 홍보부, 총무부, 인사부와 함께 〈퓨처웨이〉라고 하는 새 프로젝트가 들어서 있었다. 〈퓨처웨이〉는 계획적인 사회 진화를 다루는 기획으로, 이 프로젝트는 단권으로 출간될 수도, 새 잡지로 창간될 수도 있었다. 일이 잘 풀리면 식후 토론 자리에서 화제를 끌겠지만, 그렇지 않으면 아무런 주목도 받지 못하고 갑자기 사라질 수도 있었다. 에드워드 올린과 에모리 매퍼슨이 이 프로젝트 담당이었다.

이 빌딩은 재노스 엔터프라이즈의 본사였다. 국내 각 대도시에 있는 21개, 해외에 있는 25개 지국에서 매일, 매시간마다 이 신경

중추에 영양을 공급했다. 이를 수행하는 사람들은 세계 각지에 흩어져 있는 지역 통신원이나 과학자, 학자, 전문가들이었다.

그럴 필요가 있다면 회사 내 어느 부서라도 어떤 경로로든 도움과 조언을 구할 수 있었다. 가능한 모든 경로를 다 동원하는 경우도 있었다. 이를 가장 잘 이용하는 쪽은 바로 〈크라임웨이〉였다.

우리는 잠적한 금융업자 폴 아일먼을 추적하여 찾아낸 적이 있었다. 그 일은 내 공로라고 할 수 있었다. 우리는 폴 아일먼의 사기극을 알아내기 위해 법무팀과 회계 감사부, 우리와 직접 선이 닿아 있는 십 수 명의 취재원 및 다른 부서들을 동원했다. 그동안 〈크라임웨이〉에서 최고의 필력을 자랑하는 버트 핀치가 한 달이 걸려 복잡한 업계 이야기를 일반 대중들이 이해할 수 있도록 평이하게 풀어 썼다.

경찰을 0.3초 차로 제치고 프랭크 샌들러 부인을 살해한 범인을 찾아내기도 했다. 이 또한 조지 스트라우드의 공로라고 할 수 있었다. 나는 회사 자료실을 조사한 끝에 그가 숨어 있는 장소를 찾아낼 수 있었다. 이 일에 투입된 다른 직원의 도움을 받기는 했지만.

나는 내 사무실에 들러 모자와 코트를 벗은 후 곧장 로이의 방으로 향했다. 모두들 2618호실에 모여 있었다. 다들 피곤해 보였지만 끈기만은 잃지 않았고, 어딘지 생각에 잠겨 있는 것 같았다. 덩치가 크고 피부가 가무잡잡한, 다루기 어려운 성격인 냇 스펄링이 자신의 수첩을 보며 단조로운 목소리로 말을 하고 있었다.

"레딩 외곽으로 오십 킬로미터쯤 떨어진 농장에서 벌어진 일입니다. 그 녀석은 산탄총과 리볼버, 그리고 도끼를 사용했습니다."

로이의 쌀쌀맞고 미심쩍은 시선이 내게서 멀어져 다시 스펄링에게로 향했다. 그는 참을성 있는 태도로 물었다. "그래서?"

"유혈 낭자한 이야기 아닙니까? 그런 외딴곳에서 종종 일어나는, 믿을 수 없을 정도의 학살극 말입니다."

"레딩에 그런 놈이 있다고 치고." 로이는 큰 소리로 말하며 생각을 정리했다. "하지만 요점이 뭐냔 말이야?"

"그 남자가 사람을 몇 명이나 죽였는지 보십시오." 네이트가 말했다. "일가 전체, 총 네 명입니다. 대규모 살인 사건입니다. 어디서 일어난 사건인지가 무슨 문제입니까?"

로이는 한숨을 쉬고 짧게 지적했다. "숫자만으로는 아무런 의미가 없어. 매일같이 수십 명의 사람들이 살해당한다고."

"한 번에 네 명, 한 사람이 저지른 일입니다."

엘리엇 뒤쪽의 넓은 창틀에 앉아 있던 시드니 키슬락이 딱딱한 목소리로 덧붙였다. "무기 선택도 눈에 띕니다. 세 가지 종류의 무기를 사용했으니까요."

"좋아, 뭐가 문제였지?" 로이의 목소리는 변함이 없었다.

"치정 사건입니다. 그 여자가 살인범과 함께 달아나기로 약속했답니다. 최소한 범인은 그렇게 생각한 모양이더군요. 대신 그녀는 그놈을 차 버렸고, 그놈은 그녀와 그녀의 남편을 쏘았습니다. 그 후 그놈은 총과 도끼로 그들의……."

로이는 무심하게 작은 소리로 말했다. "이런 사건에서는 말이지, 가장 크게 고려해야 할 점은 바로 동기야. 이게 우리 잡지에 적절한 소재일까? 제대로 된 범죄라도 되나? 내게는 그저 웬 놈팡이 하나가 사랑에 빠진 것으로 보이는데. 일이 뭔가 이상한 방향으로 번졌다는 건 사실이지만, 기본적으로 사랑에 휘둘려서 이런 짓을 저질른 것 아닌가? 자, 자네가 이 짝짓기 본능 속에 본질적인 범죄가, 그도 아니면 반사회적인 점이라도 있다는 사실을 보여 주지 않는다면……," 로이는 책상 위에 올려놓은 손을 반복해서 천천히 쥐었다 폈다.

"하지만 이 건은 〈더 섹스〉에 있는 월러에게 귀띔해 주는 게 좋겠군. 아니면 〈퍼스낼리티〉 쪽도 괜찮을 테고."

"〈패션〉은 어떻습니까?" 시드니가 웅얼거렸다.

로이는 계속해서 기대하는 듯한 표정으로 냇을 바라보았다. 두 사람 사이에는 마지못해 존경심을 표하려고 악전고투하는 모습이 뻔히 보이는, 솔직한 사람들이 앉아 있었다. 냇은 다시 자신의 수첩에 집중했다. 보아하니 두세 개의 기삿거리는 제외하기로 마음을 먹은 것 같았다. 그는 이윽고 다시 입을 열었다.

"세인트폴에서 굉장한 은행 강도 사건이 발생했습니다. 피해액은 약 오십만 달러 이상으로, 역대 최고액이라고 합니다."

"합법적으로 강탈한 액수를 빼면 최고액이겠지." 헨리 와이코프가 정정했다. "어젯밤에 일어난 사건 아닌가?"

"어제 오후입니다. 미니애폴리스 지국에서 얻은 정보입니다. 최소 세 명 이상의 강도 집단이 이 일 하나에 삼 년 이상 공을 들였다는 사실은 이미 알아냈습니다.

이 범행 계획의 일환으로 그 강도단들은 삼 년 전에 직접 법인을 하나 세우고 정기적으로 소득세를 납부하고 총 십칠만오천 달러에 이르는 봉급을 지급해 왔습니다. 회사 자금은 모두 점찍어 놓은 은행을 통하여 지급되도록 해 놓았고, 사건이 일어난 바로 그 장소에서 정장을 말끔히 차려입은 채 수차례 예행연습을 했다는 정황도 있습니다. 훈련된 경비원 두 명이 있었지만, 그들마저도 범행에 이용한 것 같습니다. 경비원 중 한 명은 다리에 총상을 입는 것으로 이용당한 대가를 치렀습니다."

낸이 이야기를 마치자 로이는 그를 뚫어지게 바라보았다. 그의 푸르고 참을성 있는 두 눈에는 짜증과 호기심이 절묘하게 균형을 이루고 있었다.

"다시 한 번 계산을 해 보게." 그는 우아한 태도로 지적했다. "오십만 달러와 오백 달러, 오십 센트 사이에 무슨 차이가 있지? 삼 년과 석 달, 삼 분 사이에는? 범죄자가 세 명이든 삼백 명이든 뭐가 달라지겠나? 우리에게 어떤 사건이 중요한지 판단하려면, 무엇을 고려해야 하지?"

"구체적인 면을 살펴봐야 하지 않을까요?" 와이코프가 말했다. "그들은 법적 테두리 안에서 준비 작업을 했습니다. 예행연습 역시 마찬가지로 내내 은행 안에서 이루어졌고요. 이 점을 생각해 보시죠, 로이. 그렇게 뛰어난 두뇌와 충분한 인내심을 갖고 충실하게 준비를 마친 놈들에게 벗어날 수 있는 은행이나 사업체는 이 세상에 없습니다. 그리고 마지막으로 사업적인 방식에 대해 사업적인 방식으로 대응하는 범죄 기술도 선보였습니다. 젠장, 충분한 인원과 시간과 돈, 그리고 잘 돌아가는 머리만 있으면 포트 녹스_{미 연방 금괴 저장소}의 소재지라도 털 수 있다는 겁니다."

"바로 그거야." 로이가 말했다. "그런데 그게 새로운 사실인가? 공격 방식은 방어 수단을 따라가고, 방어 수단은 공격 방식을 앞서가기 마련이지. 그게 범죄사의 전부나 다름없어. 우리는 바로 이 본질적인 특징을 이미 다뤘던 적이 있어. 겉모습은 다양할지언정, 예전에 여러 번이나 다뤘단 말이야. 너무 많이 써먹었지. 이 사건에서는 우리가 주목해야 할 점이 별로 없어. 〈크라임 웨이블릿범죄의 잔물결〉 코너에서 두세 문단 정도는 할애할 수 있겠지. '주의할 것. 어떤 근면 성실한 강도단이 십칠만오천 달러를 투자하고 삼 년 동안 개고생을 해서 은행을 털었다. 그들이 벌어들인 순이익은 삼십이만오천 달러에 달한다'. 세 명이 삼 년 동안 일해서 말이지." 그는 셈을 해 보았다. "따져보니 한 사람당 일 년에 삼만육천 달러가 좀 넘는군. '대담하고 숙련된 범죄 기술을 고려하면 그다지 대단한 수입은 아니었다. 이 사실을 통해 범죄자들은 충분한 보상을 받지 못했다는 사실을 알 수 있다'. 이런 식으로 말이지. 자, 뭔가 좀 고차원적인 기삿거리는 없는 건가? 아직 세 편의 톱기사가 더 필요한데."

냇 스펄링은 더 이상 기삿거리를 내놓지 못했다. 시계를 보니 벌써 10시 45분이었지만, 결정된 사항은 별로, 아니, 아무것도 없었다. 이른 점심 식사를 기대하기란 헛된 꿈처럼 보였다. 나 역시 로이와 헤이건 셋이서 회의를 하려는 희망을 버릴 수밖에 없었다. 토니 왓슨이 순서를 이었다. 그는 초조해하며 갑작스럽게 이야기를 시작했고, 중간 중간 괴로운 심정을 드러내 보이며 말을 중단했다. 그의 신경쇠약증은 완벽하게는 치료되지 않았지만, 증세는 확실히 완화된 것처럼 보였다. 그는 정신분석 치료에 4천에서 5천 달러를 쏟아 부었던 것이다. 하지만 우리 같은 직업이 주는 위험 요소를 고려한다면, 그가 그런 치료를 받지 않았다면 오늘 같은 날 아무 말도 하지 못했을 것이다.

"복지위원회에서 공고가 하나 났습니다." 그는 이 말을 하고 잠시 조용히 있었다. 우리가 잠시 동안 기다리자, 그는 다시 말을 이었다. "다음 달에 발표될 내용입니다. 하지만 사본 일부를 얻을 수 있어서 미리 읽어 보았습니다. 불법 임신 중절 행위에 대한 것이었습니다. 굉장히 철두철미하더군요. 위원회는 삼 년 동안 조사를 벌였습니다. 작은 업체에서부터 크고 값비싼 사설 요양원에 이르기까지 전부 조사 대상이었습니다. 이를 비호하는 세력의 정체는 물론이고, 그 동기와 방법도 파헤쳤습니다. 매년 시술을 받는 사람의 추정치와 이 산업에 관련된 불법 자금의 규모, 사망한 사람과 검찰이 기소한 숫자까지 전부 다 말입니다. 의학적 효과에 대한 찬반양론도 포함되어 있습니다. 이런 현상의 원인과 결과까지요. 명쾌하면서도 철저한 연구입니다. 이 사안에 관련해서는 최초이기도 하고요. 공식적인 연구로는 말입니다."

토니가 말을 마치기 훨씬 전부터 로이는 책상 위에 턱을 괴고 있었다. 이야기가 끝나자 그는 재빨리 메모를 했다.

"위원회는 어떤 결론에 도달했지? 어떤 권고안이라도 내놓았나?"

"음, 보고서에서는 여러 원인을 복합적으로 제시하고 있습니다. 결혼한 여성이 임신 중절을 하는 가장 큰 이유로 경제적 요인을 꼽고 있습니다. 그리고……,"

"위원회의 결론에는 신경 쓰지 말게. 우리는 우리만의 결론을 내놓아야 해. 보고서에 고령자 보조금에 대해서는 뭐라고 언급했지?"

"예? 아니, 제가 기억하는 바로는 그런 내용은 없었습니다."

"됐어. 뭔가 잡은 것 같군. 그 보고서가 정말로 무슨 의미인지 보여 주는 거야. 일단 사회보장연금 수치를 제시하면서 시작하도록 하지. 특히 장례 비용도 산출해서 확실하게 대조해 봐야 해. 한편으로는 정부가 매년 사망자를 매장하느라 지출하는 비용을 제시하고 다른 한편으로는 사람들이 임신 중절을 하느라 치르는 비용을 제시하면서, 죽음과 출산이라는 인생의 양쪽 끝을 동시에 제시하는 거야. 의사 협회와 의과대학에 연락을 취해서 임신 중절 관행에 대한 간략한 역사를 알아오도록 해. 사진사도 대동하고. 아마 임신 중절 시술에 사용했던 초기 도구들부터 최신식 기구에 이르기까지 모두 갖추고 있을 거야. 사진 몇 장을 실으면 굉장히 효과적이겠지. 고전적인 중절 방식에 대해 짧게 논하면 더욱 효과적일 테고."

"중절 방법 중에는 마술도 있었어." 버트가 토니에게 말했다.

"그거 괜찮군." 로이가 말했다. "그 이야기도 빼놓지 말고 집어넣어. 그리고 추가적으로 장례 비용을 산출하려면 미국 장의사 협회에 연락을 취해야 할지도 몰라. 그 수치를 임신 중절에 들어가는 비용과 비교해 보는 거지. 최소 여섯 개 이상의 백화점에 전화를 걸어서 출산을 앞둔 어머니들이 아이를 낳을 때까지 옷가지나 아기용품에 어느 정도 돈을 쓰는지도 알아봐. 그리고 조나단 스위프트의 『겸손한 제안』에서 한두 마디 인용하는 것도 잊지 말고."

그는 토니를 바라보았다. 토니의 비쩍 마르고 주근깨투성이인 얼굴에 신중한 태도가 엿보였다.

"제가 생각했던 것과는 좀 다른데요, 로이. 그저 간단히 각색하는 걸로만 생각했어요. 위원회 보고서 말이에요."

로이는 자신이 적어 놓은 메모 아래에 줄을 그었다.

"그것도 불법 임신 중절 행위를 다룰 때 필요한 내용이지. 이 행위가 자행된 역사와 불법성에 대해 종합적으로 요약해야 할 거야. 하지만 우리는 좀 더 높은 수준에서 이 주제를 검토해야 해. 그게 전부야. 자, 지금은 이 내용만으로 움직여 보자고. 그 보고서가 발표되면 면밀히 조사해 본 다음, 전체적인 그림을 보여 주고 실제로는 어떤 의미를 함축하고 있는지 제시하면서 이목을 끌어야지. 동시에 그 조사에서 누락된 부분을 지적하는 거야. 하지만 그 보고서가 발표될 때까지 마냥 기다릴 수는 없어. 이삼 주 내로 그 보고서 초안을 입수할 수 있겠나?"

토니 왓슨은 목이 졸린 듯 조용했다. 그 모습을 보니 2천 달러짜리 치료가 엉망진창이 되었음이 분명했다. 그러나 그는 이내 큰 소리로 말했다. "해 보겠습니다."

회의가 계속되었다. 대부분의 회의가 그렇듯 이따금 굉장한 기적이 일어날 때를 제외하면 조금 전 모습 그대로였다.

다음 달이면 외딴 농장에서 일어난 4인 가족 살인 사건에 대한 냇 스펄링의 관심은 시카고의 한 펜트하우스에서 일어난 총격 사건으로 바뀔 것이며, 토니는 사회학적 연구를 선호하는 취향 탓에 최근 발표된 가석방 위원회 보고서나 최신 보험통계, 사회적 변화를 야기할 대법원 판결 같은 주제를 가져올 것이었다. 어떤 소재를 가져오든 그 자체는 전혀 문제가 되지 않았다. 문제가 되는 것은 소재를 다루는 〈크라임웨이〉 특유의 기교였다.

복도 아래쪽에 있는 시드니의 사무실에는 창문이 하나 있었는데, 이름도 거의 잊혀진 보조 편집자 한 명이 그 창문에서 뛰어내린 적이 있었다. 나는 가끔 그가 이런 회의를 마친 후 창문 밖으로 뛰어내린 것은 아닐까 궁금해하곤 했다. 수첩을 집어 들고 복도를 지나 자신의 사무실에 도착한 후 창문을 열고 그저 한 걸음 내디뎠던 것은 아닐까?

하지만 우리는 그렇게까지 미치지 않았다.

우리는 최신식 탁아소에서 근엄한 환상을 주고받는 아이들이 아니었다. 우리가 이곳에서 하고 있는 일이 전적으로 쓸모 없는 것도 아니었다.

우리들이 이 방에서 결정하는 기사는 앞으로 석 달 후에 시민들이 읽게 되고, 그들은 자신들이 읽은 내용을 최종 결론으로 받아들일 것이었다. 그들은 자신들이 그러리라는 사실을 알 수 없을지도 모르고, 심지어 우리가 내릴 결정에 짧게 이의를 제기할지도 몰랐다. 그러나 그들은 여전히 우리가 제시한 추론을 따르고, 기사 속의 구절과 권위를 갖춘 논조를 기억하며, 종국에는 우리가 제시한 대로 확고하게 결론을 내릴 것이다.

그럼에도 우리들 자신의 논리가 어디서 비롯되는가는 물론 다른 문제였다. 거대한 시계가 대중을 향하게 되면, 그들은 단순히 충동적으로 그 시계를 보고 기준이 되는 시간을 맞출 뿐이었다.

그 거대한 시계가 수없이 많은 인생을 형성하고, 인도하는 척도가 된다는 사실은 때때로 우리에게 이상한 망상을 선사했다.

11시 55분이 되어서도 4월호 발간을 위해 짜 놓은 일정은 굉장히 빈약하기 그지없었다. 리언 템플과 로이는 한 라디오 프로그램에 대하여 의미 없는 논쟁을 벌이느라 여념이 없었다. 리언은 그 프로그램이 이성에 반하는 심오한 음모론을 다루고 있기 때문에 심각한 범죄라고 생각했다. 반면 로이는 그 프로그램은 사소한 골칫거리에 불과하다고 이의를 제기했다.

"꽤나 수준이 낮은 소재인데다, 우리가 구태여 무료 광고를 해 줄 이유는 없지 않나?" 그는 강경한 태도로 물었다. "삼류 영화나 소설, 연극에서 숱하게 다루는 것과 다를 바 없어. 우리가 다룰 문제가 전혀 아니라네."

"신용 사기나 위조지폐 제조와 비슷한 유형의 범죄 같은데요." 리언은 주저했다.

"알아, 리언. 하지만 어쨌든……."

"하지만 어쨌든." 내가 끼어들었다. "정오가 다 됐군. 정각이 되면 궁극적인 가치가 있는 일을 시작하는 게 어때?"

로이는 주변을 둘러보더니 미소를 지었다. "뭐, 뭔가 갖고 계시다면 썩혀 두지 말고 어서 내놓으시죠."

"뭔가 갖고 있는 것 같긴 해. 모든 사람들에게 어느 정도 도움이 될지도 모르는 아이디어가 하나 있지. 우리들도 포함해서. 〈퓨처웨이〉에 관련된 거야. 다들 아래층에서 무슨 일을 벌이고 있는지 알고 있지 않나."

"그 연금술사 말씀이십니까?" 로이가 말했다. "그런데 정작 그들은 자신들이 무슨 일을 하는지 알고 있을까요?"

"그들이 '투자 받은 개인들'에 대한 기획을 어떻게 다루어야 할지 길을 잃었다는 생각이 강하게 들어." 나는 이야기를 시작했다. "특히 우리를 포함해서, 양쪽 모두에게 도움이 되는 일을 할 수 있을 것 같아. 우리도 동시에 시안을 하나 내 보자고."

나는 자세히 설명했다. 원칙적으로 '투자 받은 개인들'은 나름 큰 기획이었다. 그 실체는 재능 있는 사람들을 일찍부터 통제된 환경에서 양육하고, 교육을 실시한 다음, 현재 가진 부채를 상환할 수 있는지 따져 수익성이 있는 몇몇 기업에 상당한 투자를 할 수 있도록, 충분한 자본을 마련한다는 계획이었다. 여기에는 일반 주식이나 채권처럼 발행된 원금 및, 전액을 보장하는 생명보험료와 매해 지급하는 배당금이 포함되었다.

물론 이런 법인을 이룬 사람들이―'투자 받은 개인들'이라는 명칭은 이 프로젝트에 대한 우리의 등록 상표명이었다― 한결같이 성공을 거두는 것은 아니었다. 개개인은 본래 운이 따르고 재능이 넘치는 사람이었다. 그러나 '투자 받은 개인들'의 개인 투자자 그룹은 단 한 명의 이사가 운영하는 공동출자 형태로 운영되었고, 우리의 계산으로는 결국 이런 모험적인 사업이 종합적으로 엄청난 이익을 거둘 수 있다는 사실을 입증할 수 있었다.

이 계획이 공동출자 자본을 맡도록 선정된 사람들에게 얼마나 중요한가는 두말할 나위가 없었다. 그들이 열일곱 살 때부터 조성되는 자금은 각각 1백만 달러에 달했다.

나는 스태프들에게 이 계획이야말로 빈곤이나 무지, 질병, 사회

부적응뿐 아니라 필연적으로 일어나는 범죄마저 종식시킬 수 있는 사회적 함의라고 설명했다.

"우리는 범죄에 관한 문제 전체에 대해 새로운 접근 방법을 제시할 수 있어." 나는 결론을 맺었다. "범죄는 더 이상 디프테리아나 말이 끄는 철도, 아니면 흑마술 같은 것보다도 더 심각한 사회 문제라고 받아들여지지 않아. 사람들은 아득히 먼 훗날에 유토피아가 도래해서야 범죄가 사라질 거라고 생각하는 데 익숙해져 있지. 하지만 범죄를 없앨 수 있는 조건은 바로 가까이, 지금 존재한다네."

이 아이디어는 〈크라임웨이〉에 딱 맞는 것이었고, 스태프들 역시 이 사실을 알고 있었다. 로이가 조심스럽게 말했다. "음, 확실히 범죄 감소에 대한 하나의 전망을 보여 주는 관점이긴 합니다." 그의 여원 얼굴에는 연이어 새로운 생각이 꼬리를 물고 떠올랐다. "어느 지점에서 우리 기삿거리가 될 수 있을지 알겠습니다. 하지만 아래층에 있는 친구들은 어떻게 하죠? 이건 원래 그 친구들 것인데다, 어떻게 풀어 나갈지도 이미 생각해 두고 있지 않겠습니까?"

내 생각은 달랐다. 〈퓨처웨이〉라는 프로젝트에 참가하고 있는 매퍼슨과 올린 및 대여섯 명의 사람들은 '투자 받은 개인들'에 대해 거의 1년 가까이 손을 댔다 뗐다 하고 있을 뿐이었다. 그들은 아직까지 가시적인 결과를 내놓지 않은 상태였고, 언젠가는 그럴 수 있으리라는 일말의 가능성도 보여 주지 못했다. "요점은 말이지, 그 친구들은 자신들이 '투자 받은 개인들' 건을 포기하고 싶어하는지조차 모른다는 거야. 만일 포기하고 싶지 않다고 해도 그 건으로 뭘 해야 할지도 모르고. 헤이건은 변화라면 뭐든지 환영할 걸세. 이 아이디어를 짧게 요약해서 들려주는 거지."

"'범죄 없는 내일'." 로이가 즉석에서 주워섬겼다. "'연구는 이유를, 재원은 방법을'." 그는 잠시 동안 생각에 잠겼다. "하지만 어떤 삽화를 넣어야 할지 모르겠군요, 조지."

"그래프를 넣어야지."

우리는 그것으로 충분하다고 생각했다. 그날 오후 나는 헤이건과 3분 동안 전화 통화를 한 끝에 그 기사에 대한 승인을 받았다. 그러고 나서 에드 올린과도 이야기를 나눴다. 그는 에모리 매퍼슨이 우리와 함께 일을 할 적임자라는 데 뜻을 같이했다. 에모리는 즉시 모습을 드러냈다.

나는 그에 대해서 피상적으로만 알고 있을 뿐이었다. 그의 키는 150센티미터를 갓 넘을 뿐이어서, 일어나 있을 때보다 앉아 있을 때 키가 더 큰 것 같다는 착각을 하게 했다. 그는 혼란스럽다는 기미를 약간이지만 확실하게 내비치고 있었다.

그의 새 임무 배치에 대한 검토가 끝나자, 그는 개인적인 문제를 들이밀었다.

"말씀해 주시죠, 조지."

"뭘 말입니까?"

"〈크라임웨이〉 스태프는 어떻게 되는 거죠? '투자 받은 개인들' 구성을 다 마친 다음에 말입니다."

"아니, 우리 쪽에 끼고 싶은 겁니까?"

"젠장, 그렇게 할 수밖에 없지 않습니까? 에드 올린은 나를 이쪽으로 보낼 수 있는 방법을 찾아서 굉장히 기쁜 것처럼 보이더군요."

"에드와 잘 지내지 못했나 보군요?"

"잘 지냈습니다. 가끔은요. 하지만 점차 내가 〈퓨처웨이〉에 맞는 사람이 아니라고 생각하는 것 같더군요. 눈치는 채고 있었죠. 전에도 이런 일이 있었으니까요."

"짧은 기사를 주로 쓰죠?"

에모리는 내 말 속에 담긴 진의를 더듬어 보는 것 같았다. "뭐, 그렇죠."

"알겠습니다. 나랑 잘 해봅시다, 에모리. 이쪽으로 오고 싶다면 말이죠. 그런데 〈퓨처웨이〉에 맞는 사람이라는 게 대체 무슨 말입니까?"

에모리의 갈색 눈은 마치 길을 잃어 외로운 두 마리의 금붕어처럼 두꺼운 안경 뒤에서 이리저리 움직였다. 집중력이 굉장했다. "우선, 자신이 무언가 빚어낼 수 있는 사람이라는 걸 믿어야 합니다. 예를 들어 운명 같은 거요. 그리고 나서 이목을 끄는 행동은 하지 않는 게 좋죠. 예를 들어, 새로운 아이디어를 생각해 내는 데 있어 치명적이니까요. 하지만 아무 것도 하지 않는 것 또한 역시 치명적입니다. 무슨 뜻인지 아시겠습니까? 그리고 무엇보다 다 끝낸 기사를 제출하는 건 위험합니다. 모든 걸 진지하게 다룬 다음 미결 상태로 두어야 합니다. 아시겠습니까?"

"아뇨. 어쨌든 〈크라임웨이〉에 맞는 인간이 되려고는 하지 말아요. 그거 하나만 부탁하죠."

우리는 에모리와 버트 핀치를 한 팀으로 묶어 '범죄 없는 내일'의 담당으로 삼았다. 5시가 되자 퇴근한다는 이야기를 하기 위해 조젯에게 전화를 걸었는데 넬리가 전화를 받더니 조젯이 언니 앤의 집에 갔다고 했다. 언니 아이들 가운데 누군가에게 뭔가 위급한 일이 생겼다는 것이었다. 집에는 늦게 돌아올 테고, 어쩌면 오지 못할 수도 있다고 했다. 나는 시내에서 저녁을 먹고 가겠다고 넬리에게 말했다.

홀로 실버 라이닝 바에 들어갔을 때는 5시 30분이었다. 나는 술을 한 잔 마시고, 로이와 스티브 헤이건과 함께 이야기를 나눌 때 할 말을 검토했다. 오전에 이야기를 했을 때처럼 설득력 있게 들리지 않았다. 그러나 분명 방법이 있을 것이었다. 뭐라도 할 수 있었다. 뭐라도 해야만 했다. 뭐라도 할 생각이었다.

실버 라이닝 바의 카운터석에서 가장 가까운 테이블까지의 거리는 고작 6미터에 불과했다. 내 뒤쪽에 있는 테이블 중 한 곳에서 어떤 여자가 이제 가 봐야 한다는 이야기를 꺼냈다. 그러자 다른 여자가 조만간 다시 만나자고 인사하는 목소리가 들렸다. 반쯤 고개를 돌리자 먼저 말을 꺼낸 여자가 떠나는 모습이 보였고, 뒤이어 다른 여자의 모습이 눈에 들어왔다. 폴린 델로스였다. 그 얼굴, 그 목소리, 그 몸매가 머릿속에 즉시 되살아났다.

우리는 실내 전체 크기의 절반 정도 거리를 두고 서로를 바라보았다. 나는 그녀가 누구인지 알아차리기도 전에 미소를 지으며 고개를 끄덕여 보였다. 그녀도 마찬가지로 나를 바라보며 미소를 지었다.

나는 술잔을 들고 그녀의 테이블로 향했다. 뭐, 어때?

당연히 나를 기억하지 못할 거라고 말하자, 그녀는 당연히 기억한다고 대답했다.

그녀에게 술을 한 잔 사도 좋겠느냐고 물었다. 역시 좋다고 대답했다.

그녀는 매우 아름다운 금발이었고, 온통 검정색 옷차림이었다.

"매킨리 대통령의 친구분이시로군요." 그녀가 이렇게 말하자 나는 시인하고 말았다. "그러면 이곳이 전에 말씀을 나누셨던 곳인가요? 오늘 밤에 그분께서 오시고요?"

나는 바 안을 둘러보았다.

나는 그녀가 클라이드 폴헤머스 이야기를 한다고 생각해서 그가 왔는지 찾아보았지만, 그의 모습은 보이지 않았다.

"오늘은 아닙니다. 대신 저와 함께 저녁 식사를 하는 건 어떠신가요?"

"정말 좋아요."

식사를 하기 전에 먼저 애플 브랜디를 한 잔 하는 게 좋겠다는 생각이 들었다. 이번이 고작 두 번째 만남인 것 같지 않았다. 돌연 세상 모든 것들이 움직이더니 한데 섞이기 시작했다. 마치 그런 일은 언제나 그 자리에 있었다는 듯이.

조지 스트라우드 Ⅳ

　우리는 실버 라이닝에서 약 한 시간가량 시간을 보냈다. 폴린은 선약을 취소하는 전화를 걸었고, 그 후에 우리는 이곳에서 함께 식사를 했다.

　그 후 라디오 드라마 「하늘의 순찰대」를 듣기 시작했다. 나는 그 프로그램 자체도 굉장히 좋아했지만, 무엇보다 내 마음을 끄는 것은 따로 있었다. 어디를 가든 어느 라디오에서든 그 프로그램이 흘러나왔다. 나는 프로그램의 매력은 둘째치고 새로운 음향효과 담당자의 기술에 매혹되어, 이 친구야말로 라디오 프로그램 제작 기술의 새 장을 열게 되리라고 생각했다. 아무런 대사나 음악 없이 극적인 음향효과만으로 장면 장면을 이어 나갔던 것이다. 그럼에도 서스펜스를 효과적으로 유지하고 의미 전달 역시 확실하게 수행했다. 나는 폴린에게 이러한 점을 설명해 주며, 이 사람은 언젠가 목소리나 음악 없이 음향효과만으로 15분이나 30분짜리 라디오 프로그램을 만들 수 있을 거라고 했다. 대사가 없는 라디오 드라마가 등장한 다면 라디오는 좀 더 성장할 수 있을 것이다. 폴린은 어려워하면서 도 흥미를 보였다.

폴린은 전화를 몇 통 더 걸어 남은 일정을 취소했고, 나는 서드 애비뉴에 있는 길의 바를 떠올렸다. 정확히 말하면 그곳은 바는 아 니었고, 나이트클럽이라고 할 수도 없었다. 어쩌면 작은 코니아일 랜드_{뉴욕항 근처에 있는 유원지}라고 부를 수도, 아니면 그저 싸구려 술집일 수도 있었다. 어쩌면 그곳을 박물관이라고 지칭한 길의 묘사가 적 절한 표현일 수도 있었다.

그곳에는 최근 1,2년 동안 가 보지 못했지만, 막상 도착해서 길이 친구들과 손님들과 함께 게임을 하고 있는 모습을 보면, 그 모습만 으로도 언제나 충분한 가치를 보상받는 듯한 기분을 느낄 수 있는 곳이었다.

길의 바는 밴드 음악에 맞춰 춤을 추거나 기타 여흥을 즐기기에 는 굉장히 좁은 장소였지만, 딱 하나 여타 술집과 차별되는 점이 있 었다. 9미터가량의 긴 카운터석이 있었고, 그 뒤에 있는 커다란 찬 장에는 길이 모아 놓은 어마어마한 양의 고물들이 진열되어 있었 다. 길은 이를 '개인 박물관'이라고 명명했지만, 고물이라는 말밖에 는 다른 표현을 할 수 없었다. 이 세상의 모든 것들을 모아 놓았다 는 게 길의 주장이었다. 그 물건들이 무엇이건 어디에서 왔건, 모두 그의 인생과 행적에 긴밀하게 연관되는 역사를 지니고 있었다. 그 에게 소장품에 대한 질문을 한두 개 던져 그를 당황스럽게 만드는 것이 이곳에서 벌어지는 게임이었다.

나 역시 이곳에서 그를 이겨 보려 노력하며 수없이 즐거운 시간을 보냈고 또 돈도 많이 썼지만, 한 번도 성공했던 적은 없었다. 가끔씩은 그의 논리가 꼬이고 이야기는 순전히 상상처럼 들릴 때도 있었다. 길은 자신이 갖고 있지 않은 물건에 대한 지적을 당할 때마다 밖으로 나가 같은 물건을 들고 온다는 소문이 계속해서 떠돌았다. 그런 식으로 게임에 참가하는 똑똑한 학생들을 앞서 나간다는 것이었다. 게다가 오전이나 이른 오후에 보여 주는 그의 대응 방식은 밤이 되어 술에 취했을 때와는 사뭇 달랐다.

"뭐든지요?" 폴린이 수집품들을 살펴보며 물었다.

"뭐든지요." 나는 호언장담했다.

우리는 카운터석에 앉았다. 바 안은 그리 붐비지 않았고, 폴린은 자신의 앞에 장식품들이 마치 숲처럼 빽빽하게 들어차 있는 모습을 보고 가볍게 놀란 것처럼 보였다. 그 잡동사니 뒤에는 보통 바와 마찬가지로 거울이 붙어 있었다. 이 사실을 알고 있는 까닭은 평소에 자주 드나든 탓이었다. 쭈그러든 머리와 프랑스 지폐, 독일 지폐, 남북전쟁 이전에 남부에서 쓰던 돈, 총검, 깃발, 토템 기둥 조각, 비행기 프로펠러, 박제한 새와 나비 몇 마리, 수석, 조개껍데기, 의료용 수술 도구, 우표, 오래된 신문 등, 눈을 돌리는 곳에는 예외 없이 무언가가 놓여 있었고, 그런 조화롭지 못한 모습 때문에 한층 더 눈이 부셨다.

길이 활짝 웃으며 다가오는 모습을 보니, 오늘은 기분이 좋은 모양이었다. 그는 흘끗 바라보는 것만으로 나를 알아차렸다. 그가 고개를 끄덕이자 나는 입을 열었다. "길, 이 숙녀분께서 게임을 하고 싶으시다는군."

"설마." 길은 상냥한 남자였다. 내가 알기로 그는 쉰 살이었고, 어쩌면 쉰다섯 살일지도 몰랐다. "어떤 물건을 보여 드릴까요, 아가씨?"

"이분께서 마음을 정하시기 전에 하이볼 두 잔을 먼저 부탁하지."

그는 주문을 받자 몸을 돌리고 하이볼을 만들기 시작했다.

"뭐든지 있다고 하셨죠?" 폴린이 물었다. "터무니없는 물건이라도 괜찮겠어요?"

"저 물건들은 길의 회고록이나 다름없어요. 한 남자의 인생을 터무니없다고 할 작정이신가요?"

"그러면 그의 인생이 링컨 대통령 암살 사건과는 무슨 관련이 있었던 건가요?"

그녀는 노랗게 변색된 채 액자 속에 든 신문 헤드라인을 바라보고 있었다. 물론 나 역시 같은 의문을 품었던 적이 있었기 때문에 그녀에게 바로 대답할 수 있었다. 그 신문은 길의 가보였다. 그의 할아버지가 호러스 그릴리 신문사에서 일했을 때 그 기사를 썼던 것이다.

"간단한 사연이죠." 내가 대답했다. "그리고 숙녀용 모자가 있느냐고 묻지는 마세요. 저 뒤쪽에 클레오파트라의 터번이 있고, 뭐라고 우겨도 통하는 벌레 먹은 물건이 대여섯 개는 되니까요."

길은 술잔을 우리 쪽으로 밀면서 폴린에게 지극히 직업적인 미소를 지었다.

"도로 공사할 때 쓰는 증기 롤러를 보고 싶어요."

길의 웃음은 파안대소로 번졌다. 그는 카운터 아래로 몸을 숙여 이미 사용한 흔적이 있는 검고 들쭉날쭉한 모양의 금속 원통을 들고 다시 모습을 드러냈다. 내 기억이 정확하다면 저것은 길이 직접 나서서 힘들게 손에 넣었다는 크리스토퍼 콜럼버스의 망원경이었다. 저 물건을 내준 카리브해 원주민이 진짜라고 보증해 줬다는 것이다.

"증기 롤러 전체를 보여드릴 수는 없습니다, 부인. 보시다시피 여기는 공간이 충분하지 않으니까요. 언젠가 더 큰 곳으로 옮겨서 제 개인 박물관을 확장할 겁니다. 하지만 여기 증기 롤러에서 떼어 낸 안전 밸브는 보여 드리지요. 자요." 그는 그 물건을 그녀에게 들이밀었다. "굉장히 정교하게 만든 물건입니다. 잘 살펴보세요."

폴린은 그 물건을 받아들었지만 굳이 귀찮게 살펴보려 하지는 않았다.

"그러면 어떻게 이게 당신 박물관에 오게 된 거죠?"

"지난번에 서드 애비뉴를 포장했을 때 얻은 물건입니다." 길이 호언장담했다. "바로 저기 문 밖에서 증기 롤러가 폭발했었죠. 손에 들고 계신 바로 그 안전 밸브가 창문을 뚫고 총알처럼 날아오더군요. 제 주름살이 더 늘었죠. 사실은 흉터입니다만. 자, 보여 드리죠." 나도 그가 다시 보여 준 그 상처를 기억하고 있었다. 그 상처는 길의 가장 큰 자산이었다. "보기만 해도 아시겠지만, 이 안전 밸브는 불량품이었죠. 하지만 이 물건이 이곳에 있는 동안에는 어쨌든 처음에 부딪친 카운터 뒤쪽 자리에 놓아 두려고요. 제 평생 가장

아슬아슬하게 목숨을 건진 순간이었으니까요."

"저도 마찬가지입니다. 그 일이 일어났을 때 저도 여기에 있었으니까요. 자네도 한잔하지 그래, 길?"

"뭐, 한 잔 사고 싶다면야."

그는 돌아서서 게임에서 이긴 상으로 흡족해하며 직접 술을 한 잔 따랐다. 셋은 함께 잔을 들어올렸다. 길은 희끗희끗한 큰 머리를 갑자기 홱 돌리더니, 풋내기 손님이 큰 소리로 요구한 분홍색 코끼리를 찾으러 카운터 아래로 몸을 숙였다.

길은 참을성 있게 그 손님에게 분홍색 코끼리를 보여 주면서, 그 분홍 코끼리가 자신의 인생과 어떤 관련이 있는지 예의 바르게 설명했다.

"이 박물관 마음에 들어요." 폴린이 말했다. "하지만 길은 가끔씩 끔찍하다고 생각할 게 분명해요. 이곳에서 볼 수 있는 것은 전부 봤고, 할 수 있는 것은 전부 했고, 가 볼 수 있는 곳은 다 가 본데다, 여기 오는 사람들을 모두 알고 있잖아요. 더 이상 할 수 있는 일이 있을까요?"

나는 이곳의 역사는 오늘과 마찬가지로 내일에도 여전히 만들어질 거라고 조그만 소리로 중얼거렸다. 우리 둘은 그에 대한 생각을 하며 술을 한 잔 더 마셨다. 이후 길이 돌아오자 폴린은 다시 그의 기억을 더듬어 보려는 시도를 했다. 그렇게 우리 셋은 게임을 한 차례 더 했다. 그리고 또 한 차례 더.

1시가 되자 둘 다 길의 인생 이야기에 지쳐 버렸다. 그래서 나는 내 인생 이야기를 하기 시작했다.

나도 언제나 내 인생에 대해서 재미있는 추억들을 지어낼 수 있었다. 뭐, 어때?

그렇게 하지 말아야 할 이유는 수없이 많았다. 재차 그 이유를 저울질해 보고, 어떻게든 지금 내가 하려는 행동을 스스로에게 재차 설명하려 애를 썼다. 하지만 그런 생각들은 모두 사라져 버리고 말았다.

간단한 설명에 더해서 온갖 종류의 복잡한 이유를 지어내 내 행동을 정당화하려 했지만, 간단하든 복잡하든 이유 따위야 사실은 아무래도 좋았다. 내가 그토록 멍청하고 심지어는 위험하기까지 한 행동을 하려는 진짜 이유가 무엇인지는 중요하지 않았다.

어쩌면 언제나 해야 하는 일들만 의무적으로 하면서 살아왔다는 사실에 지쳤을지도 몰랐다. 하지 말아야 할 일들을 하지 않고 살아왔다는 사실에 더욱 지쳤을지도 몰랐다.

이 델로스라는 여자에 대해 끌리는 감정은 순간 열 배로 커져 있었고, 이내 수백 배로 불어났다. 우리는 서로를 바라보았다. 서로의 눈빛이 마주친 순간은 마치 스위치를 넣은 전기 회로에 보이지 않는 전류가 통하는 찰나 발생하는 흰 섬광과도 같았다.

뭐, 어때? 이 일에 따르는 위험과 대가는 알고 있었다. 그래도 뭐, 어때? 어쩌면 그 위험과 대가 자체가 적어도 내 행동의 이유일지도 몰랐다. 그 대가는 꽤 커서 내가 한 거짓말과 행위에 대한 값을 톡톡히 치러야 할지도 몰랐다. 하지만 기꺼이 그 값을 치른다면, 뭐, 어때? 그리고 대가보다는 위험 쪽이 여전히 더 컸다. 어느 정도의 위험일지 감히 상상조차 할 수 없을 정도니까.

하지만 반드시 비밀을 벗겨내고 싶은 이 신비로운 금발 여자와 함께 저녁을 보내는 것은 굉장히 자극적인 일이 아닐 수 없었다. 그리고 만일 지금 그 비밀을 벗겨내지 못한다면, 앞으로 절대 그렇게 할 수 없을 것이다. 누구도 그 비밀을 풀 수 없을 것이다. 그 비밀은 영원히 사라져 버리리라.

"저기요?" 그녀가 입을 열었다.

그녀가 미소를 짓는 순간 나는 그녀가 몰고 온 이상기류의 뒤에 숨어서 조지 스트라우드의 환영과 상상 속의 논쟁을 계속하고 있었다는 것을 깨달았다. 놀라운 순간이었다. 스트라우드의 환영들은 모두 "뭐, 어때?"라고 말하고 있는 것만 같았다. 그게 무슨 뜻인지 짐작이 가지 않았다. 뭐가 어떻다는 거야?

나는 손에 들고 있는지조차 모르고 있던 술잔을 비우고 말했다. "전화를 한 통 걸어야겠습니다."

"그러세요. 저도 전화를 해야겠어요."

나는 근처에 있는 호텔식 레지던스에 전화를 걸었다. 그곳 지배인은 나를 실망시킨 적이 없었다. 내가 그의 자식들을 학교에 다닐 수 있도록 연결해 주었기 때문이다. 그리고 이번에도 나를 실망시키지 않았다. 나는 전화부스에서 나와 말했다. "이만 갈까요?"

"그래요. 멀리 가야 하나요?"

"멀지는 않습니다. 하지만 호화스러운 곳은 전혀 아닙니다."

물론 나는 우리가 찾아가는 호텔식 레지던스가 어떤 점에서 열악하고 어떤 점에서 괜찮은지 아는 바가 없었다. 폴린은 모두 당연한 듯이 받아들이는 것 같았다. 그런 모습을 보니 어쩐지 다른 생각이

고개를 들었지만, 떠오른 즉시 재빨리 사라져 버렸다. 나는 우리 둘에 대한 것 말고는 그녀가 어떤 이야기도 하지 않기를 바랐다.

그런 걱정은 할 필요가 없었다. 그녀는 아무 말도 하지 않았다.

그 순간부터 시간은 굉장히 빠르게 흘렀다. 적어도 시간이 흐른다는 사실은 의심할 여지가 없었다. 시간은 흐르지 못하면 죽기 때문이다.

렉싱턴 플라자의 지배인 버트 샌더스는 내게 5층 방 열쇠와 함께 종이도 한 장 건네주었다. 그 종이에는 내일 정오까지 그 방을 쓸 수 있다는 내용이 적혀 있었다. 항상 갖고 다니는 작은 여행용 가방을 놓고 보니, 방 자체는 꽤 괜찮았다. 마치 예전에 한두 번 살았던 적이 있는 커다란 가족 납골당 같았다.

벌써 3시가 되었다는 사실을 확인하자 조금 놀라고 실망했다. 가방을 열고 반쯤 남아 있는 스카치위스키와 실내복 한 벌, 슬리퍼 한 켤레를 꺼냈다. 『크라임웨이』 지난 호와—이게 왜 여기에 있지?—소설과 시집 세 권, 손수건 뭉치, 잠옷, 아스피린 등이 짐의 대부분이었다. "스카치 한잔하시겠습니까?"

우리 둘 모두 술을 마셨다. 렉싱턴 플라자의 룸서비스는 밤 10시에 종료되었기 때문에, 술에 수돗물을 타서 마셨다. 아무래도 좋았다. 이제 우리 두 사람의 인생은 눈에 띄게 빠른 달음박질을 시작하는 것 같았다.

마룻바닥에 누워 폴린의 머리 밑에 베개를 받쳐 주며 정오가 지나면 이곳은 더 이상 우리들만의 공간이 아니라는 이야기를 건네던 기억이 났다. 내 잠옷을 입고 있어서인지 그녀는 한층 더 아름답게 보였다. 그녀는 내게 걱정할 필요 없다고, 다 잘 될 거라고, 어서 루이즈 패터슨과 현대 회화의 주요 경향에 대해 이야기해 달라고 꿈결 같은 목소리로 속삭였다. 내 무릎에 책이 한 권 펼쳐져 있는 모습을 보고 조금 놀랐지만, 정작 이제껏 한 말은 죄다 책과는 상관없는 다른 이야기였다. 그리고 이제 아무것도 기억할 수 없었다. 나는 책을 떨어뜨리고 마룻바닥 위 그녀 곁에 누웠다.

"그럼 이야기는 그만하고 비밀을 풀어 봅시다."

"무슨 비밀?"

"당신."

"난 지극히 평범한 사람인 걸요, 조지. 수수께끼 따윈 전혀 없어요."

나는 이렇게 말한 것 같았다. "당신은 홀로, 가장 마지막까지 남은, 아름답고 아름다운, 지고한 수수께끼일 겁니다. 어쩌면 절대로 풀 수 없을지도 모르죠."

그리고 나는 방 안에 있는 커다랗고 화려함 침대를 바라보았던 것 같았다. 부드럽고 푹신하며 넓은 침대였다. 그러나 마치 수천 킬로미터는 떨어져 있는 것처럼 보였다. 너무 멀다고 생각했다. 그러나 아무래도 좋았다. 좋은 것 이상이었다. 완벽했다. 더할 나위 없을 정도로 완벽했다.

우리 두 사람이 이 땅에 내려온 이유를 다시 한 번 발견했다. 나는 그 생각에 빠져들었다.

그 후 나는 잠에서 깨어났는데, 커다랗고 넓은 침대에 홀로 누워 있었다. 전화 벨소리가 굉장히 요란하게 울리고 있었고, 문을 두드리고 초인종을 누르는 소리도 들렸다. 바로 옆에 있는 전화의 수화기를 들자, 누군가의 목소리가 들려왔다. "죄송합니다만, 선생님. 오늘 분 예약은 하지 않으셨습니다."

손목시계를 보았다. 1시 30분이었다.

"알겠소."

나는 신음 소리를 내며 긴장을 풀고 누군가 사려 깊게도 침대 옆 테이블 위에 놓아 둔 아스피린을 먹었던 것 같다. 밖에서는 누군가 계속해서 문을 두드리며 초인종을 누르고 있었다. 문으로 가 보니 버트 샌더스였다.

"괜찮으십니까?" 표정을 보아하니 꽤 걱정했던 모양이었다. "저, 이 스위트룸은 오늘은 예약을 받지 않고 따로 빼 두었습니다."

"젠장."

"깨우기는 싫었지만 어쩔 수 없이……,"

"괜찮소."

"혹시 언제……,"

"젠장."

"혹시 제가……,"

"괜찮소. 그녀는 어디에 있소?"

"어느 분 말씀이십니까? 아, 오늘 아침 여섯 시쯤에……,"

"젠장. 신경 쓰지 마시오."

"몇 시간 정도 더 쉬고 싶어하실 것 같았습니다. 하지만……,"

"괜찮소." 바지에서 지갑을 찾아 그럭저럭 돈을 지불했다. "삼 분 안에 방을 비우겠소. 그런데 무슨 일이라도 있습니까?"

"아무것도 아닙니다. 스트라우드 씨. 그저 이 방이······,"

"그렇겠지. 내 가방 좀 들어 주겠소?"

그가 그러겠다고 대답하자, 나는 서둘러 옷을 입은 후 무슨 흔적이라도 남지 않았는지 방 안을 둘러보았다. 깨끗한 셔츠를 찾은 후 세수를 했지만 면도는 하지 않기로 했다. 병 속에 스카치가 대충 3센티미터 정도 남아 있는 것 같아 잔에 따랐다.

그녀가 누구였더라?

폴린 델로스. 재노스의 애인이었어. 이런, 젠장. 그 다음에는 무슨 일이 있었더라?

조젯은 내가 어디 있었다고 생각할까? 시내에서 일을 하느라 집에는 좀 늦게 들어올 거라고 생각하겠지. 그래. 그 다음에는?

오늘 사무실에서 무슨 일을 하기로 했더라?

중요한 일은 아무것도 기억나지 않았지만, 그게 큰 문제는 아니었다.

가장 큰 문제라면? 이제까지 줄곧 그래왔던 것처럼 어제도 멍청하게 굴었다고 해도, 지금 그 문제에 대해 내가 할 수 있는 일은 없었다. 아무것도. 뭐, 됐어.

머리를 빗고 이를 닦은 후 넥타이를 맸다.

트렌턴에 있는 언니네 집에 간 조젯에게 전화를 걸어, 어젯밤 새벽 3시까지 일을 하느라 전화를 걸 수 없었다고 말할 수도 있다. 전화를 걸었다면 온 식구를 깨웠을 테니까. 간단한 일이었다. 이전까지는 항상 먹히던 설명이었다. 이번에도 먹히겠지. 분명 그래야 해.

나는 가방을 닫아 방 한가운데에서 기다리고 있던 버트에게 맡기고, 아래층으로 내려가 로비에 있는 이발소로 들어갔다. 그곳에서 재빨리 면도를 한 후, 그보다 더 빨리 아침을 먹고 눈 깜박할 사이에 술도 한 잔 비웠다.

사무실로 들어오자 오후 3시였고, 로이와 내 비서인 루실 외에는 아무도 보이지 않았다. 그녀는 로이와 내 사무실과 연결되어 있는 작은 방에서 무심하게 타이핑을 하고 있었다. 그녀는 내게 관심을 보이지 않았고, 내 책상 위에는 아무런 메시지도 놓여 있지 않았다. 그저 수많은 사내 메모뿐이었다.

"나한테 온 전화가 있었나, 루실?"

"메모해 놓은 것 말고는 없었어요."

"집에서 온 전화는 없었고? 아내에게서 아무런 연락도 없었어?"

"없었어요."

그렇다면 괜찮다는 뜻이었다. 지금까지는. 이렇게 다행일 수가.

나는 내 책상으로 돌아가 자리에 앉아 아스피린을 세 알 더 먹었다. 신경이 날카로운 것만 빼면 여느 때와 다를 바 없는 오후였다. 그리고 신경이 날카로운 것 역시 사실 별다른 문제는 아니었다. 나는 루실이 정리해 놓은 매일 처리해야 하는 일들을 하기 시작했다. 모든 것이 언제나처럼 똑같았다. 모두 괜찮았다. 나는 아무 짓도 저지르지 않았다.

조지 스트라우드 Ⅴ

그리고 모든 일들이 탈 없이 지나갔다. 그렇게 두 달이 흘렀다. 그 두 달 동안, 매퍼슨과 나는 '투자 받은 개인들'에 대한 자료를 수집하고 기초 작업을 다졌다. 또한 5월호에서는 파산 문제를 다루기로 했고, 6월호 작업으로는 고아 인신매매 문제에 대한 상세한 기사를 준비했다.

그러던 어느 날 저녁, 3월 초에 느꼈던 기분이 다시 들기 시작했다. 나는 전화기에 손을 뻗어 기밀 회선을 통하여 전화를 걸었다. 상대가 전화를 받자 나는 입을 열었다. "안녕하십니까, 폴린. 당신 대리인입니다."

"아, 그래요." 그녀는 잠시 말을 멈췄다. "변호사 분이시군요."

때는 봄날이었다. 나는 그녀에게 처음으로 전화를 거는 것처럼 말했다. 우리는 밴 바드 바에서 칵테일을 마시기로 약속했다.

조젯과 조지아는 플로리다에 가서 이틀 후에 돌아올 예정이었다.

얼 재노스는 워싱턴에서 적어도 몇 시간, 어쩌면 일주일 내내 있을 지도 몰랐다. 이날은 금요일이었다.

그날 밤 회사를 나서기 전, 나는 로이의 사무실에 들렀다. 그는 에모리 메퍼슨과 버트 핀치와 함께 의견을 나누고 있었다. 나는 한눈에 에모리가 '범죄 없는 내일'과 '과학은 이유를, 재원은 방법을'에 대한 회의에 빠져 있다는 사실을 알아차렸다.

에모리가 입을 열었다. "이론적으로는 '투자 받은 개인들'이 어떻게 잘 작동하는지 알겠습니다. 보험료율과 경영통계를 살펴보면 자금을 지원받게 되는 소수의 사람들에게는 좋은 일이라는 걸 알겠다고요. 하지만 사람들이 모두 그 법인에 소속된다면 어떤 일이 벌어질까요? 내가 무슨 말을 하려는지 아시겠습니까?"

로이는 여전히 자신 있고 참을성이 있으며 이해심이 있는 태도를 고수하고 있었다. "그렇게 되도록 해야지. 그렇게 된다면 보다 멋질 것 같지 않나?"

"이런 식으로 설명을 해 보겠습니다, 로이. 한 사람에게 백만 달러의 자금을 조성해 준다면, 실제로 회수하는 금액은 원 투자금액에 이익이 추가된 액수가 되겠죠. 그러면 더 큰 이익을 노리고 이법인에 참가하려는 움직임이 굉장히 크게 발생할 겁니다. 그러면 이내 주주들을 제외한 모든 사람들이 이 시스템에 굉장히 능숙해지겠죠. 사람들은 이런 체제에서 무엇을 얻으려 할까요?"

로이의 인내심이 점점 뚜렷하게 무게와 형태를 갖추어 나갔다. "이익이겠지."

"바로 그렇습니다. 하지만 그들은 그 이득으로 무엇을 할 수 있죠? 그들은 무엇을 얻습니까? 그저 약간의 화폐이득뿐이죠. 그들은 자신들의 인생을 완벽하게 조절하지 못합니다. 큰 액수를 새롭게 돈이 되는 몇몇 사업에 투자하려고 남겨 놓기 때문이죠. 제가 보기에는 이러한 계획으로 호되게 당할 사람들은 이 계획 자체를 가능하게 해 줄 후원자들일 겁니다."

로이 코넷이 대답했다. "자네는 이 시스템이 몇 년 동안 가동된 후에는 어떻게 될지 고려하지 않는군. 투자를 받은 사람들은 스스로 원래의 공동 출자 자본에 자신들의 자산을 재투자하려 들 거야. 그러니 양쪽 집단 모두 같은 과정을 통하여 언제나 이해관계자가 되는 거지."

그들은 내 방해 없이도 일을 잘 해 나갈 것 같았기에, 나는 자리를 떴다.

밴 바드 바에서 회색과 검정색이 섞인, 남성적인 느낌을 주는 소박한 정장을 입은 낯선 사람과 마주쳤다. 사실 낯선 사람이 아니었다. 그녀와 만나기까지 채 10분이 걸리지 않았던 것이다. 그녀가 마실 술을 함께 정하고 나자, 폴린이 꽤 심각한 어조로 입을 열었다. "내가 여기 와서는 안 된다는 걸 알잖아. 당신이랑 알고 지내는 게 위험하다는 느낌이 들어."

"내가? 위험해? 한 달 된 아기고양이도 내가 다가가면 공격적인 태도를 취해. 이제까지 감고 있던 눈을 뜨고 발톱을 세우지. 미리 야옹 소리를 내면서 말이야."

그녀는 미소를 지었지만 농담을 하고 싶은 마음은 없었다. 그저 냉정하게 말을 반복할 뿐이었다. "당신은 위험한 사람이야, 조지."

나는 이 분위기가 적절하지 않다고 생각해서 화제를 다른 쪽으로 돌렸다. 이윽고 분위기가 누그러졌고, 우리는 술을 한 잔 더 마셨다. 잠시 후 르모인 레스토랑에서 저녁 식사를 하기 위해 일어섰다.

나는 조젯과 조지아가 플로리다에 간 이후 최근 3주 동안 상당히 외롭게 지냈기 때문에 이야기에 굶주려 있었다. 그래서 이야기를 계속했다. 고래가 잠수함과 의사소통을 하려 들었다는 이야기, 무성영화 시대가 영화의 전성기인 이유, 로니 트라웃이 싸움꾼 중 싸움꾼인 이유 등의 이야기를 했다. 그러다가 올버니로 드라이브를 하자고 했다.

결국 우리는 강줄기를 따라 드라이브를 떠났다. 이토록 완벽한 강은 세계에서 유일했고, 나는 강을 끼고 차를 달리는 즐거움을 다시 한 번 만끽할 수 있었다. 이 강은 절대 범람하는 법도 마르는 법도 없었고, 올 때마다 매번 다른 모습을 보여 주곤 했다. 정해진 코스를 따라 네 시간 만에 올버니에 도착했다.

일반적인 여행자들에게는 흔해빠진 장소처럼 보일지도 모르지만, 나는 언제나 이 도시를 좋아했고, 의회가 개회 중일 때는 특히 마음에 들었다. 맨해튼에서는 찾아볼 수 없는 것이 바로 이곳에 있었다.

가명으로 호텔에 체크인을 하는 것이 내가 평소에 꾸던 꿈 중 하나였다. 우리는 앤드류 펠프스 기용 부부라는 이름으로 두어 시간을 보냈다. 음식을 먹고 술을 마셨으며, 말도 안 되게 비싼 나이트 클럽에서 사람이 별로 없는 멋진 댄스 플로어에 올라 춤을 추기도 했다. 봄기운이 완연한 밤이었고, 회사 일은 완전히 잊었다. 확실히 그럴 가치가 있었다.

다음 날 정오가 되어서야 아침 식사를 했고, 잠시 후 다른 길을 택해 뉴욕으로 천천히 차를 몰았다. 이번에도 강줄기를 따라간 것은 당연하다면 당연한 일이었다. 나는 다시 주변의 모든 경치와 사랑에 빠졌고, 이런 감정에는 당연히 폴린의 영향이 크게 작용했다.

폴린의 아파트가 있는 이스트 58번가로 돌아왔을 때는 토요일 늦은 오후였다. 꽤 이른 시각이었고, 그녀도 아직 시간이 많이 남았다는 데 동의했다. 우리는 길의 바로 향했다. 폴린은 그와 게임을 세 번 했다. 그녀가 에드거 앨런 포의 「갈가마귀」를 보여 달라고 하자, 길은 당황스러워하는 눈치였다. 그러나 그는 최근 털갈이를 마친 것처럼 말쑥한 파랑새 박제 같은 것을 꺼내서, 포가 「갈가마귀」를 쓸 때 이것을 보고 처음 영감을 받았다고 설명했다. 그 후 포는 자신의 친한 친구인 길의 증조부에게 이 박제를 선물했다는 것이었다. 그제서야 나는 골동품 거리를 둘러본 지 석 달은 족히 흘렀다는 사실을 깨달았다.

골동품 거리는 서드 애비뉴 중에서도 60번가에서부터 47번가 사이와 그 인근에 걸쳐 있었다. 시내 어딘가에 어쩌면 더 크고 훌륭하며 값이 비싼 진품들만 판매하는 상점들이 드문드문 존재할지도 모른다. 그러나 그런 상점에서는 왠지 모험과 재발견에 대한 마음가짐이 샘솟지 않았다. 어느 날 밤, 나는 서드 애비뉴에 있는 한 상점에 들어가 『하멜른의 피리 부는 사나이』의 주인공이 쓰던 피리가 있느냐고 물어본 적이 있었다. 그런데 마침 그 물건 역시 있었던 것이다. 나는 10달러를 주고 그 피리를 샀지만, 어떻게 했는지는 기억나지 않았다. 맨 처음 사무실로 가져왔지만 그때는 이미 매력을 잃은 상태였다. 그 다음에는 집으로 가져갔는데, 누군가 망가뜨렸던 것 같다. 하지만 이는 서드 애비뉴의 탓이 아니었다. 내가 그 물건을 제대로 관리할 줄 몰랐기 때문이었다.

이날 오후, 폴린과 나는 서드 애비뉴 주변을 어정거렸다. 초기 뉴 잉글랜드식 침대 보온 기구, 물레를 해체해서 만든 마루청과 탁상용 램프, 바퀴 달린 의자와 책장으로 꾸며 놓은 좌변기와 차 운반대처럼 그다지 흥미롭지 않은 물건들이 널려 있었다. 모두 흠집 하나 없이 튼튼해 보이는 물건이었고, 이 물건들을 처음 만든 장인들의 의도를 뛰어넘는 20세기의 독창성을 단적으로 보여 주고 있었다. 그러나 개중에는 흥미로운 물건들도 있었지만, 가슴을 뛰게 하는 물건은 없었다.

대략 7시 30분이 되자 몇몇 상점들이 문을 닫았고, 우리는 15번가로 접어들어 작지만 그야말로 물건들이 빈틈없이 꽉 들어차 있는 상점에 들어섰다. 예전에 이곳에 와 본 적이 있을지도 몰랐지만, 정확한 사실은 기억나지 않았다. 보아하니 가게 주인은 나를 기억하는 것 같았다.

나는 가게 주인의 도움을 받지도, 전에 놓쳤을지도 모르는 물건이 있는지 살펴보지도 않은 채, 몇 분가량 가게 안을 이리저리 뒤져 보았다. 폴린의 질문에 대답해 주는 것만큼 기분 좋은 소일거리는 없기 때문이다. 잠시 후 누군가 가게 안으로 들어왔고, 가게 앞에서 일어나는 대화가 점점 또렷하게 들리기 시작했다.

"예, 있습니다." 가게 주인이 살짝 놀라며 말하는 소리가 들렸다.

"하지만 정확히 찾고 계신 물건인지는 모르겠군요. 당연하겠지만, 이곳에서 그림을 찾는 손님들은 별로 없으니까요. 그저 액자에 들어 있었기 때문에 창문에 걸어 놓았을 뿐이죠. 이게 찾으시는 물건입니까?"

"아니에요. 하지만 다른 그림을 더 갖고 계시죠? 액자에 끼우지 않은 그림 말이에요. 제 친구가 이 주 전쯤 여기 왔다가 봤다고 하던걸요."

손님은 덩치가 크고 몸에 굴곡이 없는 흑갈색 머리의 백인 여자였다. 그녀는 단정치 못한 옷차림에, 얼굴은 회오리바람이 막 지나간 것 같았다.

"예, 있습니다. 상태가 그렇게 좋지는 못합니다만."

"상관없어요. 그림을 볼 수 있을까요?"

가게 주인은 머리 위에 있는 선반에서 둘둘 말아 놓은 캔버스를 찾아 아래로 끌어내렸다. 나는 이미 자신도 모르는 사이에 상점 앞으로 다가가 말없는 동업자가 되어 주인을 돕고 있었다. 주인은 캔버스 뭉치를 통째로 그 여자에게 건네주었고, 나는 그의 왼쪽 어깨에 거의 턱을 기대다시피 했다.

"쭉 살펴보시죠." 주인이 그 여자에게 말했다.

그는 고개를 돌려 찌푸린 표정을 지으며 아주 잠시 동안 흐릿한 눈빛으로 나를 응시했다. 나는 공손하게 호기심이 동한다는 표정을 지었다.

"이것들은 어디서 나셨죠?" 손님이 물었다.

그녀가 몇 개의 캔버스 다발을 풀자 가로 1.2미터, 세로 1.5미터 정도 크기의 그림이 모습을 드러냈다. 조금 더 큰 것 같기도 했고, 작은 것 같기도 했다. 그녀는 그림을 거꾸로 들고 첫 장부터 살펴보았다. 그 그림 속에는 글로스터식 쾌속 범선이 돛을 활짝 펴고 있었고, 그려진 것들은 모두 쾌속 범선이었다. 딱 하나 범상치 않은 점이라면 더러운 고리 모양의 자국이 찍혀 있었는데, 마치 찻잔 바닥 모양의 커피 얼룩을 확대해 놓은 듯한 모습이었다. 그 고리는 선체와 인근 바다 몇 킬로미터를 둘러싸고 있었다. 그 원이 완벽한 상태를 이루고 있다는 것은 누구도 부인할 수 없었다. 그 고리의 크기는 대략 술통 뚜껑 정도였고, 실제로 술통 자국인 것 같았다.

"이 그림들은 여러 점 중 일부입니다." 주인이 조심스럽게 그녀에게 말했다. 덩치가 큰 여자는 커다랗고 걸걸한 웃음소리를 내며 말을 하기 시작했다. "무엇의 일부라고요? 불쏘시개 말인가요? 아니면 예전에 공공사업 촉진국에서 십 센트짜리 그릇을 포장할 때 쓰던 물건인가요?"

"어디서 온 그림인지는 모릅니다. 하지만 온전한 형태가 아니라는 사실은 말씀드릴 수 있습니다."

그녀는 가장 위에 놓인 그림을 뒤로 넘기자, 데이지가 담겨 있는 커다란 그릇 그림이 드러났다. 이번에는 아무도 입을 열지 않았다. 나는 잠시 동안 눈을 감고 있었는데, 눈을 뜨고 보니 그림은 사라져 버렸다.

세 번째 캔버스는 쓰레기장에 있는 다세대 주택과 학교를 솔직하게 묘사한 그림이었다. 15년쯤 전에 이 그림을 봤던 기억이 떠올랐다. 서명은 알아볼 수 없었지만, 솜씨의 차이는 있을지언정 오륙백

명 정도 되는 실력 있는 프로 화가들 중 한 사람이 그린 작품일 수도 있었다.

"꽤 훌륭하죠?" 가게 주인이 말했다. "색상도 다채롭고요. 진짜 배기 작품입니다."

키가 크고 어깨가 떡 벌어진 여자는 다음 그림을 살펴보는 데 여념이 없었다. 이번에는 다른 방식으로 글로스터 쾌속 범선을 그린 그림이었다. 이 그림에도 역시 똑같이 아름다운 고리 모양의 자국이 찍혀 있었다. 다음 그림은 아기고양이들이 담긴 바구니였다. "귀엽기도 해라." 이 그림을 그렸을 인자한 노부인 역시 분명 그렇게 말했을 것이다. 어쨌든 그림 전시는 다채로워졌다. 아마추어 화가들이 흔히 그러는 것처럼, 쾌속 범선을 그린 화가는 이런 배에 매료된 사람일 것이었고, 이 노부인은 분명 별생각 없이 수많은 고양이를 그려 왔을 것이었다. 우리들의 화랑은 범선과 고양이로 가득했다.

"여기에는 관심을 가질 만한 게 없는 것 같군요." 여자가 말했다.

주인은 말없이 긍정했고, 여자는 다시 그림을 넘기기 시작했다. 두 장의 그림이 아무런 평을 받지 못한 채 지나갔고, 남은 그림은 두세 장뿐이었다.

그녀는 질서정연하게 다음 그림을 펼쳤다. 순간 나는 숨이 멎는 것만 같았다. 바로 루이즈 패터슨의 그림이었던 것이다. 주제를 표현하거나 기교를 사용하거나 효과를 구현해 내는 데 있어 한치의 실수도 없었다. 이 그림의 형제자매에 해당하는 작품들은 마블 로드에 있는 우리 집 벽에 걸려 있었다. 나는 그중 한 작품에 9백 달러를 치른 적이 있었고, 다른 작품들의 가격도 그다지 다르지 않았다. 모두 57번가에서 열린 패터슨의 정규 전시회에서 구입한 작품들이었다.

여자 손님은 이 그림을 치우고 다른 그림을 보려고 이미 캔버스에 손가락을 대고 있었다. 나는 목소리를 가다듬고 무심한 척 말을 꺼냈다. "이 작품이 마음에 드는군요."

그녀는 그리 상냥하지 못한 시선으로 나를 바라보더니, 잡고 있던 그림을 휘둘러 자기 앞으로 가져갔다. 팔을 뻗으면 닿을 거리였다. 캔버스천 가장자리는 해어져 말려 있었고, 몇 군데 나 있는 얼룩에 더해 커다란 고리 자국이 트레이드마크처럼 찍혀 있었다. 역시 끔찍한 상태였다.

"나도 그래요." 그녀는 딱 잘라 말했다. "하지만 상태가 굉장히 나쁜 걸요. 이건 얼마인가요?"

그녀는 나를 완전히 무시하고 주인에게 질문을 던졌다.

"아니……."

"세상에, 이렇게 엉망이라니."

그녀가 주인이 제시한 가격을 절반으로 후려치리라는 것은 의심할 여지가 없었다.

"이 작품이 정확히 어느 정도 가치가 나가는지 모르겠습니다. 하지만 십 달러 정도면 괜찮으시겠습니까?"

오늘날 패터슨의 그림이 정규 시장에서 어느 정도 가격이 나가는지는 문자 그대로 나도 잘 몰랐다. 엄청난 가격은 아니라는 사실은 알고 있었지만, 요즘 시세에 대해서는 아는 바가 없었다. 반면 패터슨이 최근 몇 년 동안 전시회를 열지 않았을지라도, 그녀의 작품이 완벽하게 묻혀 버린다는 일이 가능할 것 같지는 않았다. 내가 몇 백 달러에 구입한 작품들은 당시에는 헐값에 사들인 것과 다름없었고, 예술가가 그린 그림은 비록 잠깐 동안일지라도 시간이 지나면 가치가 뛰어오르기 마련이었다.

나는 그 여자에게 활짝 웃어 주었다. "제가 먼저 말했습니다." 처음에는 그녀에게, 다음에는 가게 주인에게 말했다. "오십 달러 드리죠."

현관 가구 손질을 할 시기를 놓친 가게 주인은 분명 기뻐하면서도 어리둥절해하는 것 같았다. 그의 마음 속에 정확히 언제 밝은 전깃불이 켜졌는지 알 수 있었다. 어쩌면 이 그림이 렘브란트의 작품일지도 모른다고 생각하는 것 같았다.

"음, 잘 모르겠군요. 분명 기발한 그림 아닙니까? 상태도 극히 정상이고요. 시간이 나면 이 그림을 자세히 살펴볼 작정이었습니다. 사실 이 물건을 직접 본 것은 이번이 처음이라서요. 제가 보기에는……,"

"이건 라파엘로도, 루벤스도, 코로도 아닙니다." 나는 장담하듯 말했다.

그는 몸을 앞으로 숙이고 그림을 좀 더 가까이 바라보았다. 캔버스에는 두 개의 손이 그려져 있었다. 한 손은 동전을 하나 건네주고 다른 한 손은 그 동전을 받는 동작을 취하고 있었다. 그게 전부였다. 그것만으로도 돈이 주는 감정과 의미, 사건을 모조리 전하고 있었다. 가게 주인은 오른쪽 손바닥으로 캔버스 가장자리 주름을 펴고 있었다. 그곳에는 작가의 사인이 휘갈겨 있을지도 몰랐다. 나는 땀이 나기 시작했다.

"뭔가 있군요." 그는 주의 깊게 살펴보며 말했다. 그리고 다음 순간 그의 목소리는 실망감에 젖었다. "아, '패터슨, 32번'이라고 적혀 있군요. 이 화가를 분명히 알고 있었는데, 깜빡 잊은 모양입니다."

나는 속이 빤히 들여다보이는 거짓말을 하려다가 포기하고 말았다. 유행이 지난 주방 찬장처럼 덩치 큰 여자 역시 아무 말도 하지 않았다. 어쨌든 그녀는 아무 말도 할 필요가 없었다. 분명 50달러까지는 갖고 있지 않을 것 같았기 때문이다. 그리고 이 그림은 내가 가져야 했다.

"굉장히 뛰어난 작품이로군요." 가게 주인이 다시 말을 이었다. "손을 좀 보면 아름다워질 겁니다."

"그 그림이 마음에 드니 오십 달러를 내겠습니다."

그는 시간을 벌려고 입을 열었다. "이 그림을 그린 사람은 작품 제목을 '고역'이라고 붙였을 것 같지 않습니까? 그 비슷한 걸로요."

"저라면 '유다'라고 붙이겠어요." 폴린이 큰 소리로 말했다. "아니, 그보다는 '유다의 유혹'이 낫겠네요."

"달랑 동전 하나뿐인데요?" 가게 주인이 진지하게 말했다. "그러려면 동전이 서른 개는 있어야 할 겁니다." 그는 여전히 시간을 끌자는 심산으로 그림 다발을 가져가서 우리가 아직 보지 못한 그림을 펼쳐 놓기 시작했다. 가축 사료 저장고와 그 앞에 매어 놓은 암소를 그린 그림이었다. 거리에서 뛰노는 아이들을 그린 멋진 그림도 있었다. 코니아일랜드 해변을 그린 그림도 있었다. 다른 그림에서는 흥미로운 점이 발견되지 않자, 그는 풀이 죽어 말했다. "그 작품밖에는 딱히 없군요."

나는 그 여자를 향해 가볍게 미소를 지으며 말했다. "이 '대로에서 노는 아이들'을 오 달러에 가져가시죠? 저는 '유다'를 가져가겠습니다."

그녀는 함성과도 같은 웃음을 터뜨렸다. 내가 보기에 그 웃음 속에는 친절하거나 적대적인 감정 그 어느 쪽도 들어 있지 않았다. 그저 소리만 요란할 뿐이었다.

"됐어요. 내 자식들만 해도 차고 넘치거든요."

"제가 액자를 하나 사 드리죠. 여기서 그림을 액자에 넣어 가시면 되지 않겠습니까?"

이 말을 하자 또다시 날카로운 소리가 들리더니 폭소가 뒤를 이었다.

"그 돈은 그 오십 달러짜리 명화를 사는 데 보태시죠." 조롱하는 듯한 말투였다. 나는 약간 날카롭게 물었다. "그 정도로 가치가 있다고 보십니까?"

"어쨌든 조금이라도 값어치를 매길 수 있는 물건이라면 분명 그보다는 더 가치가 있겠죠." 그녀의 눈이 갑자기 이글거렸다. "안 그래요? 십 달러짜리일 수도, 그보다 백만 배는 더 나갈 수도 있잖아요." 마음속으로는 그처럼 완벽하게 합리적인 태도에 동의할 수밖에 없었지만, 가게 주인 역시 마찬가지라는 듯한 표정으로 바라보고 있었기 때문에 표현을 자제했다. 나는 이 그림을 가져야만 했다. 쓸 수 있는 돈이 1천만 달러가 아니라 고작 60달러 정도라는 사실은 내 탓이 아니었다. 내 인생에서 가장 비싼 주말을 보냈기 때문이다. "하지만 제가 그림에 대해 뭘 알겠습니까? 저는 아무것도 모릅니다. 그러니 제 의견이 무슨 소용입니까? 나중에라면 몰라도요." 다시 오싹한 웃음소리가 들렸다. "난 그림을 포장할 벽지를 가져왔어요. '대로에서 노는 아이들'에 딱 맞는 크기예요. 포장해 주세요."

그녀가 떠나자 이 작은 가게에 다시 고요가 찾아왔고, 나는 단호하게 내가 가진 돈은 이것뿐이니 더 이상 지불할 수 없다고 말했다. 결국 우리도 가게를 나섰고, 나는 상을 가지고 돌아갈 수 있었다.

폴린에게 아직 시간이 있어서, 우리는 칵테일을 한잔하러 밴 바드에 들렀다. 그림은 자동차에 두고 왔지만, 술을 주문하자 폴린이 도대체 왜 그 그림을 샀는지 물었다. 나는 그 그림을 묘사하면서 이유를 설명해 주었다. 그녀는 결국 그 그림이 그런대로 마음에 들기는 하지만, 그 그림에서 특별한 힘은 느껴지지 않는다고 말했다.

이 점으로 보아 그녀는 그림을 볼 줄 모르는 게 분명했다. 그녀의 탓은 아니었다. 색맹이나 음치가 태어나는 것처럼, 많은 사람들이 그림을 볼 줄 모르는 눈을 갖고 태어나니까. 하지만 그녀에게 루이즈 패터슨의 작품이 추상화의 간소화나 색채의 강조 같은 영역에 있어 어떤 의미를 갖는지 설명해 주려고 애를 썼다. 그러고는 폴린이 그림에 적절한 제목을 붙인 것으로 보아, 그녀는 그 그림과 뭔가 통하는 면이 있다고 우겼다.

"당신 말이 맞는지 어떻게 알아?"

"난 알아. 느낌으로 알 수 있어. 내가 그림에서 보는 게 바로 그런 거지."

나는 충동적으로 유다는 타고난 순응주의자이고, 선천적으로 사리분별을 할 줄 아는 사람이며, 사적인 이익을 추구하지 않는 비주류 모임에 참여하게 되자 분수를 잊고 제대로 생각하지도 않은 채 맹목적으로 따르는 부류가 분명하다고 말했다.

"세상에. 당신은 유다가 마치 성자인 것처럼 말하네." 폴린은 미소를 지으며 동시에 얼굴을 찡그렸다.

나는 그럴 공산이 크다고 대답했다.

"그런 남자는 말이지, 천성적으로 한 번 타락한 후에도 계속해서 벗어날 방법을 찾게 되어 있어. 분명 다른 사람들보다 두 배는 더 고뇌에 시달렸을걸. 그러다가 결국에는 유혹이 감당할 수 없을 정도로 커져 버리는 거야. 그래서 유혹을 받자 그도 다른 성인들처럼 타락하고 말았지. 하지만 그것도 잠시뿐이었어."

"좀 복잡한 이야기 아닌가?"

"어쨌든 그게 내 그림의 제목이란 말이지. 이름을 붙여 줘서 고마워."

폴린은 나와 건배를 하다가 자신의 칵테일 잔을 엎고 말았다.

그 정신없는 순간에 나는 손수건을 꺼내 그녀를 도와주었고, 그녀가 마무리를 하는 동안 웨이터를 불러 새로 주문했다. 웨이터가 젖은 테이블을 정리해 주었다. 잠시 후 우리는 계속해서 먹고 마시며 더욱 더 많은 이야기를 나눴다.

밖으로 나오자 상당히 어두워져 있었다. 나는 몇 블록 떨어진 이스트 58번가로 차를 몰았다. 폴린의 아파트에는 한 번도 들어가 본 적이 없었다. 그녀의 집은 소박하고 오래된 남미식 주택이었다. 그녀는 입구에서 떨어진 곳에 내려 달라고 부탁했다. 그 태도는 뒤이은 설명만큼이나 냉정했다. "여행용 가방을 들고 들어가는 건 현명한 행동이 아닌 것 같아. 다른 사람과 동행하는 것도."

그녀가 말로 표현하지는 않았지만, 사소할지언정 실제로 닥칠 수 있는 위험을 피하기 위해서는 불편을 감수해야 한다는 태도가 일순간 느껴졌다. 나는 이 생각을 지워 버리고 아무 말도 하지 않았다. 잠자코 차를 몰아 건물을 지나쳐 불이 켜져 있는 유리문에서 반 블록 정도 떨어진 곳에 차를 세웠다.

나는 차에서 내려 그녀가 올버니에 가져갔던 작은 여행가방을 꺼내 그녀에게 건네주었다. 둘 다 잠시 동안 아무 말이 없었다.

"전화해도 돼?" 내가 물었다.

"그럼. 제발 해 줘. 하지만 우리는, 그러니까……."

"당연하지. 굉장히 즐거웠어, 폴린. 정말이지 최고였어."

그녀는 미소를 지으며 떠났다.

멀어져 가는 그녀의 어깨 너머로, 리무진 한 대가 건물 입구 건너편 모퉁이에 멈추는 모습이 희미하게 보였다. 차에서 내린 남자의 모습과 태도는 어딘지 모르게 친숙한 구석이 있었다. 그는 머리를 도로 차 안으로 집어넣고 기사에게 지시를 내리더니, 순간 내 쪽으로 몸을 돌렸다. 얼 재노스였다.

그는 폴린이 다가오는 것을 알아차렸고, 나는 그의 시선이 그녀를 지나쳐 나를 향하고 있다고 확신했다. 그러나 내가 누구인지 알아차린 것 같지는 않았다. 가로등이 내 뒤쪽에 있어 얼굴이 보이지 않았기 때문이다.

만일 그가 나를 알아보았다면 어떻게 되었을까? 하지만 저 여자는 그의 소유가 아니었다. 그리고 나도 그의 소유가 아니었다.

나는 자동차에 올라타 시동을 걸었고, 두 사람은 함께 불이 켜진 문 안으로 들어갔다.

차를 몰고 자리를 떴지만, 이런 재수 없는 상황이 꺼림칙하게 느껴졌다. 그러나 한편으로 얼마나 큰 위험이 닥칠 뻔했는지는 미처 모르고 있었다.

다시 길의 바로 돌아갔다. 그곳은 평소처럼 시끌벅적한 토요일 밤이었다. 나는 대화도 거의 나누지 않은 채 술만 들이켰다. 그러다가 자동차를 주차장에 세워 놓고 1시 45분 기차를 탔다. 평소보다 이른 시각이었지만, 오후에 조젯과 조지아가 플로리다에서 돌아왔을 때 맑은 눈으로 맞아 주고 싶었다. 기차를 타고 시내로 다시 돌아와서 자동차로 두 사람을 데리러 갈 생각이었다.

나는 여행 가방을 들고 마블 로드에 있는 집으로 왔다. 물론 '성 유다의 유혹'도 잊지 않았다. 그 그림은 그냥 응접실 탁자 위에 놓아 두었다. 세척하고 복원한 다음 액자에 넣어야 했다.

나는 아래층에 있는 패터슨의 그림들을 바라보다가, 침실로 가기 전에 위층 내 서재에 있는 그림도 살펴보았다. '유혹'은 집에 있는 그림들보다 더 뛰어난 작품이었다.

어쩌면 내가 미국에서 가장 유명한 패터슨 수집가가 될지도 모르겠다는 생각이 들었다. 어쩌면 전 세계에서.

잠자리에 들기 전, 여행 가방을 풀고 안에 든 물건들을 치웠다. 가방 역시 치워 버렸다.

얼 재노스 Ⅰ

하느님께 맹세코 이런 밤은 처음이었다. 나란 인간은 겨우 충동 따위에 품위를 잃는 사람이 아니라고 스스로를 속여 왔지만, 내 친구일지도 모르는 이 녀석들은 그 한계를 넘나들었다. 한 놈씩 목을 졸라 버렸어야 하는 건데.

15년 동안 내 변호사였던 랠프 비먼 녀석은 〈커머스 인덱스〉의 통신망 갱신 문제가 들이닥쳤는데도 의도적으로 일말의 관심이나 동정을 표하지 않았다. 여기 있는 사람들 모두 마치 내가 실체가 없는 유령이며 여기 존재하지도 않는다는 듯, 마치 내가 정말로 내 사업체를 잃을지도 모른다는 듯, 드러내 놓고 이 문제에 대해 떠들어 댔다. 사실 그들은 내가 정말로 그렇게 됐을 때를 대비하여 대안을 저울질하고 있었다.

"이 건에 대해서 랠프와 내가 할 말이 있네." 나는 진심을 담아 말했지만, 저 쥐새끼 같은 자식은 머리카락 한 올 까딱하지 않았다.

그저 분명하게 중립적인 태도를 취할 뿐이었다.

"아, 그럼요. 분쟁이 일어날 게 분명한 일을 다시 시작해서는 안 됩니다."

내게 저 말은, 마치 우리가 이미 그 싸움에서 졌다는 소리로 들렸다. 그를 날카롭게 쏘아보았지만, 그는 내 시선을 이해하려 들지 않았다. 스티브가 이 자리에 있었다면 얼마나 좋았을지. 그는 내 은밀한 감정의 기류에 대해 굉장히 민감하게 반응하곤 했다. 그러나 그는 내 주위를 온통 둘러싸고 있는 그 기류를 느낄 수는 있었겠지만, 그 크기를 감지할 수는 없었다.

우리 열 명은 존 웨인의 집에서 저녁 식사를 하고 있었다. 그는 사근사근하면서도 정치적인 문제에 있어 리더 역할을 할 수 있는 사람이었고, 이런 자리에서 논쟁거리가 생기면 대개 정치적인 수준으로 확대되기 일쑤였다. 하느님에 맹세코 내가 이 집에 도착한 이후, 지겹도록 해묵은 걱정거리는 적어도 백 년 전까지 거슬러 올라가고 있었다. 재노스 엔터프라이즈와 현재 우리가 겪고 있는 어려움에 대한 이야기 외에는 아무것도 화제에 오르지 않았다. 그러나 내게 있어 어려움이란 없었다. 그리고 지금도 마찬가지였다.

해밀턴 카가 내게 워싱턴에 간 일은 어땠느냐고 묻자 불편한 분위기가 형성되었다. 나는 이제 막 워싱턴에서 돌아온 참이었고, 내가 그곳에서 누구를 만나고 무슨 일을 하려고 했는지 그가 다 알고 있다는 불쾌한 느낌이 들었다. 그러나 사실은 아직 아무 일도 시작하지 않았다. 재노스 엔터프라이즈의 사업 기반을 넓히려는 생각을 품고 있었기 때문에, 워싱턴에 간 이유는 그저 이를 위한 절차에 대하여 신뢰할 수 있는 최신 정보를 모으고, 증권거래소와 진지하게 이야기를 나누기 위해서였다.

랠프 비먼이 나와 동행했다. 그는 워싱턴에 체류하는 동안 거의 입을 열지 않아서, 그가 다른 마음을 품고 있는 게 아닌가 하는 강한 의심이 들었다. 그러나 그럴 리가 없었다. 그게 아니라면, 사실은 이들 모두가 작당하여 내게 반기를 들 음모를 꾸미고 있다는 건가? 합리적인 믿음을 갖고 신대륙으로 향하는 여행자들은 이전에도 허를 찔려 배신당하곤 했다.

그러나 해밀턴 카는 적이 아니었다. 적어도 그가 적이라고 생각해 본 적은 없었다. 그저 내 금융 어드바이저일 뿐이었다. 그는 재노스 앤터프라이즈가 발행하는 간행물 중 어떤 것이 가치가 있는지, 그 지분은 누구에게 있는지 항상 속속들이 알고 있었다. 오늘밤, 그는 이렇게 말했다.

"제닛 도너휴사가 여전히 인수합병을 바라고 있다는 사실을 아실 테지요."

나는 그에게 크게 웃어 주었다.

"그래. 알고 있지. 뭘 팔 거라던가?"

카는 내 말을 비웃는 듯 얼음장 같은 미소를 지었다. 젠장, 대체 무슨 일인데?

이곳에는 끔찍한 영어 발음으로 말하는 빌어먹을 외국인 한 명이 자리하고 있었는데, 그녀의 이름은 피어솔 부인이던가, 아니면 대충 그 비슷한 이름 나부랭이로 통했다. 그녀는 내 잡지들에 관해 무슨 문제가 있는지 장황하게 늘어놓았다. 모든 것이 문제라는 식이었다. 하지만 그녀는 내가 누구보다 시야가 넓고 경험이 풍부한 최고의 작가들과 편집자들을 구하기 위해 먼 길을 돌아왔다는 사실은 생각조차 하지 않았다. 나는 여러 신문, 잡지는 물론 명문 대학들까지 샅샅이 뒤졌고, 최고의 저널리스트들을 한 지붕 아래에 모으기 위해 업계 최고 수준의 급료를 지급했다. 그녀는 그르렁대는 소리를 냈다. 울대뼈가 떨리는 모습이 앙상한 칠면조와 꼭 닮았다. 그녀의 말대로라면, 나는 정신병원이나 교도소에서 작가들을 찾아낸 셈이었다.

그녀가 무슨 말을 하든 미소를 지어 줄 수 있었지만, 카와 비먼, 그리고 결정적으로 사무엘 린든이라는 녀석이 하는 말에는 웃어 줄 기분이 들지 않았다.

"아시다시피 과거에 훌륭했던 방식에 대한 수요가 언제까지나 존재하는 것은 아닙니다. 구독자들에게 설문조사를 해 보았습니다."

설문조사라니, 어린아이도 할 수 있는 생각이었다.

"제가 솔직하게 말씀드리기를 바라실 겁니다, 재노스 사장님."

"당연하지."

"음, 핵심 잡지들에 대한 설문조사 결과에서 이상할 정도의 변동 폭이 드러났습니다. 제 말은 다른 간행물에 비해서 너무 큰 변화라는 뜻입니다."

이제서야 그가 누구인지 기억이 났다. 그는 지역 배본 담당 업체의 부사장이었다.

"이 이유는 명백하지 않습니까?"

이 역시 나를 엄청나게 무시하는 발언인 동시에 후안무치한 행위가 아닐 수 없었다. *내가 그 명백한 이유란 걸 알고 있을 거라는 뜻인가?* 나는 그를 바라보았지만 굳이 대답하지는 않았다.

"어쩌면 점성술 잡지 때문일지도 모릅니다."

제프리 발락이 말했다. 무능력하고 악랄한데다 상스럽고 진실되지 못한 인간이었다. 그는 일종의 칼럼니스트였다. 예전에 한 번 그를 고용했던 적이 있었지만, 그의 작업 결과는 그다지 만족스럽지 못했다. 그래서 그가 다른 일을 얻어 떠났을 때, 나는 전반적으로 좋은 변화라고 생각했다. 지금 그를 보고 있자니, 그 스스로 그만두었는지 아니면 스티브가 그를 해고했는지 기억나지 않았다. 어쩌면 내가 해고했을 수도 있었다. 이제 그는 비위에 거슬리게 숱이 적은 머리카락을 뒤로 쓸어 넘겼다.

"왜 그런 잡지를 발행하는지 알 수가 없습니다. 왜죠?"

나는 여전히 미소를 짓고 있었지만, 그러기에는 상당한 노력이 필요했다.

"『스타』라는 작은 잡지가 있었는데, 잡지 제목에 대한 권리만 매입했지. 이제는 점성술과는 아무런 관련이 없어. 천체물리학계에서 거의 최고의 권위를 지닌 잡지라네."

"잘 팔립니까?"

이 역시 대답할 가치도 없는 질문이었다. 한때 우리는 이 인간을 두고 통찰력과 진실성을 갖춘 작가라고 생각했었다. 훌륭한 작가에게는 돈이 들고, 나는 그런 작가라면 기꺼이 그 돈을 지불했다.

하지만 그런 작가들에게 들어가는 비용은 계속해서 증가하고 있었다. 경쟁사끼리는 웬만해서 서로 손을 대지 않는다는 불문율이 있음에도 불구하고, 출판 그룹들은 물론이고 전혀 다른 분야에 속한 기업들까지 언제나 기꺼이 우리 직원들을 털어갔다. 정말로 훌륭한 직원들은 항상 광고회사나 영화사, 라디오 방송국 같은 곳에서 굉장한 급료를 제시 받고 떠나가기 마련이었다. 우리가 한 사람을 뽑아 자신의 천직을 깨우쳐 주고 훌륭하고 견실한 내면을 개발할 수 있도록 바른 길을 제시하고 착실히 보살펴 주면, 그는 향수 광고나 정치가들이 확성기에 대고 지껄이는 연설문 같은 쓰레기를 쓰려고 아무 생각 없이 우리를 떠나 버릴지도 모른다. 계약을 하든 하지 않든, 우리가 지불하려면 거의 회사 전체가 흔들릴 수도 있을 정도의 금액이었다.

출판사든 작가든 책을 내고 싶어한다. 내지 않으면 미쳐 버릴 것이다. 대부분의 작가들이 그런 천성을 타고났기 때문인지는 아무도 모르지만, 그들과 우리와의 계약 관계가 일정 기간 지체되고 연기되는 것은 피할 수 없는 절차였다.

어쨌든 우리는 여전히 최고의 작가진을 보유하고 있고, 외부와의 경쟁은 우리가 방심하지 않도록 만든다.

막상 제닛 도너휴나 디버스 앤드 블레어사가 1만5천 달러의 연봉을 받는 편집자에게 2만5천 달러를 제시한다면, 우리는 3만 달러로 올려 줄 작정이었다. 라디오 방송국에서 우리에게 정말로 필요한 직원에게 3만 달러를 제시한다면, 우리는 6만 달러를 지급할 작정이었다. 그리고 할리우드에서 1백만 달러를 제시하며 우리 급사나 취재원들을 강탈하기 시작하는 때가 온다 할지라도, 뭐, 그것도 괜찮다. 병적으로 반응할 필요는 없다. 하지만 때로는 그렇게 반응할 수밖에 없을 때도 있다.

10시였다. 최소한 이 시간은 돼야 내가 자리를 뜰 수 있었다. 이 까다로운 무리들에게 계속해서 쓸데없는 소리를 듣는 것 말고도 걱정할 일은 충분히 많았다.

이는 모두 물려받은 신경계와 내분비선의 문제였다. 누가 얼마나 합리적으로 행동하는가는 중요하지 않았다. 여기 모인 사람들처럼 모든 사람과 사안에 대해 음산하고 부정적인 태도를 견지하는 것도, 순전히 내분비선이 작동하는 방식의 문제였다. 나처럼 긍정적이고 건설적인 태도 역시 마찬가지였다. 따라서 내게는 그다지 자랑스러운 것도 아니었다. 하지만 그들에게도 역시 자랑스러운 일은 못 되리라.

자동차 안에서 나는 빌에게 집으로 가라고 지시했지만, 절반쯤 가다가 마음을 바꿨다. 폴린의 집으로 가자고 말했다. 어쩌면 그녀가 있을지도 모르지. 집이란 가짜 냉소주의자나 낙담한 감상주의자, 좌절한 음모꾼들 사이에서 저녁을 낭비하는 곳이 아니었다.

빌은 말 한 마디 없이 차를 몰아 모퉁이를 돌았다. 그런 그를 보고 있자니, 30년 전 서부지역 출판 유통 경쟁이 가장 극심하던 시절과 이후 북부에서 발생한 인쇄업자들의 파업 사태 당시 언제나 묵묵히 내 명령을 따르던 그의 모습이 떠올랐다. 그런 모습이 여전히 그를 내 곁에 두는 이유였다. 30년 남짓한 기간 동안 나에게조차 말을 하려 들지 않았다면, 다른 사람들에게는 절대 입을 열지 않을 것이기 때문이었다.

그녀의 집 앞에 도착하자, 나는 차에서 내려 운전석 창문에 고개를 디밀고 말했다.

"집으로 가게, 빌. 나는 택시를 탈 테니. 내일 저녁때까지는 자네
가 필요하지 않을 것 같군."

그는 나를 바라보았지만 아무 말도 하지 않고 조심스럽게 차를
돌렸다.

얼 재노스 Ⅱ

나는 보도에서 건물 안으로 들어가려고 몸을 돌렸다. 그런데 몸을 돌리는 순간, 폴린의 모습이 눈에 들어왔다. 그녀는 저쪽 모퉁이에서 누군가와 헤어지는 중이었다. 그녀의 얼굴은 보이지 않았지만, 서 있는 모습이라든지 행동 같은 것에서 그녀라는 것을 알아차릴 수 있었다. 그리고 그녀가 최근 의견을 내어 디자인한 모자와 베이지색 코트도 알아볼 수 있었다. 내가 그 자리에 서 있는 동안, 그녀는 내 쪽으로 걸음을 옮기기 시작했다. 그녀와 함께 있던 남자가 누군지는 전혀 알아볼 수 없었다. 그가 몸을 돌려 차 안으로 들어갈 때까지 계속 주시했지만, 그의 얼굴은 여전히 어둠 속에 가려져 있었다.

폴린은 내가 있는 곳에 도착하자 조용히 미소를 지었다. 조금은 따뜻하고 조금은 쌀쌀맞은 표정이었고, 언제나처럼 찬찬한 모습이었다.

"안녕, 내 사랑. 여기서 만나다니, 운이 좋았군."

그녀는 머리카락을 쓸어 넘기는 시늉을 하며 내 옆으로 다가와 섰다.

"어제 돌아올 거라고 생각했었는데. 여행은 좋았어요, 얼?"

"그럼. 주말은 즐겁게 보냈나?"

"굉장했어요. 드라이브에 수영도 하고 멋진 책도 읽었어요. 엄청 재미있는 친구들도 사귀었다니까."

우리는 진작에 건물 안으로 걸음을 옮기고 있었다. 내가 아래로 시선을 떨구자 그녀가 들고 있는 여행용 가방이 보였다.

아파트 전화 교환대 칸막이 너머로 사람이 움직이는 소리가 들렸지만, 모습은 보이지 않았다. 그리고 평소처럼 다른 사람의 기척은 없었다. 그녀가 처음부터 이런 아파트를 좋아했던 이유에는 아마도 이런 고립된 구조인 까닭도 있었으리라.

이 아파트에는 자동 엘리베이터가 있었고, 지금은 1층 로비에 멈춰서 있었다. 나는 문을 열고 그녀의 뒤를 따라 엘리베이터에 올라타 5층 버튼을 누르며, 길가를 향해 고갯짓을 했다.

"그 남자도 그중 하나인가?"

"그중이라니? 아, 새로 사귄 친구들 말이구나. 맞아요."

엘리베이터가 5층에서 멈췄다. 안쪽 문이 소리 없이 미끄러지며 열렸고, 폴린은 직접 바깥문을 밀어젖혔다. 나는 그녀를 따라 카펫이 깔린 복도 위를 여남은 발짝 걸어 5A호에 도착했다. 작은 방이 네 개 딸린 아파트 안은 극도로 고요했고, 며칠 동안 환기를 시키지 않은 듯 묵은 공기로 가득했다.

"그 사람들이랑 뭘 했지?"

"음, 처음에는 서드 애비뉴에 길이라는 사람이 하는 굉장히 멋진 바에 갔어요. 당신도 마음에 들 걸. 개인적으로는 좀 지루한 곳이었는데, 하지만 오래된 고고학 발굴지와 고급 라운지 바를 합쳐 놓은 듯한 곳이었어. 정말 기묘한 조합 아니에요? 그 다음에는 거리를 쏘다니며 골동품 쇼핑을 했어요."

"무슨 골동품?"

"재미있어 보이는 거라면 뭐든지. 결국 그림을 한 장 샀는데, 정확히 말하면 그 사람이 산 거지. 여기서 세 블록 정도 떨어진 곳에 있는 가게였어요. 딱 쓰레기통에서 꺼낸 것처럼 굉장히 낡은 그림이었다니까. 사실 그 사람도 다른 손님이 사려는 걸 억지로 빼앗은 거였어요. 어떤 여자도 값을 불렀거든요. 달랑 손 두 개만 나와 있는 그림이었는데. 화가 이름이 패터슨이라나."

"뭐가 두 개라고?"

"손, 자기. 사람 손 말이야. 내가 보기에는 유다에 대한 작품 같았는데. 그러고 나서 밴 바드에 가서 몇 잔 더 마셨어. 그리고 그가 나를 집에 데려다 줬고. 그러다 당신을 만난 거야. 이제 만족해요?"

나는 그녀가 현관 옆에 있는 작은 벽장을 열고 가방을 집어넣는 모습을 바라보았다. 그런 다음 그녀는 문을 닫고 내게 돌아왔다. 그녀의 반짝이는 머릿결과 그윽한 눈, 르네상스 스타일의 완벽한 얼굴이 가까이 다가왔다.

"즐거운 오후를 보낸 것 같군. 그 새 친구란 녀석은 누구지?"

"아, 그냥 어떤 남자예요. 당신은 모르는 사람. 이름은 조지 체스터고, 광고 일을 한다나."

그녀의 말이 사실일 수도 있겠지. 그렇다면 내 이름은 조지 아그로폴루스일 걸. 하지만 나는 그녀보다 훨씬 오래 이 도시에서 살아왔다. 그리고 그 점에 대해서라면 폴린의 남자 친구도 나만큼은 아닐 것이다. 내가 잠시 동안 말없이 그녀를 바라보자, 그녀는 조금은 지나치게 의도적이지 않나 싶은 시선으로 마주 보았다. 그녀의 곁을 맴도는 새로운 위성이 누군지는 몰라도, 약간 꺼림칙한 느낌이 들었다.

그녀는 거실 한쪽에 놓여 있는 디캔더를 가져와 브랜디를 두 잔 따랐다. 그녀는 들어올린 잔 너머로, 그 어떤 순간에도 통용될 것 같은 은밀한 눈빛을 보냈다. 나는 새삼 세상 모든 일이 부질없다는 생각을 하면서 내 잔을 홀짝였다. 춥고 기운이 빠져 뭔가 해볼 기분이 나지 않았다. 스티브는 이런 기분을 한 번도 느낀 적이 없을 테지. 오직 나만이 느끼는 기분이었다. 다른 사람들도 가끔은 이런 기분을 경험한 적이 있을까 하는 질문이 머릿속을 스치고 지나갔다. 거의 없겠지.

"적어도 이번에는 남자로군."

그녀는 날카로운 어조로 물었다. "그게 대체 무슨 뜻이에요?"

"무슨 뜻인지 알 텐데."

"그 일을 다시 끄집어내는 거예요? 나한테 앨리스 이야기를 들이밀어?" 그녀의 목소리는 마치 말벌이 윙윙대는 것 같았다. "당신은 절대 앨리스를 잊지 못해, 그렇죠?"

나는 남은 브랜디를 마시고 디캔더를 들어 한 잔 더 따랐다. 의도적으로 느릿느릿하고 점잖게 입을 열었다. "아니. 당신은?"

"또 그런 빌어먹을 나폴레옹 흉내를……. 대체 무슨 말이 하고 싶은 거예요?"

나는 한 번에 브랜디를 들이켰다.

"그리고 당신은 조애나를 못 잊고 있지 않나?" 나는 부드럽게 말했다. "그리고 그 버리스랑 제인, 또 그 오스트리아에서 망명한 여자도. 더 있을지 누가 알겠나. 당신은 그들 중 누구도 잊지 못해. 그리고 다음번 여자도 마찬가지겠지."

그녀는 목이라도 졸린 듯 잠시 동안 말을 잊지 못하다가, 용수철이 달린 동물 인형처럼 갑작스럽게 움직였다. 내 머리를 스치고 지나가 벽에 부딪쳐 반짝이는 유리 파편을 날린 것은 아무래도 재떨이 같았다.

"빌어먹을 개새끼." 그녀는 폭발했다. "그딴 식으로 말을 해? 세상에 별별 인간이 많지만, 당신 같은 놈은 또 없을 거야."

나는 기계적으로 디캔터에 손을 뻗어, 잔에 브랜디를 찰랑거리게 부었다. 병뚜껑을 찾으려고 손으로 주변을 더듬었다. 그러나 손에 닿지 않았다.

"그런가?"

그녀는 키 작은 테이블 저쪽에서 분노로 일그러진 얼굴을 하고 서 있었다.

"그러면 스티브 헤이건이랑은 어떻고?"

나는 병뚜껑을 찾던 것을 잊어버린 채 그저 그녀를 바라보았다.

"뭐라고? 나 말인가? 그리고 스티브라니?"

"내가 장님인 줄 알아요? 내가 두 사람이 애인처럼 구는 걸 한 번도 못 봤을까 봐?"

나는 머리가 어지러워 잠시 굳어 버렸다. 내 안에 무언가 거대하고 어두운 것이 모여들고 있었다. 나는 기계적으로 그녀의 말을 반복했다. "애인이라니? 스티브가?"

"그 남자랑 부부가 아닌 척 굴고 있으면서. 평생 동안. 내가 몰랐다고 생각했지? 계속해 봐, 이 개새끼야. 어디 놀라는 척해 보라고."

나는 이제 더 이상 나 자신이 아니었다. 내 안에서 30미터나 되는 거인이 나타나 내 손과 팔, 심지어는 목소리까지 휘어잡았다. 거인이 내 다리를 똑바로 펴자, 나는 어느새 일어나 있었다. 거의 말을 할 수도 없었다. 톱날로 나무를 써는 듯한 목소리만 작게 들릴 뿐이었다.

"스티브에 대해 그런 말을 해? 세상에 둘도 없는, 그렇게 훌륭한 남자에게? 그리고 나한테도?"

"그럼 어때. 다 늙어빠진 호모 고릴라 같으니. 얼마나 멍청하길래 이제까지 그것도 모르고 살아왔던 거야?" 그녀는 갑자기 비명을 지르기 시작했다. "안돼! 얼, 하지마!"

나는 디캔터로 그녀의 머리를 내리쳤고, 그녀는 휘청거리다 방 한가운데에 뒤로 쓰러졌다. 내 입에서 목소리가 흘러나왔다. "그딴 식으로 말하면 안 돼. 우리 둘에 대해서 그런 식으로 말하면 안 된다고."

"하지마! 오, 하느님. 얼, 그러지 마. 얼! 얼! 얼!"

그녀와 나 사이를 가로막고 있는 테이블을 걷어차며 그녀를 향해 다가갔다. 다시 한 번 그녀를 내리치자, 그녀는 끔찍한 목소리로 계속해서 떠들어댔다. 그래서 두 번 더 그녀를 후려쳤다.

그녀는 마룻바닥 위에 몸이 뒤틀린 채 조용히 누워 있었다. "모든 일에는 지켜야 할 선이라는 게 있는 거야. 남자가 참아 주는 것도 한계가 있어."

그녀는 대답하지 않았다. 움직이지도 않았다.

나는 그녀 위에서 오랫동안, 아주 오랫동안 서 있었다. 아무런 소리도 들리지 않았다. 저 멀리 아래쪽 길에서 자동차들이 지나가는 소리만 작게 들려올 뿐이었다. 디캔터는 아직 내 손에 들려 있었다. 나는 병을 들어올려 희미하게 얼룩이 진 바닥 한 곳을 바라보았다. 몇 가닥의 머리카락이 붙어 있었다.

"폴린."

그녀는 저 멀리 움직이지 않는 지점을 응시한 채 누워 있었다. 정신을 잃은 척하는 게 분명했다.

그녀의 아름답고 눈이 부신, 천천히 피를 흘리는 머리를 바라보자, 공포가 밀려와 점점 더 깊게 스며들었다. 더욱 깊이. 그녀의 얼굴에는 이 세상 어디에서도 찾아볼 수 없는 표정이 떠올라 있었다.

"오, 세상에, 폴린. 일어나."

나는 디캔터를 떨어뜨리고, 그녀의 블라우스 속으로 손을 넣어 심장 위에 얹었다. 아무런 움직임이 없었다. 그녀의 표정은 변하지 않았다. 숨소리도 들리지 않았고 맥박도 잡히지 않았다. 아무런 움직임이 없었다. 그녀의 온기와 희미한 향수 냄새뿐이었다. 나는 천천히 일어섰다. 그녀는 죽어 버린 것이다.

이제 내 인생은 이 이상한 꿈으로 이끌리고 있었다.

어둠과 메스꺼운 기분이 파도가 밀려오는 것처럼 나를 엄습했다. 이전에는 경험하지 못한 일이었다. 여기 남아 있는 썩은 고깃덩어리는 불현듯 이 세상 전부가 되어 버렸다. 우리 사이에 남아 있는 전부이자, 내가 저지른 일의 전부였다. 모두 이 사고의 결과였다.

이건 사고일 뿐이었다. 하느님께서는 아시리라. 끔찍할 사고일 뿐이었다.

내 손과 셔츠에 묻은 얼룩이 눈에 띄었다. 바지와 신발에 커다란 얼룩이 있었고, 방 안을 둘러보니 내가 처음 앉아 있던 거실 벽에도 작은 얼룩들이 높은 곳까지 튀어 있었다.

도움이 필요했다. 절실하게. 도움과 조언이 필요했다.

나는 화장실로 들어가 손을 씻고 스펀지로 옷을 문질러 닦았다. 조심스럽게 행동해야 한다고 생각했다. 모든 행동에 주의해야 했다. 손수건을 꺼내 수도꼭지를 잠갔다. 그녀의 애인이 여기 온 적이 있었다면 그의 지문이 남아 있겠지. 나 말고 다른 사람의 지문이. 그것도 한둘이 아닐 것이다.

나는 다시 방으로 돌아갔다. 폴린은 여전히 움직이지 않은 채 카펫 위에 누워 있었다. 나는 디캔터와 그 뚜껑을 만졌던 것을 기억해냈다. 둘 다 꼼꼼히 닦아낸 후, 마찬가지로 술잔도 닦았다. 그 다음으로 전화기에 손을 뻗으려는데, 순간 아래층에 전화 교환대가 있던 것을 기억하고는 손을 치웠다.

다시 한 번 손수건을 장갑 대용으로 사용하여 아파트를 빠져나갔다. 우리가 들어갈 때는 폴린이 문을 열었었다. 마지막으로 보았던 그녀의 손가락이 머릿속에 떠올랐다. 문손잡이와 열쇠, 문틀을 잡던 그녀의 손이.

5A호 문밖으로 나와 오랫동안 귀를 기울였다. 복도에서는 아무 소리도 들리지 않았고, 닫혀 있는 문 안쪽에서도 마찬가지였다. 비통함과 두려움 때문에 다시 현기증이 밀려왔다. 다시는 이 아파트에 오지 않으리라. 내가 올 곳이 아니었다.

하지만 아직 해결해야 할 일이 많이 있었다. 모든 것이 무너져 내리며 치명적이고 비현실적인 위협으로 다가왔다.

조용히 카펫이 깔린 복도를 지나 계단을 내려갔다. 1층 계단 층계참에 도달하자, 희끗희끗한 머리카락이 살짝 벗어진 남자가 전화 교환대에 앉아 있는 모습이 보였다. 그는 꼼짝도 하지 않았다. 평상시에도 그렇게 움직이기 싫어하는 사람이라면 앞으로도 꼼짝하지 않을 터였다.

조용히 마지막 계단을 내려가 카펫이 깔린 로비를 지나 문으로 향했다. 문을 열면서 뒤를 돌아보았다. 나를 보고 있는 사람은 없었다. 내 눈에도 아무도 보이지 않았다.

거리로 나와 몇 블록을 걷다가 어느 모퉁이에 있는 정류장에서 택시를 탔다. 기사에게 내가 가려는 곳에서 두 블록 떨어진 곳의 주소를 댔다. 내가 어디에 가고 싶은지가 무의식적으로 떠올랐던 것이다. 도시 외곽 방향으로 2킬로미터 정도 떨어진 곳이었다.

택시에서 내려 이내 그 건물 앞에 도착했는데, 그곳은 폴린의 집만큼이나 조용했다.

이곳에는 폴린의 아파트에 있는 것 같은 자동 엘리베이터가 없었고, 이런 몰골을 사람들 눈에 띄게 하고 싶지 않았다. 나는 계단을 이용하여 4층까지 올라갔다. 벨을 누르자마자 아무도 없을 거라는 생각이 번뜩 들었다.

그러나 집에 있었다.

문이 열리고, 스티브의 친절하고 현명한, 가죽처럼 다소 딱딱한 얼굴이 나를 맞아 주었다. 그는 슬리퍼를 신고 가운을 걸치고 있었다. 그는 나를 보자 문을 활짝 열었다. 나는 안으로 들어갔다.

"대체 꼴이 그게 뭡니까? 무슨 일이죠?"

나는 그를 지나쳐 거실로 들어가 커다란 의자에 앉았다.

"여기에 이렇게 들이닥쳐서는 안 되는데. 하지만 달리 갈 곳이 없었어."

그는 나를 따라와 거실로 들어오더니 냉정한 표정으로 물었다. "무슨 일입니까?"

"세상에. 나도 잘 모르겠어. 술 한 잔 주겠나?"

스티브는 내게 술잔을 건네주었다. 그는 사람을 불러 얼음이라도 좀 가져오도록 하겠다고 했지만, 나는 그의 말을 막았다.

"다른 사람은 아무도 여기 들여선 안 돼. 난 방금 누구를 죽이고 오는 길이야."

"뭐라고요?" 그는 잠시 말을 멈췄다. "누구를요?"

"폴린."

스티브는 나를 골똘히 바라보다가, 술을 한 잔 따라 잠시 홀짝거렸다. 그 와중에도 여전히 시선은 내게서 떼지 않았다.

"확실합니까?"

바보 같은 질문이었다. 나는 격렬하게 웃음이 터져 나오려는 것을 억눌렀다. 대신 그에게 퉁명스럽게 말했다. "확실하네."

"알겠습니다." 그는 느릿느릿한 말투로 대답했다. "다 그녀가 자초한 일입니다. 삼 년은 더 전에 죽여 버렸어야 했어요."

나는 그를 만난 이후 가장 오랫동안 그를 바라보았고 가장 많은 생각을 했다. 그의 굳은 얼굴 위에는 차가운 조소가 살짝 엿보였다. 그가 마음 속으로 어떤 생각을 하는지 알고 있었다. *당신은 왜 그녀 같은 잡년에게 그토록 신경을 썼던 거지?* 그리고 내 마음 속에 이런 생각이 떠오르리라는 사실도 알고 있었다. *나는 세상에서 가장 외로운 사람일 테니까.*

"여기로 와 버렸네, 스티브. 내가 마지막으로 들러야 할 곳이니까. 음, 이제 모든 걸 직시해야지. 하지만 내 생각에…… 젠장, 내가 무슨 생각을 했는지 모르겠군. 어쨌든 내가 해야 하는 일이 있다면 말이지. 자네가 그 일이 무엇인지 알 거라고 생각했네."

"그녀는 그런 짓을 당해도 쌉니다." 스티브는 조용히 반복했다. "싸구려 코미디언 같은 여자였어요."

"스티브, 폴린에 대해서 그런 말은 말게. 세상에 둘도 없는 따뜻하고 너그러운 여자였어."

그는 잔을 다 비우고 아무렇게나 내려놓았다.

"그렇습니까? 그럼 왜 그녀를 죽였죠?"

"모르겠네. 정말 모르겠어. 이제 여길 나가서 랠프 비먼에게 가야겠어. 그리고 경찰에게도. 아마 감옥에 있다가 전기의자에 앉게 되겠지." 나는 술잔을 비운 다음 내려놓았다. "방해해서 미안하네."

스티브는 손사래를 쳤다. "바보 같은 이야기는 그만둡시다. 감옥 어쩌고도 잊어버리고요. 회사는 어떻게 되는 겁니까? 당신이 심각한 문제에 빠지면 회사에 무슨 일이 일어날지 알고 있습니까?"

나는 내 손을 바라보았다. 지금은 핏자국 하나 없이 깨끗했지만, 내 인생을 망쳐 버린 손이었다. 그리고 내가 자리를 비우면 회사에 무슨 일이 생길지 알고 있었다. 내가 자리를 비우거나, 혹은 이런 문제에 휘말리기라도 하면 무슨 일이 일어날지는 뻔했다.

"그래. 알고 있어. 하지만 내가 어떻게 할 수 있겠나?"

"싸우고 싶은 겁니까, 아니면 그냥 포기하고 싶은 겁니까? 이런 궁지에 빠진 사람이 세상에 당신만 있는 것도 아니지 않습니까? 이제 어떻게 할 건가요? 한판 싸움을 벌일 겁니까, 아니면 손들고 주저앉아 버릴 겁니까?

"아무 기회라도 있으면 잡아 보기라도 해야지."

"당신이 그렇게 하려고 하지 않는다면, 내가 당신이라는 사람을 잘못 알았던 걸 테지요."

"그리고 물론 회사 문제만 걸려있는 게 아냐. 그만큼 중요한 문제가 있지. 내 목도 걸려 있으니까. 내 목은 지키고 싶군."

스티브는 사무적인 태도로 일관했다. "당연합니다. 자, 무슨 일이 일어난 겁니까?"

"설명할 수가 없군. 나도 잘 모르겠어."

"노력해 보세요."

"그년이…… 오, 세상에, 폴린이 말이야."

"그래서요?"

"그녀가 내게 무슨 말을 했는데…… 사실 우리 둘 다 분개해야 할 이야기야. 전혀 말도 안 되는 내용이었지만. 나는 술을 조금 마셨는데, 그녀는 좀 많이 마셨을 거야. 그녀가 우리에 대해 한 이야기가 있지. 참을 수 있겠나?"

스티브는 일말의 흔들림도 보이지 않았다. "무슨 이야기를 했는지 압니다. 그녀가 할 이야기야 뻔하지요. 그래서요?"

"그게 전부야. 나는 뭔가 집어 들고 그녀의 머리를 때렸어. 디캔더였다네. 어쩌면 두세 번이었는지도 모르고, 어쩌면 열 번이었는지도 몰라. 그래 디캔더였어. 병에 찍힌 내 지문은 다 지웠네. 그녀가 좀 정신이 나갔던 게 분명하지 않나? 어떻게 그런 말을 할 수가 있지? 그녀는 종종 사람이 변하곤 한다니까. 스티브, 내가 이 이야기를 한 적이 있던가?"

"굳이 들을 필요도 없었죠."

"그래서 그녀를 죽었어. 생각도 하기 전에 저질러 버린 거지. 세상에, 삼십 초 전만 하더라도 그런 일을 할 생각은 추호도 없었는데. 게다가 회사도 위기에 부딪혔어. 진짜 위기라네. 자네에게 이 이야기는 했었나?"

"그렇습니다."

"오늘 일을 말하는 게 아니야. 내 말은 카와 웨인이……,"

"그 이야기도 들었습니다."

"그래, 오늘 저녁 식사 자리에서 확신했네. 그리고 이제 이 일이 벌어졌지. 오, 하느님."

"모든 일을 제대로 처리하고 싶다면 냉정을 잃지 말아야 합니다. 신경에 무리가 가지 않도록요. 특히 당신 신경에는 주의를 기울여야죠."

돌연히, 내 오십 평생 처음으로 눈에서 눈물이 흘렀다. 부끄러운 일이었다. 나는 그를 차마 볼 수 없었다. "내 신경에 대해선 걱정하지 말게."

"그냥 말만 해두는 겁니다." 스티브는 차분하게 말했다. "그러면 이제 자세한 이야기를 듣고 싶군요. 당신이 폴린의 아파트에 들어가는 모습을 본 사람이 있습니까? 도어맨은 어디에 있었습니까? 전화 교환대 담당자는요? 그곳에는 어떻게 갔습니까? 나올 때는요? 아무리 사소한 점이라도 그때 일을 알아야겠습니다. 그녀가 한 말과 당신이 그녀에게 한 말도요. 그녀가 한 행동과 당신이 한 행동 역시 마찬가지입니다. 오늘 저녁 폴린의 집에 가기 전에는 어디에 있었습니까? 깨끗한 옷을 좀 가져오겠습니다. 셔츠와 바지에 핏자국이 있군요. 그건 버려야겠어요. 그 동안 이야기나 계속하세요."

"알았네. 웨인의 집에서 저녁을 먹었지. 그들은 재노스 엔터프라이즈가 얼마나 엉망진창으로 변하고 있는지에 대한 이야기밖에 하지 않는 것 같더군. 세상에, 그들이 내 곤경을 얼마나 즐거워하던지. 다른 일에 대해서는 생각도, 말도 하지 못하는 게 분명해."

"그 이야기는 넘어가죠. 요점만 이야기하세요."

나는 그에게 웨인의 집을 나와 빌이 운전하는 차를 타고 폴린의 집으로 간 이야기를 했다.

"빌에 대해서는 걱정할 필요가 없습니다."

"세상에." 나는 그의 말을 가로막았다. "자네는 정말로 내가 이 일을 모면할 수 있을 거라고 생각하는 건가?"

"디캔더에 찍힌 지문을 지웠다고 하지 않았습니까? 그런 일을 했을 때는 이 상황을 모면할 생각이 아니었나요?"

"무의식중에 한 일이었어."

스티브는 말다툼 따위는 할 생각이 없었다.

"계속하세요."

나는 그에게 나머지 일을 이야기했다. 어떻게 그 의문의 남자가 폴린과 헤어지는 모습을 보게 되었는지, 어떻게 그녀의 아파트에서 말다툼을 벌이게 되었는지, 그리고 그녀가 내게 한 말과 내가 그녀에게 한 말도, 그리고 그 다음에 무슨 일이 벌어졌는지도, 내가 기억하는 한 자세히 이야기했다.

마침내 스티브가 입을 열었다. "뭐, 하나만 빼면 다 괜찮을 것 같습니다."

"뭐지?"

"당신이 폴린과 함께 건물 안으로 들어가는 모습을 본 그 친구 말입니다. 아무도 당신이 들어가는 모습을 보지 못했지만, 그 친구만은 다르죠. 그가 누굽니까?"

"모른다고 말했지 않나."

"그는 당신이 누군지 알아보던가요?"

"모르겠네."

"당신이 폴린의 아파트에 들어가는 모습을 본 사람은 온 세상에 단 한 명뿐입니다. 그런데 당신은 그가 누군지 모르겠다고요? 그가 당신과 아는 사람인지, 당신이 누구라는 걸 알아차렸는지 모른다는 게 말이 됩니까?"

"몰라, 몰라, 모른다고. 왜 그게 중요하지?"

스티브는 내게 알 수 없는 시선을 보냈다. 그는 천천히 담배를 꺼내 물고, 계속해서 천천히 성냥으로 손을 뻗어 담배에 불을 붙였다. 그는 여전히 느릿느릿 두 번째 모금을 빨아들인 후 연기를 내뿜었고, 생각에 잠긴 채 성냥불을 불어 껐다. 그러고는 타 버린 성냥개비를 치우고 일부러 세 번째 모금의 연기는 한 번에 내뿜었다. 그제서야 그는 고개를 돌리며 말했다. "지랄맞게 중요합니다. 그러니 그 남자에 대해 알고 있는 게 있다면 모조리 듣고 싶습니다." 그는 재떨이에 재를 털었다. "전부 다요. 당신은 알지 못할지도 모르지만, 그자가 우리 계획에 있어 가장 중요한 열쇠입니다. 사실은, 얼, 그가 이 상황을 좌우할 겁니다. 모든 상황을 말이죠."

스티브 헤이건

우리는 그날 저녁 일을 앞뒤로 검토했다. 당시 상황을 매초 단위로 나누어 고출력 현미경 위에 올려놓았다. 검토를 마칠 때가 되자, 나는 마치 나 자신이 그 장소에 있었던 것처럼 당시 상황에 대해 알 수 있었다. 심지어 얼보다도 훨씬 자세하게 알 정도였다. 이 혼란스러운 상황 자체는 그에게 있어 지극히 일상적으로 일어나는 일이어서, 나는 처음 한 방 먹었을 때 이후로는 사실 전혀 놀라지 않았다.

그는 단순한 사고방식 탓에 자신이 얼마나 위태로운 상황에 처해 있는지, 얼마나 자신을 위태로운 상황에 몰아넣었는지 완전히 이해하지 못했다. 이 역시 일상적인 모습이었다. 그에게는 이 상황을 어떻게 통제해야 할지에 대해서나 우리가 얼마나 빨리 움직여야 하는지에 대해서는 물론, 단순히 어떻게 움직여야 하는지에 대해서도 아무런 생각이 없었다. 이 또한 일상적으로 벌어지는 일이었다.

폴린의 가정부는 내일 저녁때까지는 돌아오지 않을 예정이었다.

그때까지 시체가 발견되지 않으리라는 점은 분명 호기였다. 얼과 그녀와의 관계는 주지의 사실이었기에, 시체가 발견되고 나면 경찰은 첫 번째로 그에 대한 수사를 엄중하게 진행할 것이다.

나는 그 위험한 순간 내내 그가 나와 함께 있었다고 주장할 작정이었고, 이를 반드시 납득시켜야만 했다. 이 주장은 빌리가 뒷받침해 주어야만 했다.

얼은 웨인의 집을 나선 후, 곧장 여기로 온 것이다. 운전은 빌리가 했다. 그리고 다음 날 아침까지는 빌리가 할 일이 없기에, 그를 보낸 것이다. 이것으로 안심이었다. 지극히 안전한 계획이었다.

예전에 얼이 폴린의 아파트에 빈번하게 드나들었다는 증거는 널려 있었지만, 마지막 방문에 대해서만큼은 뚜렷한 증거가 없었다. 나조차 그곳에 한두 번 드나든 적이 있었다. 그녀의 아파트에는 남녀를 막론하고 많은 손님들이 드나들었다. 그러나 얼의 비위가 상할 만큼 자세한 묘사 탓에, 그녀의 상처를 감안하면 여자가 용의선상에 오를 가능성은 없으리라는 사실을 알고 있었다.

내가 얼을 위해 꾸며내야 하는 이야기는 철저한 조사를 받을 것이다. 그래서 나 역시 철저해져야 했다. 다른 사람의 도움을 받을 수도 없었다. 얼은 우리의 사업을 지켜내는 데 있어 그리 믿음직하지 못하기 때문에, 얼만의 문제가 아니라 내 일이기도 했다. 나 혼자 이 일을 해내야 했다.

빚을 내어 빌린 사무실에서 입에 발린 약속, 협박, 부도수표, 운등으로 직원들 월급을 지불하면서 일종의 쓰레기 같은 잡지들을 내던 시절로 전락할 가능성도 있었지만, 이런 전망은 그에게는 아무런 의미도 없었다. 그는 이에 대해 생각조차 하지 않았다. 하지만 나는 달랐다. 독자들의 마음을 사로잡는 얼의 재능은 독자들이 은행에 처넣는 재화보다 훨씬 더 가치가 있었다. 그런 그의 선견지명과 함께, 그에게는 가끔씩 나한테조차 발휘하는 변덕이라든지, 양심의 가책, 철학적인 기벽, 유머 감각 같은 점도 가득 있었다. 그런 점들은 사업상 회담이나 친목회 같은 곳에서 어느 정도 도움이 되기도 했다.

필요하다면, 지나치게 위험한 상황이 발생하면, 얼이 감당할 수 없는 때가 오면, 내가 그런 포화를 뒤집어쓸 수도 있었다. 나는 그 일을 감당할 수 있었다. 얼이 값비싼 대가를 치러야 할 성질을 부리던 바로 그때, 우리 직원 중 한 명인 에모리 매퍼슨이 이곳으로 전화를 걸었었다. 그리하여 내 알리바이는 확보할 수 있었다.

이 상황을 어떻게 뒤집느냐는 문제가 아니었다. 당면한 문제는 항상 그 수상한 남자의 정체로 귀결되었다. 얼이 저녁 식사 자리를 뜬 이후, 그를 본 사람은 아무도 없었다. 최소한 그가 얼이라는 사실을 알고 있었던 사람은 없었다. 나는 열 번째로 물었다. "당신이 본 그 남자 말입니다. 뭐 하나 친숙한 점이라도 있었습니까?"

"전혀. 그는 그림자가 진 곳에 서 있었다네. 가로등을 등지고."

"그가 당신을 알아봤는지 어떤지도 모르겠습니까?"

"모르겠어. 하지만 나는 입구 조명이 비치는 곳에 서 있었지. 나를 알고 있는 사람이라면 내가 누군지 알아차렸을 거야."

나는 다시 한 번 이 사안을 모든 각도에서 검토해 보았다. "지금이 아니라도 언젠가 당신을 알아볼 수도 있습니다." 나는 이렇게 결론을 내렸다. "당신이 경찰 조사를 받았다는 기사에 실린 사진을 보고 말이죠. 가능한 일입니다. 그리고 어쩌면 조심하자는 의미에서 얼굴을 알아보기 어려운 사진이 실리도록 해야 할지도 모르겠군요. 하지만 지금 당장 이 골칫거리의 정체를 알았으면 좋겠습니다. 우리가 준비한 이야기가 무너졌을 때 이를 대체할 수 있는 것이 필요합니다. 우리는 언제나 다른 사람들보다 한 수 앞서 있어야 합니다. 경찰을 포함해서요."

내가 알고 있는 것이라고는 폴린이 그 남자의 이름을 조지 체스터라고 말했다는 것뿐이었다. 폴린이 어떤 사람인지는 알고 있지만, 그래도 그 희한한 이름이 진짜 이름일 가능성은 있었다. 그리고 그 이름은 뉴욕의 5개 자치구나 주변 교외 지역의 전화번호부에 실려 있지 않았다. 그녀는 그가 광고계에 종사한다고도 말했었다. 이 또한 어느 쪽으로도 해석이 가능했다. 범위가 거의 좁혀지지 않는 것이다.

그들은 서드 애비뉴에 있는 길의 바라는 곳에 갔으며, 그곳은 왠지 모르지만 고고학 발굴지처럼 보이는 곳이었다. 이 대목은 진짜 같았다. 그 장소를 어렵지 않게 찾을 수 있을 것이다.

그들은 서드 애비뉴에 있는 골동품 가게에도 들렀고, 남자가 그림을 한 점 구입했다. 듣자 하니 별생각 없이 같은 가게에 들어온 여자와 그림을 놓고 경쟁을 벌였던 모양이었다. 그 상점 위치와 주인을 알아내는 것도 그리 어렵지 않을 것이다. 그 그림은 두 손을 그린 작품이었다. 그 그림의 제목, 혹은 주제는 유다에 관련된 것이었고 화가의 이름은 패터슨이었다. 캔버스는 쓰레기통에서 꺼낸 것처럼 엉망으로 보였다. 그 다음 그들은 밴 바드라는 고급 칵테일 바에도 갔다. 그곳에서 그 남자의 정보를 얻는 것 역시 어려운 일일리가 없을 것이다. 그가 그 그림을 갖고 있으리라는 점은 분명했다. 어쩌면 벌써 감정을 받았을 수도 있었다.

그 골동품 상점이야말로 가장 확실한 패 같았다. 그곳에서는 평소처럼 그림에 대해 길고 무의미한 대화가 오갔을 것이다. 상점 주인이 그 남자나 다른 여자 고객에 대해 잘 모른다 할지라도, 우리가 찾는 그 광대에 대한 새로운 실마리를 알려 줄 정도의 이야기는 들었을 게 분명했다. 그가 그런 가게에 들어갔다는 바로 그 사실만으로도, 그리고 소각로에 처넣어야 할 그런 그림 말고는 아무것도 구입하지 않았다는 점을 생각하면, 얼을 지켜보던 구경꾼에 대한 대략적인 윤곽은 이미 나온 셈이었다. "어떤 사람이 그런 좁고 어둑어둑한 가게에서 너저분한 물건을 사들일까요?"

"모르겠네. 젠장, 그럴 기분이 들면 나라도 그러겠지."

"음, 나라면 그럴 것 같지 않습니다. 하지만 다른 쪽으로 접근할 수도 있습니다. 분명 그 화가 쪽으로 접근하면 실마리를 얻어낼 수 있을 겁니다. 우리 자료실에서 그 그림의 사진을 몇 장 얻을 수 있을지도 모르고요. 우리가 찾고 있는 그 남자의 정체가 무엇이든 아마 그 화가의 열렬한 팬일 겁니다. 패터슨의 작품들 소재지와, 그 그림에 대한 정보도 알아낼 수 있을 겁니다. '두 개의 손' 말입니다. 손쉬운 일이죠. 어쩌면 뉴욕시에만 수천에서 수백만 점의 그림이 있을지도 모르지만, 결국 되짚어가다 보면 다른 사람들도 그 천재가 그린 그림을 본 적이 있을 테고, 우리 설명을 듣고 어떤 그림인지 알아차리는 사람도 있을 겁니다. 그렇게 되면 현재 소유주가 누구인지 추적할 수 있습니다."

얼은 이제 처음 입은 충격에서 벗어났다. 그리하여 보다 자신의 천성에 부합하는 방식으로 보고 행동하며 말을 하고 생각했다. "어떻게 경찰보다 앞서서 이 남자를 찾지?"

"이천 명이나 되는 부하 직원들이 괜히 있는 게 아니잖습니까?"

"그래, 물론 그렇지. 하지만 결국…… 그만큼 의혹을 더 퍼트리게 되는 건 아니겠지?"

나는 폴린의 죽음과 전혀 연관시키지 않고도 회사 조직을 움직일 수 있는 방법을 이미 생각해 두었다.

"아닙니다. 그런 결과를 피할 방도가 있습니다."

그는 잠시 동안 이 문제를 심사숙고했다. 이윽고 그가 입을 열었다. "자네는 왜 이렇게까지 하는 거지? 왜 위험을 자초하느냐는 말이야. 이건 심각한 사안이라네."

나는 그를 너무나 잘 알고 있었기에, 그가 이런 말을 거의 토씨 하나 틀리지 않고 할 것이라는 사실 역시 알고 있었다.

"전 전에도 이런 일을 해본 적이 있습니다. 안 그렇습니까? 한두 번이 아니었습니다."

"그래. 알아. 하지만 난 우정에 대한 보답을 이렇게 빌어먹을 방식으로 할 수는 없어. 그 이상으로 해를 끼치게 될지도 몰라. 더 많은 위험과 더 많은 희생이 따를 거야."

"제 걱정은 마시죠. 위험에 빠진 사람은 당신입니다."

"자네가 다치지 않기를 바라네. 하지만 나한테 알리바이를 만들어 주고 그 수수께끼의 당사자를 찾아 다닌다면, 자네도 그렇게 될 거야."

"제가 직접 찾아 나서지는 않을 겁니다. 이 일을 맡을 사람이 필요해요. 저는 표면에 나서지 않습니다." 나는 무엇보다 얼이 가장 큰 골칫거리가 되리라는 사실을 알고 있었다. 그래서 지금 첫 번째 장애물을 넘는 것이 낫다고 생각했다. "우선 가능한 한 당신을 이 문제에서 떼어 놓고 싶습니다. 그렇게 하는 것이 현명하다는 데에 동의하시죠?" 그가 고개를 끄덕이자, 나는 느릿느릿 말을 이어가며 생각나는 대로 덧붙였다. "그 다음으로는, 그 코미디언을 발견하게 되면, 우리랑은 전혀 상관없는 사람들을 보내서 해결을 보도록 해야 합니다."

얼은 곰곰이 생각하는 것처럼 보였다. 두껍고 털이 무성한 손가락을 바라보다 고개를 들었다. 그의 얼굴은 가장 심하게 떨고 있을 때조차 쾌활한 표정을 잃지 않았다. 그 여자를 죽일 때에도 웃고 있는 듯한 표정을 짓지 않았을지 궁금했다. 물론 그랬을 것이다.

그런 그의 섬뜩한 성격 속에서 하나의 질문이 천천히 형태를 이루다가 마침내 끓어올랐다. "그런데 말이지. 그 남자를 발견한 다음에는 어떻게 해야 하지?"

"그때 가 봐야 알겠죠. 이야기가 틀어지면 그는 곧장 경찰에게 갈지도 모릅니다. 그때에도 우리 알리바이가 여전히 유효하다면, 이렇게 나갈 겁니다. 그는 아파트 앞에서 당신을 목격했다고 말할 겁니다. 그런데 그는 그곳에서 무엇을 하고 있었을까요? 어쨌든 이 때문에 그 역시 당신과 마찬가지로 위험한 처지에 놓이게 될 겁니다. 우리는 좀 더 그의 똥줄을 타게 만들어야 합니다. 예컨대 그날 저녁 폴린과 함께 대부분의 시간을 보낸 사람이 바로 그였다면? 우리가 그 사실을 이미 알고 있다고 말한다면?"

커다랗게 뜬 얼의 눈은 잠시 동안 이해하지 못하겠다는 빛을 띠다가, 이내 초점을 되찾았다. "하느님 맙소사, 스티브. 난 정말로…… 아니야. 물론 그저 그에게 겁을 주려는 것 정도겠지?"

"다른 전략을 택해야 할 수도 있습니다. 이 사건이 법정으로 가서도 그가 끈질기게 목격자의 위치를 고수한다면, 우리의 전략은 이렇게 됩니다. 그날 저녁 당신의 행적은 나와 함께 있었던 것으로 해명이 된다. 그렇다면 그는 그곳에서 무엇을 하고 있었을까? 그냥 이런저런 일? 그의 모든 행적에 대해서 사전에 파악해야 한다. 그렇게 되면 그 사건과 당신을 결부시킬 수 없을 것이다."

얼은 내가 무언가 중요한 점을 빠트렸다는 사실을 눈치채고는, 그게 무엇인지 알아내려고 열심히 머리를 굴렸다. 나는 그가 그 부분을 놓치지 않을 거라는 사실을 알고 있었기에, 그가 심사숙고를 거듭할 동안 잠시 기다렸다. 이윽고 그가 입을 열었다. "좋아. 하지만 이야기가 잘 풀리지 않는 경우에도 그가 경찰에 가지 않는다면? 그때는 어떻게 하지?"

그를 더욱 신경질적인 상태로 몰아넣고 싶지는 않았다. 그리고 가능하다면 그의 마음을 상하게 하는 것조차 피하고 싶었다. 나는 냉정하게 말했다. "우리가 그 남자를 찾아내면, 안전하게 일을 진행해야 합니다."

"흠, 그게 무슨 뜻이지?"

나는 공을 들여 설명했다. "물론 우리는 그에게 감시를 붙일 수도 있습니다. 하지만 그가 이 사건에 대해 얼마나 알고 있는지, 우리로서는 알기 어렵지 않겠습니까? 그리고 그가 우리를 만난 이후에는 어떻게 행동할지도 알 수 없다는 사실은 분명합니다."

"그렇지? 무슨 뜻인지 알겠군."

"그렇죠. 그런 부류의 남자가 할 일이 뭐가 있을까요? 당신의 안전이나 사회적 지위를 빌미로 끊임없이 당신을 협박할지도 모릅니다. 당신 인생의 영원한 골칫거리가 되는 거죠. 이런 참을 수 없는 상황을 받아들일 수 있습니까?"

얼은 의구심을 품은, 메스껍고 거의 놀란 듯한 시선으로 오랫동안 나를 바라보았다.

"그건 마음에 들지 않는군." 그는 불쾌한 듯 말했다. "이미 사고가 하나 일어났지. 하나 더 발생하는 건 원치 않아. 안 돼. 자네 말은 무슨 뜻인지 알겠지만, 그건 안 돼."

"무슨 뜻인지 안다고요?"

"안 돼. 난 아직 인간이야."

"그런가요? 당신의 통제할 수 없는 성격과 따분할 정도의 멍청함 때문에 수백만 달러의 돈이 날아갈지도 모릅니다. 당신 돈이지요. 제 돈이 아니라 당신 돈이란 말입니다. 멍청한 것도 모자라 겁쟁이까지 될 셈입니까?"

그는 시가를 집으려 허둥대다가, 결국 내 도움을 받아 시가를 물고 불을 붙였다. 그리고 마침내 거칠게 꺽꺽대는 듯한 소리를 냈다. "난 사람을 냉혹하게 살해하는 장면을 볼 생각은 없네." 그리고 그는 내 생각을 읽기라도 한 듯 덧붙였다. "그리고 그 일에 아무런 관여도 하지 않을 거야."

나는 합리적인 태도로 말했다. "당신을 이해할 수가 없습니다. 이 바닥이 어떤지 알고 있을 텐데요. 당신은 이 바닥에서 탄탄한 입지를 구축해 왔습니다. 디버스 앤드 블레어나 제닛 도너휴, 비컨을 막론하고, 어떤 업체 경영진이든 버튼 하나만으로 아무 탈 없이 당신을 끌어내릴 수 있다면 그들은 반드시 그렇게 할 겁니다."

"안 돼. 내가 직접 관여하지는 않겠네. 그리고 그들이 그렇게 할 거라고도 생각하지 않아."

물론 그들에 대한 그의 생각은 틀렸지만, 이 중년의 머리 좋은 어린아이와 말다툼을 벌일 필요는 전혀 없었다. 내일쯤에는 그도 사실을 있는 그대로 받아들일 것이다.

"흠, 그렇게까지 할 필요는 없습니다. 그냥 제안일 뿐이었습니다. 하지만 뭘 그리 걱정하는 거죠? 당신이나 저나 그런 일들은 충분히 경험하지 않았습니까? 게다가 이보다 훨씬 적은 돈이 걸려 있을 때도 별별 짓을 다 저지르곤 했었죠. 지금은 왜 그리 민감하게 구는 겁니까?"

그는 토할 것 같은 얼굴이었다.

"예전에 이렇게까지 했던 적이 있었나?"

"예전에 이런 상황에까지 몰렸던 적은 없지 않습니까?" 이제 그는 시체처럼 얼굴이 창백했다. 입을 열 수조차 없는 것 같았다. 하느님께 맹세코, 단 1분도 눈을 떼지 않고 그를 감시하고 돌보아야 할 것 같았다. "이것 하나만 물어보겠습니다, 얼. 그 얼어 죽을 도

의심 때문에 평생 감방에 처박혀 회고록이나 쓸 작정입니까? 아니면 이제 진짜 남자답게 이 일에 대한 책임을 확실하게 질 준비가 된 겁니까?" 나는 이 세상에서 어머니를 제외하면 그 누구보다도 얼이 좋았다. 나는 정말로 그를 좋아했고, 어떤 대가를 치르더라도 우리 둘 모두 이 상황에서 벗어나야만 했다. "맞습니다. 이런 상황까지 간 적은 없었죠. 앞으로도 절대 없을 거고요. 그리고 우리가 머리를 잘 쓴다면, 이번에도 그런 상황까지 가지는 않을 겁니다."

얼은 멍하니 시가를 빨았다. "빈곤이나 기근, 전염병, 전쟁 때문에 사람들이 죽는 것은 굉장히 큰 문제이고, 그 책임은 절대로 회피할 수 없습니다. 저는 항상 그런 문제에 맞서 싸워 왔습니다. 그런 문제의 심각성에 대해 인식하고 이를 타파하려는 잡지들을 여럿 만들어, 때로는 제각각, 때로는 모두 한 배를 타고 싸워 오지 않았습니까? 하지만 이것은 한 사람, 명백히 한 개인의 죽음입니다. 전혀 다른 문제라고요."

그는 우리가 고용한 작가들의 지적 수준에 맞춰 자신의 수준을 낮추곤 했다. 전부터 그에 대해 느낀 흥미로운 모습이었다. 나는 위험을 무릅쓰고 말을 이어 나갔다. "어쩌면 우리는 운에 맡기고 좀 더 간단한 방법을 선택할 수 있을지도 모릅니다. 하지만 우리는 당신의 개인적인 도덕관념이나 철학, 한 개인의 인생보다 훨씬 더 중요하고 위태로운 상황에 처해 있습니다. 빌어먹을 회사 전체의 운명이 달려 있는 겁니다. 당신이 쓰러지면 회사 역시 마찬가지입니다. 당신이 떠나면 모두가 떠나게 됩니다. 공장에서 찍어낸 말도 안되는 출판물들이 홍수처럼 밀려와 시장을 집어삼켜 버릴 거란 말입니다."

얼은 자리에서 일어나 천천히 방을 가로질렀다. 그가 대답하기까
지는 오랜 시간이 흘렀다.

"내 자리는 다른 사람이 대신할 수 있네, 스티브. 나는 그저 톱니
바퀴일 뿐이야. 품질이 좋기는 하지만, 그래도 톱니바퀴는 톱니바
퀴일 뿐이지."

한결 나아진 태도였다. 내가 바라던 모습에 좀 더 가까웠다. 나는
그에 대해 확신을 갖고 입을 열었다. "맞습니다. 하지만 당신이 부
서지면 다른 여러 사람들도 부서집니다. 당신 같은 거물이 허물어
진다면, 수많은 선량한 사람들의 장래, 가정, 꿈, 소망 같은 것들도
깡그리 무너집니다. 그들의 아이들은 어떻게 될까요? 이 모든 것들
이 허물어진단 말입니다. 간단한 예로 저도 마찬가지입니다."

그는 재빨리 나를 흘끗 바라보았다. 하지만 그가 최대 다수의 최
대 행복이라는 논리에 잘 속아 넘어가는 사람이라는 데 도박을 걸
었다. 그리고 아주 오랜 시간이 흐른 후 그가 입을 열었을 때, 나는
그의 정신 상태가 극히 정상적이라는 사실을 알아차렸다.

"좋아, 알았네. 이해했어, 스티브. 무슨 일을 해야 할지 알 것 같
군. 무슨 일을 해야 할지 말이야."

조지 스트라우드 Ⅵ

월요일 아침에 느끼는 끔찍함은 만국의 공통분모이다. 백만장자에서부터 막노동자에 이르기까지, 더 이상 최악의 상황은 없다는 점에서 다를 바가 없었다.

아침 식탁에 앉아 오늘 나온 말린 자두는 어젯밤 케이크 속에 있던 아기 건포도가 자란 거라는 농담을 했을 때는, 빅 클락상으로 단지 15분만 지체되었을 뿐이었다. 조지아가 끊임없이 발길질을 하고 있어 식탁은 리드미컬하게 흔들리며 진동했다. 아이가 우유를 마시면서 짓는 표정은 그 우유를 생산한 젖소가 배가 불렀을 때 짓는, 멍하니 만족스러운 표정과 똑같아서 놀라웠다. 둘 사이에는 진실로 영적인 동류의식이 존재했다.

정말로 봄다운 화창한 오전이었다. 영원히 봄이 계속될 것만 같았다. 나는 커피를 한 잔 더 마시면서 올해의 정원 손질은 어떻게 할까 계획을 짜고 있었다. 그때 조젯이 말했다. "조지, 신문 봤어?

어떤 여자가 끔찍한 일을 당했다고 나왔는데, 아무래도 우리가 만났던 사람 같다니까. 재노스의 파티에서 말이야."

그녀는 내가 신문을 집어 들고 읽는 동안 잠자코 기다렸다. 샅샅이 살펴볼 필요도 없었다. 폴린 델로스가 살해된 채 발견되었다는 기사가 대번에 눈에 들어왔다. 1면 머리기사였다.

이해할 수도 믿기지도 않았다. 표제를 다시 한 번 읽었다. 그러나 그 사진은 분명 폴린이었다.

기사에 그녀의 사체는 일요일 정오에 발견되었고, 사망 시각은 전날 밤 10시쯤으로 판명되었다고 했다. 토요일. 대략 내가 그녀와 헤어진 시각이었다.

"같은 사람 아니야?" 조젯이 물었다.

"맞아. 그래, 맞아."

그녀는 무거운 유리 디캔더에 얻어맞아 사망했다. 체포된 사람은 아무도 없었다. 그녀의 가까운 친구들이 조사를 받았다. 얼 재노스도 그들 중 한 명이었다. 기사는 계속 이어졌지만, 그 출판인은 며칠 동안 그녀를 만나지 못했다고 나와 있었다. 그는 그날 저녁에는 지인들과 함께 저녁 식사를 한 후, 어떤 동료와 사업 문제에 대한 이야기를 나누었다는 것이다.

"끔찍한 이야기 아냐?" 조젯이 물었다.

"응."

"커피 다 안 마실 거야, 조지?"

"응?"

"어서 커피 마저 마셔. 내가 역까지 태워다 줄게."

"응. 알았어."

"뭐가 잘못됐어?"

"아니, 당연히 아니지."

"와, 진짜. 그렇게 음침한 표정 짓지 마."

나는 미소를 지었다.

"그런데 말이지." 그녀는 말을 이었다. "당신이 사온 새 그림은 별로 마음에 안 들더라. 그 손 두 개 그린 그림 있잖아. 그런데 그림 상태가 꽤 심각하지 않아?"

"응, 그렇지."

"패터슨의 다른 작품 아니야?"

내 안에서 백 개는 되는 자명종이 끊임없이 울렸다.

"음, 아마도."

"제발 부탁이야, 조지. 그렇게 단답형으로만 대답하지 않아도 되잖아. '응'이나 '아니', '아마도' 말고 다른 말은 할 줄 모르는 거야? 무슨 문제라도 있어?"

"아니. 문제될 건 전혀 없어."

"이번 새 그림은 어디서 샀어?"

"응? 그냥 어쩌다 발견했어."

내가 토요일 밤 10시에 얼이 그 건물 안으로 들어가는 모습을 봤다는 점은 확실했다. 그들이 함께 안으로 사라질 때까지 그녀는 살아 있었다. 그런데 이제 그는 며칠 동안 그녀를 본 적이 없다고 주장했다. 왜? 답은 오직 하나밖에 없었다.

하지만 그가 나를 알아보았을까?

그가 나를 알아보았든 아니든, 내 상황이 달라질까? 이 사건에 연루된다면 즉시 격렬한 관심에 휘말릴 게 분명했다. 그리고 이는 조젯과의 관계부터 시작해서, 조지아, 내 가정, 내 인생이 엉망이 된다는 뜻이었다.

나 또한 살인 사건의 용의자로 몰릴 것이다. 이는 전혀 내키지 않는 일이었다. 내가 범인으로 몰리는 것 이상으로 재노스를 잘 보호해 줄 수 있는 일은 없었다.

그는 적어도 누군가가 자신을 보고 있었다는 것을 알고 있을 게 분명했다. 아니면 아무도 없었다고 생각할까?

"조지?"

"응?"

"폴린 델로스를 잘 아느냐고 물었잖아."

"거의 몰라."

"맙소사. 당신, 오늘 아침에는 확실히 말을 하고 싶은 기분이 아닌가 보네."

나는 남은 커피를 삼키며 재차 미소를 지었다. "이것 참 무시무시한 업계 아니야?"

조젯은 그럭저럭 조지아를 학교로 보냈고, 나도 그럭저럭 역에서 내릴 수 있었다. 나는 도심으로 향하는 기차 안에서 신문을 샅샅이 훑으며 그 살인 사건에 대해 나온 내용들을 거의 외우다시피 했지만, 실질적인 추가정보는 전혀 얻을 수 없었다.

회사에 도착하자 곧장 내 사무실로 향했다. 사무실에 도착한 순간 비서가 다가와, 스티브 헤이건이 내가 출근하는 대로 자신에게 오라는 전갈을 남겼다는 이야기를 해 주었다.

나는 즉시 32층으로 향했다.

헤이건은 냉정하고 영혼에 벼락이라도 맞은 것처럼 속을 알 수 없는 작은 남자였다. 그는 자신의 그러한 점을 좋아했다. 그의 어머니는 은행의 지하 금고였고, 아버지는 **IBM** 도표 작성용 기계장치였다. 내가 알기로 그는 거의 자기 자신에게만큼이나 재노스에게 충실했다.

서로 인사를 나누고 일상적인 이야기를 주고받은 후, 그는 내가 특별한 임무를 맡아 주었으면 좋겠다는 이야기를 꺼냈다.

"지금 아래층에서 진행 중인 일이 뭐든 일단 내버려 두게. 이게 훨씬 중요한 일이야. 지금 현재 뭐 특별한 일이라도 있나?"

"없습니다." 그리고 그 화제는 피할 수 없으리라고 생각했기 때문에 그럴싸하게 입을 열었다. "그런데 방금 폴린 델로스에 대한 기사를 봤습니다. 정말이지 끔찍한 일이 아닐 수 없군요. 이 일에 대해 어떻게 생……?"

스티브의 답변은 짧고 냉랭했다. "그래, 안 좋은 일이지. 그 일에 대해서는 아는 바가 없네."

"제 생각에는 얼이, 그러니까……."

"얼도 마찬가지야. 하지만 나도 정말 자네가 아는 것 이상은 몰라."

그는 책상 위를 둘러보더니 메모 몇 장을 찾아냈다. 그는 메모지를 한데 그러모아 살펴보다가, 내 쪽으로 종이를 돌렸다. 그러고는 잠시 동작을 멈췄다. 이제 일을 시작할 때라고 말하는 그만의 방식이었다.

"우리가 해결해야 할 문제가 있네. 어렵지는 않지만 신중하게 다뤄야 하는 일이지. 그리고 이 문제를 다루는 데 있어 자네가 적임자 같더군." 나는 그를 바라보며 기다렸다. 그는 말을 이었다. "요컨대 해야 할 일 말인데. 우리는 신원이 밝혀지지 않은 자를 찾아내고 싶다네. 사실 실종자 수색 같은 일이지." 그는 다시 이야기를 그치고 기다렸다. 내가 아무런 말도 하지 않자 그는 물었다. "자네가 이 일을 맡아줄 수 있겠나?"

"물론입니다. 그 사람이 누구입니까?"

"몰라."

"예?"

그는 메모지를 헝클어뜨렸다.

"우리가 찾는 사람은 토요일 오후 늦게 서드 애비뉴에 있는, 길이란 사람이 경영하는 식당 겸용 바에 들렀다네. 그는 상당히 눈에 띄는 금발 여인과 동행했지. 그 여인의 신원도 밝혀지지 않았어. 그 후에 두 사람은 서드 애비뉴에 있는 골동품 상점에 들렀다네. 사실한 곳이 아니라 여러 군데 들렀지. 그런데 그는 그중 한 곳에서 제목이 '유다', 혹은 그 비슷한 느낌을 주는 그림을 한 장 샀어. 그는그 그림을 살 때 어떤 여자 손님과 경쟁을 벌였는데, 끝내 주인에게비싼 값을 얹어 주고 구입했다네. 그 그림을 그린 화가는 패터슨이라는 사람이지. 자료실에서 조사한 결과에 따르면……." 스티브 헤이건은 서류철에서 종이로 만든 튼튼하고 얇은 봉투를 꺼내 이쪽으로 밀었다. "이 루이즈 패터슨이란 사람은 십 년에서 십이 년쯤 전에 꽤 유명했던 화가야. 자네도 직접 이 작가에 대해 모두 알아볼 수 있을 걸세. 하지만 우리가 찾고 있는 남자가 구입한 두 손을 그린 그림은, 내가 생각하기로는 보존 상태가 꽤 안 좋을 거야. 그가 그림 값으로 얼마를 치렀는지는 모르겠군. 그 후에 그 남자는 여자를 데리고 밴 바드라는 고급 칵테일 바에 가서 술을 몇 잔 마셨지. 그가 그곳에서 그림을 확인해 봤을 가능성도 있고, 아니면 그냥 꼭꼭 싸매고 있었을 수도 있어."

아니, 나는 그러지 않았다. 나는 그림을 차에 두고 갔었다. 스티브는 이야기를 멈추고 나를 바라보았다. 내 혀는 마치 사포처럼 꺼끌꺼끌했다. 나는 그에게 물었다. "왜 이 남자를 찾으시는 겁니까?"

스티브는 목 뒤에서 두 손을 맞잡으며, 32층의 텅 빈 창문 밖 허공을 응시했다. 우리가 앉아 있는 곳에서는 뉴욕이나 뉴저지에서 160킬로미터는 족히 떨어져 있는 시골 지역까지 볼 수 있었다.

그가 다시 내게로 몸을 돌리자, 그의 얼굴은 솔직한 모습을 한 자화상처럼 변해 있었다. 목소리마저 성능 좋은 축음기에서 흘러나오는 신뢰할 수 있는 친구의 목소리처럼 들렸다.

"솔직히, 우리도 잘 모르네."

이 말은 차가운 바람처럼 내게 휘몰아쳤다.

"분명 뭔가 있을 텐데요. 그렇지 않다면야 굳이 그 남자를 찾을 이유가 없지 않습니까?"

"그래, 뭔가 있긴 하지. 하지만 확실하지가 않아. 우리는 그 남자가 중요한 인물이라고 판단했다네. 사실은 그야말로 엄청난 규모에 이르는 산업 및 정치적 음모와 밀접한 관계를 맺고 있다고 보고 있지. 우리가 찾는 대상이 배후의 거물은 아니지만 한 기업조합과 정당조직 사이에서 중개인 노릇을 하고 있다고 믿을만한 이유가 있네. 그는 전체적인 계획을 진짜로 알고 있는 유일한 자야. 우리는 그를 찾기만 하면, 그 상황을 타개할 수 있다고 믿고 있지."

그러니까 얼은 곧장 헤이건에게 갔던 것이었다. 그리고 알리바이를 제공해 준 사업상 동료 역시 헤이건이었다. 그런데 그들이 왜 조지 스트라우드를 찾고 싶어할까?

얼은 자신이 다른 사람의 눈에 띄었다는 사실을 알고 있으며 자신의 정체가 탄로나는 것을 두려워하고 있다는 점은 명백했다. 나는 그가 어떤 기분일지 상상할 수 있었다.

"꽤 모호하군요, 스티브. 조금만 더 알려 주시겠습니까?"

"그건 불가능해. 내 설명이 모호하다는 자네 말도 맞아. 우리가 갖고 있는 정보는 전적으로 소문이나 사소한 정보, 우연의 일치에 기반하고 있으니까. 우리가 그 남자를 찾아낸다면, 처음으로 뭔가 확실한 정보를 쥘 수 있게 되는 거지."

"그 정보가 뭡니까? 〈크라임웨이〉에서 다룰 기삿거리입니까?"

헤이건은 그 질문에 대한 답을 하기 위해 여러 생각을 하는 것처럼 보였다. 그는 마침내 입을 열었지만, 누가 봐도 마지못해 하는 말처럼 들렸다. "그렇게 생각하지는 않아. 그 정보를 얻게 되었을 때 우리가 어떤 관점을 취해야 하는지 당장은 알 수가 없군. 최종적으로는 단행본으로 내서 크게 터뜨리고 싶어질 수도 있지. 아니면 완전히 다른 방식으로 다룰 수도 있어. 아직 미정이라네."

내 머릿속에서 어떤 이론 하나가 희미한 윤곽을 그리기 시작했다. 이를 시험해 보고 싶었다.

"누가 또 이 일에 관련되어 있습니까? 다른 사람들과 협력해야 합니까? 예를 들어 경찰 같은 사람들 말입니다."

스티브는 유감스럽다는 태도로 조심스럽게 말했다. "절대로 안 돼. 이 건은 우리가 독점으로 다뤄야 하네. 반드시 현 상태를 유지해야 해. 물론 자네는 정보를 얻기 위해 다른 기관에도 발품을 팔아야 할 걸세. 하지만 정보는 얻되, 절대 우리 정보를 넘기지는 말게. 확실히 알아들었나?"

확실해지기 시작했다. "잘 알겠습니다."

"자, 이 남자를 찾을 팀을 서둘러 꾸릴 수 있겠나? 규모는 자네가 원하는 만큼 커도 상관없네. 마지막으로 내가 줄 수 있는 정보는, 그 남자의 이름이 조지 체스터일지도 모른다는 점과, 평균적인 몸집과 키에 몸무게는 육십오에서 팔십 킬로그램 정도일 거라는 점뿐이라네. 그는 광고업에 종사하고 있을 수도 있어. 하지만 가장 큰 단서는 길이라는 사람이 운영하는 바와, 그가 그 그림을 산 골동품 상점, 그리고 밴 바드 바일 거야. 그 그림과 화가가 단서가 될 수도 있지. 그 그림이 우리에게 기회를 줄지도 모른다는 느낌이 들어."

"불가능한 일은 아닐 겁니다."

"이 자를 가능한 한 빨리 찾았으면 하네. 할 수 있겠나?"

내가 이 일을 맞지 않으면 다른 사람이 할 것이다. 내가 해야만 했다.

"전에도 이런 일을 해 본 적이 있습니다."

"그래. 그래서 자네가 선정된 거지."

"이 남자를 찾으면 어떻게 할까요?"

"아무것도." 스티브의 목소리는 상냥했지만 단호함이 느껴졌다. "그냥 그의 이름과 그가 사는 곳만 알아오면 돼. 그게 전부라네."

마치 32층 창문 밖 난간에 기대 거리를 내려다보는 듯한 기분이었다. 나는 언제나 꼭 한 번은 더 내다보아야 직성이 풀리는 종류의 사람이었다.

"우리가 그를 찾게 되면 어떤 일이 일어나는 겁니까? 다음 단계가 뭐죠?"

"그냥 그 일은 내게 맡기게." 헤이건은 차분하고 냉랭하게 나를 응시했다. 나는 그 시선을 마주 보았다. 그 눈 속에는 의심 한 점 엿보이지 않았다. 재노스는 자신이 처한 위험을 알고 있고, 헤이건도 알고 있을 것이다. 그리고 헤이건에게는 문자 그대로 한도라는 것이 존재하지 않았다. 전혀. 뿐만 아니라, 이 조그만 다이너마이트 조각은 똑똑하기까지 했으며, 목적을 달성하는 자기 자신만의 수단도 있었다.

"자, 이 임무에 대해서는 어디에든 접근할 수 있는 권한을 주도록 하겠네, 조지. 어떤 잡지 부서에도 쳐들어갈 수 있고, 어느 부서든 편집자든 기자든 우리가 가진 자원은 마음대로 사용하게나. 그리고 자네가 책임자라네."

나는 자리에서 일어나 재빨리 메모지를 집어 들었다. 마치 바이스처럼 단단하게 움켜쥐었다. 만일 내가 경찰에게 달려간다면, 내 인생은 파괴될 것이다. 그리고 헤이건과 그의 특별한 친구들에게 발목이 잡힌다면 죽음만이 나를 기다릴 뿐이었다.

"알겠습니다, 스티브. 제게 전권을 위임해 주신다면 이 일을 맡겠습니다."

"물론이네. 비용과 인원을 포함해서 모두 다 허용하지." 그는 대략 천만 명의 사람들을 내려다보며 창문을 향해 손짓했다. "우리가 찾는 놈은 저기 어딘가에 있어. 간단한 일이지. 그를 잡아 오게."

나 역시 창문 밖을 바라보았다. 바깥에는 수많은 영토가 존재했다. 국가 안에 또 국가가 있는 셈이었다. 만일 내가 이 일에 알맞은 부하들을 선정하고, 내가 할 수 있는 지점에서 조사 결과를 왜곡하며, 그래야 하는 지점에서 훼방을 놓고, 안전한 지점에서 강하게 밀어붙인다면, 그들이 조지 스트라우드를 발견하기까지는 아주, 아주, 아주 오랜 시간이 걸릴지도 몰랐다.

조지 스트라우드 VII

나는 우리 잡지의 다음 호 출간 준비 작업을 절대로 방해하고 싶지 않았다. 그래서 필요한 인원은 다른 부서에서만, 가능한 한 균등하게 뽑기로 결정했다.

하지만 결국 로이를 이 일에 끌어들이기로 결심했다. 버트 핀치와 토니, 냇, 시드니 등 다른 기자들이 우리 두 사람을 그리워할 가능성은 전혀 없었다. 개인적으로 나는 로이를 좋아했지만, 그가 단순한 일을 어렵게 끌고 갈 것이라는 점에 추호의 의심도 없었기에 이 일에 안성맞춤이었다. 리언 템플 역시 충분히 안전해 보였다. 그리고 〈퓨처웨이〉에서 온 에드워드 올린은 느리지만 꾸준히 일을 해나가는 뻣뻣한 탐미주의자 타입이었기 때문에, 엄밀하게 말하면 현재의 일에는 맞지 않았지만 그 역시 누구보다도 섬세한 감각을 살려 조지 스트라우드 밑에서 일하게 될 것이다.

나는 로이에게 새 임무에 대한 이야기를 했다. 촌각을 다투는 일이라고 설명하며, 그에게 구체적인 이야기를 해 주었다. 사무실을 지키고 있을 담당자가 필요했다. 이 일은 어쩌면 24시간 내내 사무실에 붙어 있어야 할 수도 있었으며, 실제로 그럴 공산이 굉장히 컸다. 이는 교대해 줄 사람이 한 명 더 필요하다는 뜻이었다.

로이는 에둘러 흥미를 보이며 심지어는 인상 깊게 받아들이기까지 했다. "이 일이 다른 모든 일보다 우선이라고요?"

나는 고개를 끄덕였다.

"알겠습니다. 저도 끼도록 하겠습니다. 어디서부터 시작할까요?"

"우선 취재원들을 모아 보자고. 그러면 뭔가 길이 보이겠지."

15분 후, 나는 핵심 스태프들을 내 사무실로 불러 모았다. 로이와 리언에 더하여, 다른 잡지와 지원 부서에서 차출된 일곱 명의 남자와 두 명의 여자들이 모였다. 에드워드 올린은 꽤 덩치가 크고 뚱뚱했으며 안색이 어두웠다. 〈뉴스웨이〉에서 온 필립 베스트는 작고 신랄하며 머리털이 뻣뻣한 사람으로 걸어 다니는 백과사전이었다. 두 명의 여자는 루엘라 멧칼프와 재닛 클라크로, 여성에 대한 조사를 대비하여 합류시켰다. 〈더 섹스〉에서 온 루엘라는 작은 체구에 성실하고 매력적인 존재였고, 내가 아는 사람 중에서 그 누구보다도 집요하고 속이 뻔히 들여다보이는 거짓말쟁이였다. 재닛은 아주 단순하고 열정적이며 뼈대가 굵은 흑갈색 머리의 백인 여성으로, 마지막으로 일했던 곳은 〈홈웨이〉였다. 그녀는 모든 부서에서 네 차례 이상씩 일을 했고, 결국 그 일 모두에 정통하게 되었다. 〈퍼스낼리티〉에서는 돈 클라우스메이어가, 〈패션〉에서는 마이크 펠치가 차출되었고, 〈커머스〉와 〈스포틀랜드〉, 그리고 회계 감사부에서도 한 명 데리고 왔다. 믿음직한 출발이 아닐 수 없었다.

이제부터 모든 일이 성공적이어야 했다. 성공적이라는 표현 이상이어야 했다. 나는 그들에게 딱딱하지만 효율적으로 설명을 했다.

"여러분들은 특별하고 상당히 이상한 임무를 수행하기 위해 차출되었습니다. 이 일은 빨리 마무리해야 하며, 가능한 한 조용히 수행해야 합니다. 여러분들에게 그럴 능력이 있다는 사실을 알고 있습니다.

우리는 필요하다면 회사 내 모든 자원에 대한 자유재량권을 발휘할 수 있습니다. 여러분들이 맡게 되는 특정 임무에 지원이 필요하다면, 어떤 종류의 지원이라도 받을 수 있습니다. 통상적인 문제라면 그냥 해당 부서에 가서 처리해 달라고 요구하면 됩니다. 특별한 사안이라면 나나 여기 있는 로이에게 오기 바랍니다. 내가 어떤 이유로든 자리를 비웠을 때는, 로이가 팀의 책임을 맡게 될 겁니다.

우리는 특정인을 찾고 있습니다. 이 사람에 대해서는 크게 아는 바가 없습니다. 그가 누구인지, 어디에 사는지도 모릅니다. 그의 이름조차 모릅니다. 그의 이름은 조지 체스터일 수도 있지만, 가짜일 확률이 높습니다. 그가 광고업계에 종사하고 있을 가능성도 있으니, 이에 대한 조사는 당신이 맡아주십시오, 해리." 나는 〈커머스〉에서 온 해리 슬래터에게 말했다. "당신은 광고 대행사나 단체는 물론이고, 필요하다면 유력 중앙지나 잡지 홍보부에 이르기까지 이 잡듯이 뒤져야 할 겁니다. 성과가 없으면 범위를 더 넓혀야 합니다. 그렇게까지 하려면 당신을 도울 사람이 최소한 열두 명은 더 있어야 하겠지요. 당신은 이쪽 방면 조사의 전체 책임을 맡아 주십시오." 해리가 조사를 맡은 부분은 안전한 영역이었기 때문에, 나는 거침없이 말하며 스태프들에게 깊은 인상을 심어줄 수 있었다. 그리고 다음 말을 덧붙였다. "인원은 필요한 만큼 뽑아 가십시오. 모든 지역을 동시다발적으로 탐색하게 되면 우리가 찾는 남자에 대한 추가적인 정보가 계속해서 들어올 것이기 때문에, 정기적으로 교차 대조 작업을 수행할 겁니다.

우리는 그 남자의 본명이나 거주지에 대해서도 아는 바가 없습니다. 이건 당신 일입니다, 앨빈. 이 지역의 모든 부동산 등기부와 세금 기록, 공공시설 기록, 인근 지역, 그러니까 오륙백 킬로미터 내에 있는 모든 도시의 전화번호부에서 조지 체스터라는 이름을 검색하십시오. 이후 우리가 다른 이름들을 알려 주면, 그 또한 조사 대상에 포함하십시오. 조사원들은 필요한 만큼 데려가시기 바랍니다.

자, 아까 말했지만, 우리는 이 남자의 이름이나 소재는 고사하고, 그의 외양에 대한 구체적인 정보조차 갖고 있지 않습니다. 그저 키가 백칠십오에서 백팔십이 센티미터 정도인 보통 체구의 사람이며, 몸무게는 아마도 육십오에서 팔십 킬로그램 정도라는 것뿐입니다.

하지만 우리가 조사해 볼 수 있는 몇 가지 단서가 있습니다. 그는 서드 애비뉴에 있는 길의 바라는 곳에 자주 출몰하는 사람입니다. 여기 그 장소에 대해 묘사한 쪽지가 있습니다." 나는 여기까지만 알려 주고, 스티브 헤이건이 건네준 쪽지에 담긴 내용은 보여 주지 않았다. "이곳이 어디인지는 아직 모르지만, 이 남자는 지난 토요일 오후에 이곳에 나타났습니다. 그때 그는 아름다운 금발이라고 알려져 있는 한 여성과 동행했습니다. 그는 그곳에 정기적으로 드나들었다고 보입니다. 이건 당신 몫입니다, 에드. 이곳이 레스토랑이든 나이트클럽이든 고급 술집이든 뭐든, 이 장소를 찾아내 그 남자가 나타날 때까지 그곳을 떠나지 마십시오." 에드 올린의 거무스름하고 군살이 꽤 늘어진 얼굴에 일순간 놀라움에 이어 혐오감이 드러났다.

"같은 날 저녁, 우리가 찾는 대상은 역시 서드 애비뉴에 있는 한 골동품 상점에 들렀습니다. 그는 상점 몇 군데를 방문했지만, 우리가 찾는 곳은 여기 한 곳뿐입니다. 찾기 어렵지 않을 겁니다. 필, 당신이 찾아 보도록 하십시오. 우리가 찾는 친구가 그곳에서 액자에 끼우지 않은 그림 한 점을 구입했기 때문입니다. 그리고 그는 다른 여자 손님과의 경쟁 끝에 더 많은 돈을 지불하고 그림을 가져갔습니다." 나는 이에 대해 자세히 설명했지만, 그 내용은 스티브의 메모에 적혀 있는 것에서 털끝만큼도 더 나아가지 않았다. "그 그림은 루이즈 패터슨이라는 화가의 작품이며, 두 개의 손을 묘사하고 있습니다. 그림의 상태는 극히 좋지 않으며, 그림의 제목, 혹은 주제는 유다에 관련된 것입니다. 상점 주인은 분명 당시 일을 기억하고 있을 겁니다. 당신은 상점 주인에게서 그 남자의 정확한 인상착의를 알아낼 수 있을 테지요. 어쩌면 주인이 알고 있는 사람일지도 모르니, 그의 진짜 정체를 알려줄 수도 있을 겁니다.

돈, 여기 루이즈 패터슨에 대한 자료가 있습니다. 그 그림이 어떻게 화가에게서 그 상점 주인에게로 넘어가 그가 구입할 수 있었는지, 그 경로를 추적할 수 있을 가능성이 있습니다. 패터슨을 찾아보고, 그녀가 사망했다면 그녀의 친구들을 찾아보십시오. 누군가 그 그림의 존재를 기억하고 있는 사람이 있을 겁니다. 그 그림이 어떻게 되었는지, 어쩌면 현재 누가 소유하고 있는지 알지도 모릅니다. 조사해 보십시오." 나는 갑자기 그 그림을 없애 버려야 한다는 메스껍고 진저리 나는 현실을 깨달았다. "어쩌면 우리가 찾는 남자는 미술품 수집가, 그 중에서도 패터슨 애호가일지도 모릅니다."

"리언, 자네와 재닛은 밴 바드라는 바에 가 보게. 같은 날 밤에 역시 그 금발 여인과 함께 갔던 곳이야. 그때는 그가 그림을 갖고 있었을 텐데, 어쩌면 그곳에서 그림을 살펴봤을 수도 있어. 조사해 보게. 바텐더에게 질문을 해 보고, 물품 보관소 직원들에게도 그 남자에 대한 것은 모두 캐내 보라고. 그 다음에는 그곳에서 그 남자가 나타나기를 기다리는 게 좋겠군. 길의 바와 마찬가지로 아마 그곳에도 정기적으로 출몰하는 것 같으니까. 그곳에 며칠 동안 드나들어야 할지도 모르니, 그럴 경우에는 루엘라와 딕 잉글런드 조와 교대할 수 있도록."

리언과 재닛이 교대하는 일에는 관심이 없어 보이는 것과 달리, 루엘라와 딕은 드러내 놓고 반색했다. 거의 그런 호사를 베풀어 주었다고 기뻐하는 것처럼 보였다. 나는 그들이 내가 도착하기를 기다리며 오랫동안 즐거운 시간을 보내기를 빌어 주었다.

"이상이 현시점에서 여러분들에게 알려줄 수 있는 전부입니다." 나는 결론을 내렸다. "모두들 맡은 바 임무를 이해했습니까?" 아무도 입을 열지 않은 것으로 보아, 조지 스트라우드 사냥 임무를 맡은 병사들은 모두 이해한 것 같았다. "자, 다른 질문 있습니까?"

에드워드 올린이 물었다. "왜 그 남자를 찾는 겁니까?"

"내가 아는 것이라고는 정계와 재계가 결탁하여 벌어지고 있는 역사상 가장 거대한 도둑질에 그가 중개인 역할을 하고 있다는 사실뿐입니다. 말하자면 그는 연결 고리이며, 이 음모의 진상을 규명하기 위해 그가 필요한 겁니다. 이 남자는 야바위꾼입니다."

에드 올린은 이 정보를 듣고 씹어 소화시키기 위해 깊은 생각에 빠져든 것처럼 보였다. 앨빈 딜리가 진지하게 물었다. "정보를 얻기 위해서 어느 정도까지 경찰에 의지할 수 있습니까?" 나는 딱 잘라 말했다. "첫째, 이 건은 우리 것입니다. 우리는 이 건을 독점으로 다룰 생각입니다. 둘째, 이 건은 정치적인 문제와 얽혀 있다고 말한 바 있습니다. 경찰 조직은 한쪽 면만 놓고 보면 괜찮을 수도 있겠지만, 우리는 그 점에 대해 확신할 수 없습니다. 그리고 우리가 그 조직에 대해 통제력을 전혀 발휘할 수 없는 지점도 있습니다. 알겠습니까?

앨빈은 고개를 끄덕였다. 그러자 기민하고 여자 같은 필립 베스트의 목소리가 치고 들어왔다. "말씀해 주신 상황은 모두 지난 토요일과 관련된 것이로군요. 그날은 폴린 델로스가 살해된 날입니다. 그게 무슨 의미인지는 모두 알고 있습니다. 그 사건과 관련이 있습니까?"

"내가 아는 한 없습니다, 필. 이 임무는 순전히 얼마 전부터 헤이건이 다른 소수의 사람들과 함께 직접 파헤치던 대규모 산업 스캔들입니다. 자, 이제 일을 할 시간입니다." 나는 이 얄팍한 논리에 어떤 내용을 더 담을 수 있을지 고심하며 잠시 이야기를 멈췄다.

필의 작은 회색 눈이 테 없는 안경알 뒤에서 나를 뚫어지게 쏘아

보았다. "우연의 일치라고 보기에는 좀 이상합니다." 내가 그를 쳐다보지도 않은 채 그 말을 흘리자 그는 이렇게 덧붙였다. "제가 그 남자와 함께 있던 여자에 대한 조사를 맡아도 되겠습니까?"

"그 일은 당신에게 전적으로 맡기겠습니다." 이들이 무언가 발견할 거라는 점에 대해서는 의심하지 않았다. 그러나 그 기간을 조금 늦추는 것만으로도 내게 이득이 될 것 같았다. 나는 그들에게 다시한 번 강하게 말했다. "하지만 우리는 그 여자를 찾는 것도, 다른 사람을 찾는 것도 아닙니다. 우리가 찾는 사람은 바로 그 남자, 오직 한 명뿐입니다."

나는 천천히 사람들을 훑어보면서 그들의 반응을 살폈다. 다들 이 이야기를 납득하는 것 같았다. 더욱 중요한 것은 그들이 내가 꾸며낸 자신감과 확신을 믿고 있는 것 같다는 점이었다.

"좋습니다. 더 이상 질문이 없다면, 여기서 꾸물대지 말고 어서 일을 시작합시다." 그들은 자리에서 일어나 메모한 종이를 살펴보고 주머니에 쑤셔 넣었다. 나는 그런 모습을 보며 한마디 덧붙였다. "그리고 직접 오든 전화를 걸든, 보고는 빠뜨리지 마십시오. 가급적이면 빨리, 그리고 자주 하기를 바랍니다. 로이나 나, 누구에게라도 좋습니다."

로이만 남고 사람들이 모두 자리를 뜨자, 그는 내 책상 옆에 놓인 의자에서 일어났다. 그는 의자 앞을 어슬렁거리더니, 두 손을 주머니에 찔러 넣은 채 방을 가로질러 벽을 향해 다가갔다. 그는 벽에 기대고 서서 카펫을 내려다보았다. 이내 그는 입을 열었다. "이건 미친 짓입니다. 왠지 필이 정확한 사실을 지적했다는 생각을 하지 않을 수가 없군요. 확실히 흥미로운 연결지점이 있습니다. 모두 지난 토요일에 일어난 일 아닙니까?"

나는 무표정을 가장하고 기다렸다.

"그 끔찍한 폴린 델로스 살인 사건과 관련이 있다는 말은 아닙니다." 그는 깊은 생각에 잠기며 계속해서 말을 이었다. "물론 아니겠지요. 확실한 근거는 거의 없으니까요. 하지만 뭔가 다른 생각이 드는 건 어쩔 수 없습니다. 무슨 일인지는 모르겠지만, 지난주 금요일이나 토요일에 무슨 일이 일어난 겁니다. 어쩌면 재노스가 워싱턴에 체류하고 있을 때 일어난 일일 수도 있고, 그보다 며칠 전일 수도 있습니다. 심지어는 바로 어제, 일요일 밤에 일어난 일일 수도 있습니다. 이게 이 시점에서 그토록 서둘러 그 정체를 알 수 없는 수상한 미술품 수집가를 찾는 이유일 겁니다. 그렇게 생각하지 않으십니까?"

"말이 되는 것 같군."

"젠장, 당연히 말이 되죠. 앞으로 이 주 정도면 눈에 띄는 사항을 제대로 파헤칠 수 있을 테고, 특히 마지막 오륙 일 동안에는 이 일이 재노스와 연관되어 있을지도 모른다는 사실을 알아낼 겁니다. 예를 들어 이 건이 제닛 도너휴사의 제안과 관련된 문제였다든지 하는 것 말입니다. 어쩌면 그들이 실제로 우리 회사의 주력 분야에 끼어들 계획인지도 모릅니다. 그렇다면 얼이 심각하게 신경을 쓰겠지요. 안 그렇습니까?"

로이의 추리는 나쁘지 않았다. 그로서는 최선을 다하고 있었다.

"자네 말이 맞을지도 몰라. 그리고 또 다른 일일 수도 있지. 그렇게 쉽게 알 수 없는 좀 더 깊은 문제 말이야. 자네가 광범위한 차원의 조사를 해 보는 건 어때? 하지만 나로서는 내게 전달된 사실관계에 대한 것 외에는 어떤 일도 할 수가 없네."

나는 제2방어선처럼 보이는 모호한 계획에 따라 움직이고 있었다. 이 계획은 반드시 제2방어선이어야 했다. 이 지점에서 역습으로 전환할 수 있기 때문이었다. 상황이 정말로 나빠질 경우에 발생할 수 있는 문제는 이런 것이다. 어떻게 하면 우리와 관련이 없는 세 번째 목격자를 통하여, 아니면 나와 관련되지 않은 증거를 통하여, 재노스가 살해 현장에 나타났다는 사실을 증명할 수 있을까? 그곳으로 향하는 길 어딘가에서 그의 차를 본 사람이 있을지도 몰랐다. 얼 자신이 다른 사람의 눈에 띄는 흔적을 남겼을지도 몰랐다. 내가 눈에는 눈, 이에는 이로 맞서 싸워야 한다면, 어떻게든 그를 확실히 연관시킬 수 있을 것이었다.

하지만 절대 그런 일은 일어나지 않을 것이다. 나를 쫓는 사냥꾼들은 기어를 넣고 바퀴를 움직이기 시작했다. 그들의 움직임은 거대하고 거리낌이 없으며 무한대의 지원까지 받고 있다. 그러나 그들 역시 눈이 가려져 있다. 앞을 볼 수 없고 움직임은 거칠며 터무니없는 지시까지 받고 있었다. "아니, 주간님께서는 주어진 정보에 기초해서 움직이셔야 합니다." 로이는 마지못해 인정했다. "하지만 저는 제 예감에 따라 움직이는 것도 괜찮을 것 같습니다. 최근 새로 전개된 정치적 사건에서 우리가 놓친 부분이 있는지 알아보겠습니다."

내가 그에게 조용히 용기를 불어넣어 주던 순간, 그가 기대고 있는 벽 위에 걸려 있는 그림이 눈에 띄었다. 마치 그림이 갑자기 비명을 지른 것만 같았다.

나는 2,3년 전에 그곳에 패터슨의 그림을 걸어 놓았다는 사실을 당연하게도 까맣게 잊고 있었다. 두 사람의 옆얼굴을, 정확히 말하면 이마와 눈, 코, 입술, 한쪽 뺨을 그린 작품으로, 나는 이 그림을 루이스 화랑에서 구입했었다. 정면으로 마주보고 있는 두 사람은 명백히 패터슨의 방식으로 그려져 있었다. 한 사람은 탐욕스럽게 생겼고, 다른 사람은 의심하는 듯한 표정으로 음흉하게 웃고 있었다. 나는 그녀가 이 그림의 제목을 「분노에 대한 탐구」라고 붙였으리라 믿었다.

이 그림은 내 사무실의 친숙한 랜드마크나 다름없어서, 이제 그림을 치워 버린다면 오히려 치명적인 상황이 닥칠 것이었다. 그러나 그 그림을 바라보다 눈길을 돌리자, 내가 어떤 위험에 처해 있는지 실감이 나기 시작했다. 누군가 이 그림의 정체를 알아차릴지도 모른다 할지라도, 이 그림은 계속해서 같은 곳에 걸려 있어야 했다. 그리고 그런 사람이 절대 있어서는 안 된다. 절대. 그러나 가능성은 충분했다.

"그래." 나는 그 충격의 여진으로 온몸에 날카롭게 땀이 솟는 것을 느끼며 기계적으로 말했다. "그렇게 하는 게 좋겠군. 정계에서뿐만 아니라 재계 쪽에서도 뭔가 중요한 걸 놓치고 있을지도 몰라."

"그렇게 하면 문제가 단순해질 겁니다." 그는 이렇게 말하며 그림이 걸려 있는 벽에서 물러났다. "재노스가 지난 주말에 워싱턴에 있었다는 사실을 기억하시죠? 개인적으로는 그 일과 우리에게 급박하게 떨어진 명령 사이에 연관성이 있다고 봅니다."

로이는 깊은 생각에 잠긴 채 벽에서 물러나 두꺼운 카펫이 깔린 바닥을 가로질러 자신의 사무실로 통하는 문으로 사라졌다.

그가 사라지자 나는 벽에 걸린 그림을 바라보며 오랫동안 자리에 앉아 있었다. 예전에는 항상 이 그림을 좋아했었다.

그러나 지금은 아니었다. 하지만 계속해서 그곳에 걸려 있어야만 했다.

에드워드 올린

길의 술집은 밖에서 보면 싸구려 술집처럼 보였고, 안으로 들어가 봐도 역시 마찬가지였다. 밴 바드를 배정받지 못한 게 정말 애석할 뿐이었다. 뭐, 어쩔 수 없지 않은가.

전화번호부에서 주소를 찾아보니 그리 멀리 떨어져 있지 않았다. 그 점은 괜찮았다. 그곳까지 걸어가는 데에는 20분도 채 걸리지 않았다.

그곳에서 다시 한 번 읽으려고 『전쟁과 평화』 책을 들고 갔고, 가는 도중에는 『크리에이티브 쿼털리』 신간이 나온 것을 발견하고 한 부 샀다.

그곳에 도착했을 때는 1시가 조금 지난 시각이었고, 마침 점심 때여서 그곳에서 점심 식사를 했다. 음식은 끔찍했다. 하지만 경비 처리할 작정이었기 때문에 그나마 다행이었다. 식사를 마친 후 수첩을 꺼내 '점심, 1달러 50센트. 택시, 1달러'라고 적었다. 잠시 동안 스트라우드가 이런 싸구려 술집에 와 본 적이 있을까 고민하다가, '하이볼 4잔, 2달러'라는 항목을 추가했다.

커피와, 사흘은 족히 되었을 법한 파이 한 조각을 해치운 후 주변을 둘러보았다. 마치 고고학 조사단의 발굴 장소 같아 그리 나쁘지는 않았다. 구석에는 톱밥이 쌓여 있었고, 내가 앉은 뒤쪽 벽에는 최근 연회장에서 사용했던 것 같은 커다란 화환이 걸려 있었다. 그 화환에는 '오래된 벗을 축하하며'라는 문구가 달려 있었다.

길쭉한 실내 한쪽 구석에 카운터석이 있는 것을 발견했다. 믿을 수가 없는 광경이었다. 마치 고물상 전체를 들어올려 부려 놓은 듯한 모습이었다. 바퀴, 칼, 삽, 깡통, 종잇조각, 깃발, 그림 등등 문자 그대로 수백수천 개나 되는 물건들로 가득했다.

점심값으로 85센트를 지불했다. 벌써부터 소화불량에 걸린 것 같은데 그 돈을 받다니, 바가지가 따로 없었다. 나는 톨스토이와 『크리에이티브 쿼털리』를 집어 들고 바 쪽으로 향했다.

가까이 다가가자 더 많은 물건들이 눈에 들어왔다. 그저 수천 개나 되는 잡동사니들이었다. 나는 자리에 앉고 나서야 카운터 뒤쪽에서 쉰 살 정도 되어 보이는 덩치 큰 남자를 발견했다. 그의 눈매는 날카로웠으며 뭔가 생각에 잠긴 듯했다. 그는 카운터를 향해 다가왔는데, 그의 눈은 나를 향하고는 있지만 그다지 주목하고 있지는 않았다. 마치 텅 빈 방에 매달린 침침한 전구 같았다. 그는 말 한마디 없이 그르렁대는 듯한 소리를 냈다.

"맥주 한 잔 주시오." 나는 그가 내 앞에서 잔을 아래로 내려 맥주를 따르는 모습을 바라보았다. 그의 얼굴은 정말로 거의 흉포하다고 할 수 있을 정도였다. 굉장히 이상한 모습이었지만 내가 알 바는 아니었다. 내게는 할 일이 있었다. "여보시오, 바 뒤쪽에 대체 뭘 쌓아 두고 있는 겁니까? 싸구려 잡화점에 대폭발이라도 일어난 것 같은 모습인데."

그는 몇 초 동안 아무 말도 하지 않고 그저 나를 바라보기만 했다. 이제 정말로 화가 난 것처럼 보였다.

"내 개인 박물관입니다." 그는 짧게 대답했다.

그러니까 저것이 바로 그 메모에서 묘사한 내용이었던 것이다. 의심할 바 없이 맞는 장소를 찾아온 것이었다.

"대단한 수집품이로군요. 술 한 잔 사도 되겠습니까?"

이 말을 마치자마자 그는 카운터 위에 술병 하나를 올려놓았다. 최고급 스카치위스키였다. 뭐, 이것도 임무 수행에 있어 반드시 필요한 부분이었다. 내게는 문제가 되지 않았다. 어차피 경비 처리할 것이었으니.

그는 술잔을 꺼내다가 떨어뜨리고 말았다. 떨어진 술잔은 그대로 내버려 둔 채, 결국 두 번째 잔을 꺼내 간신히 술을 따르기만 할 뿐이었다. 그러나 그는 취한 것처럼 보이지 않았다. 그저 초조해할 뿐이었다.

"오늘은 운이 좋군요." 그는 술잔을 들어올리더니 단숨에 위스키를 비웠다. 대충 5초 남짓, 아니 5초도 안 되는 시간에 벌어진 일이었다. 거의 섬광과도 같았다. 그는 술잔을 내려놓고 내가 카운터에 올려놓은 시폐를 집으며 시끄럽게 입맛을 다셨다. "오늘 첫 잔입니다. 언제나 첫 잔이 가장 좋은 법이지요. 마지막 잔을 빼면."

나는 맥주를 홀짝였다. 그가 스카치값 75센트에 대한 거스름돈을 카운터에 내려놓았을 때, 나는 말을 걸었다. "그러니까 저건 당신의 개인 박물관이라는 거로군요. 어떤 물건이 있습니까?"

그는 돌아서더니 잡동사니들을 바라보았다. 이번에는 말을 알아듣기가 한결 쉬웠다. "무엇이든지요. 말씀만 하시면 보여 드리지요. 모두 나나 내 가족에 얽힌 사연이 있는 물건들입니다."

"화석으로 만든 자서전 같은 겁니까?"

"아니, 그저 개인 박물관일 뿐입니다. 저는 세계일주를 여섯 번이나 했고, 제 선조들은 전 세계에 퍼져 있습니다. 아주 오래 전부터. 제 박물관에 없는 물건 이름 하나만 대 보시죠. 그러면 당신 술값은 제가 내도록 하겠습니다."

뜬구름잡기였다. 이 녀석에게서 어떤 정보를 얻을 수 있을지 의심스러웠다. 그저 바보일 뿐이었다.

"좋아요." 나는 그를 어르듯 말했다. "기관차를 보고 싶습니다."

그는 "기관차요? 자, 기관차가 어디에 있더라." 그는 풋볼 헬멧과 박제한 새, 외국 동전들로 가득 찬 사발과 내가 알아볼 수도 없는 온갖 이상한 물건들 너머로 손을 뻗었다. 이윽고 그는 몸을 돌려 장난감 기차를 카운터에 올려놓았다. "여기 이 기관차로 말씀 드리자면……," 그는 애정을 담아 그 물건을 툭툭 건드리고는 내 쪽으로 몸을 기울였다. "오십 년 전 있었던 전차 사고 다음에 일어난 그 유명한 서드 애비뉴 화재 사건에서 유일하게 건진 내 장난감입니다. 내가 직접 꺼냈죠. 당시 난 여섯 살이었습니다. 아홉 명이 통구이가 되었죠."

나는 맥주를 다 마시고 그를 바라보았다. 그는 내게 농담을 걸려고 하는 건지, 아니면 술에는 반쯤 취한데다 정신은 완전히 나가 버려 저러는 건지 확신할 수 없었다. 이게 농담이라고 생각해서 하는 거라면, 확실히 진부한 농담이었다. 믿을 수 없을 정도로 유치한 익살이어서, 나는 아무런 감흥도 받지 못했다. 어째서 밴 바드에 가지 못했는지. 그곳에서라면 정신분열증 환자에 어쩌면 살인범일지도 모를 남자와 이야기를 나누는 대신, 적어도 평화롭고 안락하게 책을 읽을 수 있었을 것이다.

"잘 됐군요."

"아직 잘 움직입니다." 그는 호언장담하면서 장난감의 태엽을 감아 카운터 위에 올려놓았다. 태엽장치가 풀리는 소리가 들렸다. 그는 몸을 돌리더니 말없이 우리 두 사람의 잔을 다시 채웠다. 내 잔은 맥주였고 그의 잔은 스카치였다. 그가 또다시 잔을 뚝딱 비우고 돌아와 내 앞에 멍하니 서서 기다리는 듯한 태도를 취하자, 나는 한층 더 놀라고 말았다. 하느님 맙소사, 이 친구는 대화 한 번 할 때마다 공짜 술을 얻어 마실 작정인가? 물론 그게 문제가 되지는 않았다. 그는 기분이 좋은 모양이었다. 내가 술값을 치르고 나자 그는 정말로 친근하게 구는 것 같았다. 그는 내게 말을 걸었다. "예, 선생님. 여기는 뉴욕에서 가장 훌륭한 개인 박물관이죠. 또 보고 싶으신 게 있습니까?"

"설마 수정 구슬은 없겠죠?"

"흠, 마침 하나 갖고 있군요." 그는 십자가상과 쭈그러든 머리 모형 아래에 깔린 쓰레기 더미 속에서 커다란 유리구슬을 꺼냈다. "너나 할 것 없이 기관차를 보고 싶어하는 걸 보면 재미있다니까요. 가끔은 비행기나 도로 공사할 때 쓰는 증기 롤러를 보고 싶다는 사람도 있죠. 그리고 보통은 수정 구슬을 보여 달라고 합니다. 자, 여기 이 작은 구슬은 콜카타에서 우연히 얻은 겁니다. 그때 저는 힌두인 집시에게 점을 보러 갔는데, 그는 수정 구슬을 들여다보더니 내가 물에 빠져 죽을 거라고 경고하더군요. 그래서 저는 타고 있던 배에서 내려 얼마 동안 해변가에 머물렀습니다. 그로부터 이틀이 채 지나지 않아 그 배가 침몰해서 생존자 한 명 없었다지 뭡니까. 그래서 저는 깜짝 놀라 자문자답해 보았죠. 과연 이 점괘가 얼마나 오래 갈 것인가? 저는 예전에는 절대로 점 같은 걸 신용하지 않았습니다. 아시겠습니까? 그래서 저는 다시 그 사람을 찾아가, 그가 점을 칠 때 사용하는 도구를 갖고 싶다고 말했습니다. 그러자 그는 이렇게 말하더군요. 물론 자기네 나라 말을 했죠. 이 물건은 자기 가문에서 자손 대대로 내려온 물건이라 넘겨줄 수는 없다는 겁니다.”

이 유치한 헛소리는 끊이지 않고 계속되었다. 세상에, 절대로 끝날 것 같지 않았다. 그래서 나는 계속해서 흥미로운 척 굴어야 했다. 마침내 너무 지루하다 못해 더 이상 견딜 수 없을 지경에 이르렀다. “자, 그 구슬을 한 번 들여다보고 싶은데요. 내 친구가 어디에 있는지 알아보고 싶군요.”

“그거 재미있군요. 어쨌든 결국 그가 요구한 이천 루피를 지불하고 이걸 얻어 호텔로 돌아왔는데, 그때부터 이 빌어먹을 게 도통 작동을 안 하더란 겁니다. 그때부터 한 번도 작동한 적이 없어요.”

“괜찮습니다. 한 잔 더 주시죠.” 그는 구슬을 치우고 맥주를 한 잔 더 따른 후 자신의 잔에도 스카치를 한 잔 더 따랐다. 이렇게 마시면서 어떻게 일주일 이상 영업을 할 수 있는지 도무지 알 수가 없었다.

그가 술을 마셔 버리기 전에, 나는 계속해서 말을 이었다. "내가 몇 년 동안 보지 못한 친구가 있는데, 여기에 가끔 들르나 봅니다. 혹시 그 사람을 아십니까? 다시 한 번 그 친구를 만나고 싶군요. 혹시 그가 몇 시쯤 여기 들르곤 하는지 아십니까?"

그의 눈빛은 극도로 멍해졌다.

"친구분 이름이 뭐죠?"

"조지 체스터입니다."

"조지 체스터라." 그는 생각에 잠긴 듯 먼 곳을 응시했다. 그의 얼굴을 가리고 있던 가면의 일부가 떨어져 나갔다. "그 이름은 모르겠군요. 게다가 전 손님들의 이름은 거의 모릅니다. 어떻게 생긴 분인가요?"

"아, 평균 키에 평균 몸집입니다. 우리 지인 중 한 명이 지난 토요일 오후 늦게 여기서 그를 봤다고 하더군요. 아름다운 금발 여인이랑 함께 있었다던데요."

그는 위스키를 입안에 털어 넣었고, 술잔이 그의 입술에 닿지도 않았다는 사실을 믿을 수 없었다. 이렇게 독한 술을 마시면서 물 한 모금 입에 대지 않는 건가? 그는 얼굴을 찌푸리더니 움직임을 멈췄다.

"손님이 찾는 사람을 알 것도 같군요. 갈색 머리의 용모 단정한 사람인가요?"

"그렇다고 할 수도 있겠군요."

"그 금발 여인은 기억납니다. 그녀는 기억해 둘 만한 손님이었으니까요. 그 친구가 시의 소재로 삼은 갈가마귀를 보고 싶다고 했습니다. 그러니까 '그는 말했도다. 이젠 끝이로다.' 이런 거 쓴 친구 말입니다. 그래서 저는 그걸 보여 드렸습니다. 그래요, 두 사람은 이틀 전 밤에 왔었습니다. 하지만 그 남자는 여기 자주 들르는 사람은 아니었어요. 사오 년 전에는 거의 매일 왔었죠. 외모만큼이나 명석한 사람이었습니다. 내 박물관 물건을 몇 번이나 보여 달라고 하다가, 술에 취해 나랑 택시 기사에게 실려 나가곤 했죠. 어느 날 밤, 그는 아예 집에 들어가지 않고 박물관 안에서 자고 싶어했습니다. 계속해서 '자네의 대양 여객선에 특실을 잡아 주게나, 길.' 이라고 말하면서요. 그때도 집에 잘 돌려보냈죠. 하지만 그것도 다 몇 년 전 일입니다."

나는 고개를 끄덕였다. "우리는 예전에 같은 광고 대행사에서 일했습니다."

그는 좀 더 어리둥절한 것 같았다. "그때는 그런 일을 했던 것 같지 않습니다." 그는 단언했다. "신문사 같은 곳에 다니고 있었습니다. 그전에는 부인과 함께 뉴욕 북쪽 시골에서 싸구려 음식점을 경영했다더군요. 저처럼 말입니다. 물론 박물관은 아니었습니다만. 이름이 조지 체스터였던 것 같기도 하군요. 한두 차례 술을 너무 많이 마셨을 때는 자동차를 우리 주차장에 두기도 했습니다. 하지만 점차 발길을 끊더군요. 지난 서너 달 동안 두 번 이상 왔던 것 같지는 않습니다. 하지만 언제라도 올 수 있으니, 확실한 건 아무도 모릅니다. 굉장히 똑똑한 사람이었죠. 우리는 괴짜라고 부릅니다만."

"어쩌면 그 금발 여인을 통해서 그와 연락을 취할 수도 있겠군요."

"어쩌면요."

"그녀가 누군지 아십니까?"

이번에는 그의 얼굴 전체가 멍한 표정이었다. "아뇨, 전혀 모릅니다, 선생님."

그는 방금 들어온 손님들에게 주문을 받으러 카운터를 떴다. 나는 『크리에이티브 리뷰』를 펼쳤다. 헨리 제임스1843~1916. 미국의 작가. 19세기 리얼리즘 문학에 있어 중요한 인물로 평가된다에 대한 호의적인 재평가 기사는 내가 필히 읽어야 할 내용이었다. 비록 이 글을 쓴 사람에게서 불가피한 결점을 발견할 수 있었지만. 그리고 티베트의 전통 춤 의식에 대한 긴 기사는 꽤 괜찮아 보였다.

나는 맥주를 다 마시고 전화 부스로 향했다. 회사로 전화를 걸어 스트라우드를 연결해 달라고 했지만, 코뎃이 대신 전화를 받았다.

"스트라우드는 어디에 있습니까?"

"나갔습니다. 누구시죠?"

"에드 올린입니다. 길의 선술집에 와 있습니다."

"그곳을 찾았습니까? 맞는 장소입니까?"

"의심할 바 없는 그곳입니다. 이렇게 지저분한 술집이 있다니."

"뭐라도 건졌습니까?"

"그 남자가 지난 토요일 여기 왔었답니다. 확실합니다. 그 금발 여자와 함께요."

"잘 됐군요. 계속 수고하시길 바랍니다."

"별로 건질 게 없습니다. 바텐더는 그의 이름도 잘 모르더군요. 더 이상 여기에 드나들지 않는답니다." 그가 내 말을 충분히 이해할 수 있도록 잠시 말을 멈췄다. 나는 당연히 이런 칙칙한 술집과 카운터 뒤에서 지루한 이야기나 늘어놓는 바보 천치에게서 벗어나고 싶었다. "하지만 바텐더는 그 남자의 이름이 정말로 조지 체스터일지도 모른다고 했습니다. 살짝 얼간이가 아니면 완전히 정신이 나간 사람이 해 준 말이기는 하지만, 바텐더 말에 따르면 그 남자는 아주 명석한 괴짜였다고 하더군요. 내 말을 믿어도 좋습니다. 체스터는 아마 정반대의 인물일 겁니다."

"어째서입니까?"

"이까짓 장소가 다 그렇죠. 괴짜라는 말은 맞을 겁니다, 하지만 멍청이가 아니고서야, 이런 쓰레기장에 들어와 동물 서커스단 같은 술집을 운영하는 작자와 수다를 떨며 시간을 보내는 사람은 없을 겁니다."

"계속 하시죠."

"우리가 알고 있는 외양 묘사가 그리 틀린 것 같지는 않습니다. 하지만 추가적인 정보는 얻을 수 없습니다. 그 남자가 갈색 머리카락에 말쑥한 차림이라는 것 말고는요."

"알겠습니다. 다른 건 없습니까? 그 금발 여자에 대한 정보는?"

"아무것도 없습니다."

"확실히 별다른 정보가 없군요. 맞습니까?"

"아, 잠시만요. 그 남자는 의심할 바 없는 알코올중독자입니다.

사오 년 전에는 매일 밤 여기 나타났다가 택시에 실려 귀가하곤 했다고 하더군요. 바텐더 말로는, 당시 그는 신문사에 다녔다고 하고 광고업계에서 일했다는 이야기는 전혀 듣지 못했답니다. 그리고 신문사에 들어가기 전에는 뉴욕 북쪽 시골에서 싸구려 음식점을 경영했답니다. 아내와 함께 말입니다."

"술고래라. 그리고 과거 아내와 음식점을 경영했다고요. 신문사에서 일하고 있을 수도 있고, 괴짜에 말쑥한 외모. 많지는 않지만 어쨌든 새 정보로군요. 다른 건 없습니까?"

"그게 다입니다. 그리고 우리의 꼬맹이는 지난 여덟 달에서 열 달 사이에 이곳에 두 번 이상 모습을 보이지 않았다고 합니다. 이제 어떻게 할까요? 회사로 복귀합니까?"

그가 잠시 동안 말을 하지 않았기 때문에 나는 잠시 희망에 부풀었다.

"그러지 않는 게 좋을 것 같군요, 에드. 그는 이틀 전에 그곳에 나타났으니 다시 모습을 드러내기까지는 그리 오래 걸리지 않을지도 모릅니다. 그리고 바텐더에게서 뭐라도 좀 더 캐낼 수 있을 겁니다. 좀 더 세부적인 면에서 정신분석을 시도해 보는 것도 좋겠지요. 그와 술 몇 잔 하면서요."

오, 세상에.

"이봐요, 이 친구의 주량은 끝이 보이지 않는다니까요."

"알겠습니다. 그래야 한다면 취할 정도로 술을 마셔도 좋습니다. 하지만 너무 취하면 안 됩니다. 다른 손님들과도 이야기를 나눠 보고요. 어쨌든, 우리가 복귀 지시를 내리거나 교대할 사람을 보내기 전까지는 그곳에 머물러 있어야 합니다. 그곳의 주소와 전화번호는 어떻게 됩니까?"

그에게 주소와 전화번호를 알려주었다.

"알겠습니다, 에드. 뭔가 다른 정보를 입수하면 즉시 전화하길 바랍니다. 아시다시피 촌각을 다투는 일입니다."

나도 이 일이 어서 해결되기만을 바랐다. 나는 카운터석으로 돌아갔다. 맥주 탓에 벌써 머리가 어지러웠다. 잡지를 읽는 일은 평소에도 머리가 아주 맑아야 가능한 일이었으니, 지금 상태로는 도저히 집중할 수가 없었다. 손님 한 명이 바텐더에게 으르렁댔다. "좋아, 그건 없다고 인정하라고. 제발 부탁이니, 소위 그 유명한 박물관 밖으로 나갈 수 있는 모 드 파세mot de passe, 암호를 보여 줘."

"횡설수설 하지 말라고. 뭔가 보고 싶으면 암호 말고 쉬운 말로 부탁하라고."

"이건 암호가 아니야. 단순한 프랑스어라고. 인정하고 맥주나 내놔. 그건 확실히 없잖아."

"알겠어, 알겠다고. 맥주 한 잔 주지. 하지만 여기 이 물건이 뭔지 알아? 철자를 쓸 줄이나 아느냐고? 두 번 다시 프랑스어로 부탁하지 마. 여기서는 안 돼. 알아들어?"

다행히 카운터 저쪽 끝에 신문이 한 부 있었다. 하느님, 감사합니다. 비록 오늘 조간이었지만 이걸로 두어 시간은 버틸 수 있었다.

조지 스트라우드 VIII

팀원들이 제각기 임무를 맡아 내 사무실을 나서자, 나는 에모리 매퍼슨을 불렀다. 그의 통통한 얼굴은 언제나 애석해하는 듯한 표정이었고, 머릿속은 소용돌이치는 혼돈 상태였으며, 갈색 눈은 언제나 그 두꺼운 안경알 뒤에서 벗어나려 애를 쓰는 것처럼 보였다. 나는 그가 전방 3미터 이상 볼 수 있으리라고는 믿지 않았지만, 에모리에게는 어딘가 견실한 신문기자와 서정적인 조사원의 자질이 느껴졌다.

"투자 받은 개인들' 일은 어떻게 진행되고 있지?" 나는 그에게 물었다.

"잘 되고 있습니다. 버트에게 모두 설명해 주었습니다. 우리 둘이서 기사를 마감할 겁니다."

"버트가 제대로 이해하고 있는 게 확실한가?"

에모리의 얼굴빛이 더욱 심각해졌다.

"제가 이해하고 있는 만큼은요." 마침내 그는 대답했다. "어쩌면 더 잘 이해하고 있을지도 모릅니다. 아시다시피, 전 그 아이디어의 이면에는 뭔가 견실한 면이 있다는 느낌을 떨쳐 버릴 수가 없습니다. 이건 사회보장연금 영역에 있어 새롭고 혁명적인 시각입니다."

"음, 무엇 때문에 애를 먹고 있는 거지?"

"혁명 없이 어떻게 혁명을 이룰 수 있을까요?"

"그냥 그 일은 버트 핀치에게 맡겨 두도록 하지. 그는 자네가 〈퓨처웨이〉에서 작업한 자료를 갖고 있으니, 자네가 받아들일 수만 있다면 그가 데이터를 해석할 수 있을 거야. 이제부터 버트가 혼자 작업을 진행해도 괜찮겠나?"

에모리는 한숨을 쉬었다.

내가 아는 그라면, 그는 벨몬트나 양키 스타디움, 어쩌면 집안 침대 속에서 시간을 보내는 대신, 아마 도서관에서 전문적인 조사를 하거나 보험 전문가들과 인터뷰를 하는 데 여러 날 오후를 할애할 사람이었다.

"좋은 일은 모두 언젠가 끝나기 마련이라네, 에모리."

"저도 그렇게 생각합니다."

나는 불쑥 핵심을 찔렀다. "지금부터 나는 특별한 일을 맡아서 외근을 해야 해. 마침 올해의 가장 충격적인 살인 사건이 벌어졌지. 이 사건이 상당히 큰 비중을 차지하리라는 점에는 의심의 여지가 없고, 언젠가 〈크라임웨이〉에서 큰 기사로 다룰 걸세."

"델로스에 대한 이야기 말입니까?"

나는 고개를 끄덕였다.

"그리고 나는 〈크라임웨이〉가 뒤쳐지길 바라지 않아. 자네는 우리 정규 스태프가 되기를 원했지. 이게 자네의 출발점이 될 수 있을 거야. 센터 가 뉴욕 경찰청 살인반에 가서 가능한 한 많은 정보를 모아 오게. 무슨 일이든 말이지. 뭐라도 알아내는 즉시 내게 전화를 걸게나. 나는 다른 임무를 수행하느라 바쁠 테지만, 델로스 사건에 대한 최신 정보를 매 단계마다 알고 싶군."

에모리는 그 어느 때보다 더욱 멍하고 초췌해 보였다. 금붕어 같은 갈색 눈은 안경알 주변을 세 바퀴나 헤엄쳐 돌았다.

"맙소사, 이 일을 저 혼자 끝마칠 거라는 기대는 하지 않으시는군요?"

"물론 하지 않아. 우리가 이 일을 끝장내고 싶다면, 삼사십 명은 되는 취재원들을 대규모로 투입해야 할 거야. 난 단지 경찰이 수사를 마치기 전에 모든 사실 관계를 확보하고 싶은 거야. 자네가 해야할 일은 수사가 새 국면에 접어들 때마다 계속해서 긴밀하게 관찰하는 거라네. 그리고 내게 보고를 했으면 하고. 오직 나에게만, 정기적으로. 알겠나?"

에모리는 한층 안심한 듯한 기색을 보이며 알았다고 말했다. 그는 내 방에서 나가려고 자리에서 일어났다. 내 사설 수사관은 일어나 있어도 앉아 있을 때보다 그리 커 보이지 않았고, 오히려 존재감은 더욱 없어 보였다.

"이 일을 하는 데 어떤 지원을 받을 수 있습니까?"

"아무것도. 현재 상태에서 일을 해 주면 좋겠네. 그 이상은 없어."

"버트와 함께 이 일을 해도 괜찮습니까?"

나는 그렇게 할 수 있도록 처리해 주겠다고 말하며, 그를 밖으로 내보냈다. 그가 떠나자 나는 자리에 앉은 채 반대쪽 벽에서 나를 마주보고 있는 패터슨의 「분노에 대한 탐구」를 바라보았다. 아무것도 하지 않은 채 그저 생각에 잠겼다.

그림에 적힌 서명은 뚜렷하게 보였고, 캔버스를 움직여 액자 아래쪽으로 밀어 넣는다 할지라도 서명이 가려질 것 같지 않았다. 설마 그런 일이 있을 거라고는 믿지 않았지만, 화풍만 보고도 패터슨의 그림이라는 사실을 알아차릴 수 있는 사람이 재노스 엔터프라이즈에 있을 가능성도 있었다.

나는 그림을 치워 버릴 수 없었다. 다른 그림으로 바꾸어 놓는다고 할지라도 누군가 그 변화를 알아차릴 것이다. 로이나 함께 일하는 작가와 기자들이 아니더라도 다른 사람들이 눈치챌 수도 있었다. 루실이나 다른 여직원들, 다른 임원들의 비서, 연구 조사원들도 예외는 아니었다.

저 그림이 저기에 걸려 있지만 않았더라면. 그리고 무엇보다 '성 유다의 유혹'을 집으로 가져가지 않았더라면.

조젯이 새로 산 그 그림을 이미 보았다.

헤이건은 그 그림을 산 사람이 누구든 추적해낼 수 있다고 확신하고 있었다. 그는 필요하다면, 내가 안전장치 삼아 돈 클라우스메이어에게 맡긴 것보다 훨씬 집중적인 조사를 강력히 요구할 것이었다. 돈은 나와 통하는 연결고리는 고사하고 화가와 미술품상의 경로에 대해서도 명확히 밝혀낼 수 없을 것이다. 하지만 헤이건은 언제라도 독자적인 경로를 밟을 수 있었다. 그렇게 되면 나는 위험해질 것이다.

'유혹'을 없애 버리는 편이 나았다.

누구라도 자신의 임무를 지나치게 잘 수행한다면, 헤이건이 직접 일에 나서게 된다면, 내가 중간에서 합선을 일으키기 전에 진짜 정보가 그에게 흘러들어 간다면, 어느 하나만으로도 내 정체가 백일하에 드러나게 될 것이다. 반드시 그 그림을 없애 버려야 했다.

나는 모자를 쓰고 로이의 사무실로 갔다. 두 개의 불완전한 계획이 내 손에 들려 있었다. 하나는 그 그림을 없애는 것이고, 다른 하나는 제3의 목격자를 통하여 얼 재노스가 이스트 58번가에 있었다는 사실을 증명하는 방법을 찾는 것이다. 두 계획 모두 나 자신 외에는 믿을 사람이 없었다.

"먼저 나가 보겠네, 로이. 잠시 사무실을 맡아 주게. 그리고 방금 델로스 살인 사건을 조사하라는 지시를 내렸네. 이 사건은 〈크라임 웨이〉에서 빨리 다뤄야 할 것 같지 않나?" 그는 생각에 잠기며 고개를 끄덕였다. "매퍼슨에게 이 일을 맡겼지."

그는 냉정하고 쌀쌀맞은 태도로 다시 한 번 고개를 끄덕였다. "적어도 재노스는 이 사건을 조사하길 바랄 것 같습니다. 저는 실종자 색인을 준비하고 있었습니다."

이는 들어오는 정보를 교차 대조하여 정리하는 것이었다. 빠르게 정보가 들어오는 만큼, 쉽게 찾아보기 위해서는 간략한 형태로 정리해야 했다. 나도 한두 번 간소화 작업에 참여해 본 적이 있었다.

나는 어깨 너머로 활기차게 말했다. "그것 참 일이로군."

나는 엘리베이터에서 내려 길을 건너 주차장으로 향했다. 차를 몰고 가기로 결정했다. 곧장 마블 로드로 달려가 그 일을 해치울 작정이었다.

주차장에서 얼 재노스의 운전기사 빌리가 차에서 내리는 모습을 보았다. 그는 막 재노스의 자동차를 주차장으로 가져온 참이었다. 그의 차에는 대략 열두어 번 정도 탔던 적이 있었기 때문에, 그는 나를 알아보고 냉담하게 예의를 차리며 가볍게 고개를 숙였다.

"안녕하십니까, 스트라우드 씨."

"안녕하신가, 빌리."

우리가 서로 지나쳤을 때, 갑자기 한기가 느껴지며 어떤 생각이 떠올랐다. 재노스가 무제한적으로 믿는 사람은 딱 두 명이 있었는데, 바로 스티브 헤이건과 그의 살아 있는 그림자격인 빌리였다. 혹시라도 우리들이 찾아 헤매는 남자가 발견되면, 빌리가 그의 심부름꾼이 되어 최종 선고를 내릴 것이었다. 그는 그런 남자였다. 그자신은 그 사실을 모를지라도 나는 알고 있었다.

주차장 안에는 관리인이 이미 반짝거리고 있어 그다지 손댈 필요가 없는 재노스의 커다란 캐딜락을 닦고 있었다. 나는 그 자동차의 번호판을 외우면서 그에게 다가갔다. 그날 밤 누군가, 어딘가에서 이 차를 보았을 것이다. 그리고 얼도. 나는 그와 자동차가 있어서는 안 될 곳에서 다른 사람의 눈에 띄었기를 바랐다.

"차를 가지러 오셨습니까, 스트라우드 씨?"

나는 그에게 인사를 건네며 그렇다고 말했다. 나는 종종 1,2분 가량 걸음을 멈추고 이 관리인과 야구라든지 경마, 위스키, 여자 등에 대한 이야기를 나누곤 했다.

"오늘 오후에 할 일이 조금 있어서요." 나는 그에게 가까스로 미소를 지어 주었다. 이 버스 때문에 골치깨나 썩겠군요."

그는 대답 대신 활짝 웃어 보였다.

"골치까지는 아닙니다." 그러나 이윽고 그는 실토했다. "하지만 경찰이 이 차를 철저히 조사하고 있습니다. 우리들도 포함해서요. 토요일 밤에도 차 상태가 깨끗했습니까? 이 차는 토요일 밤에 얼마 동안이나 밖에 나가 있었습니까? 가솔린 잔량이나 주행 거리에 눈에 띄는 변화가 있습니까? 젠장, 우리들이 언제 그런 일에 신경이나 썼답니까? 물론 세차가 되어 있지 않았다는 건 알죠. 그리고 주유조차 되어 있지 않았고요."

그는 다른 관리인을 불러 내 차를 빼 오라고 시켰다. 나는 차가 나오기를 기다리며 그에게 물었다. "경찰이 운전사도 들들 볶았을 것 같은데요?"

"물론입니다. 형사 둘이 또 들이닥쳐서 몇 분 전까지 그와 씨름하다 갔습니다. 하지만 그는 전혀 개의치 않더군요. 재노스 씨도 마찬가지였고요. 두 사람은 어딘가에 저녁을 먹으러 갔다가 바로 다른 곳으로 장소를 옮겼답니다. 스트라우드 씨 친구분인 헤이건 씨 댁으로 말입니다. 그 점도 우리에게 확인해 보더군요. 두 사람은 밤이나 주말에는 절대로 주차장에 이 차를 대지 않습니다. 그러니 우리가 뭘 알겠습니까? 그런데 저는 경찰에 대해 그리 신경 쓰는 사람이 아닙니다. 그저 그 운전기사가 마음에 안 들 뿐이죠. 하지만 특별히 할 말이 있어야죠. 뭐, 그렇다는 겁니다."

그가 나를 바라보았고 나는 눈인사를 했다. 그때 내 차가 나타났다.

나는 차에 올라타 마블 로드를 향해 달렸다. 집에서 세 블록 떨어진 곳에 차를 멈추고, 다시 한 번 전체적으로 생각을 정리했다. 이번에는 아까와는 다른 기분이었다.

내가 왜 그 그림을 없애 버려야 하지? 굉장히 마음에 드는 그림인데. 그건 내 거야.

재노스와 나 중에서 누가 더 나은 남자일까? 난 나한테 한 표 던지겠어. 내가 왜 그런 인간 때문에 내 사유재산을 희생해야 하지? 대체 그가 뭐길래? 빅 클락 속에서 그는 중간 정도 크기의 톱니바퀴일 뿐인데.

빅 클락은 그림을 그리 좋아하지 않았다. 그러나 나는 좋아했다. 이 특별한 그림은 쓰레기통 속에 처박혀 있던 것이다. 세상에서 잊혀질 뻔한 그 그림을 내가 직접 구한 것이다. 내가 왜 그 그림을 다시 쓰레기통에 던져 버려야 하지?

어쨌든 세상에는 창작을 방해받은 훌륭한 그림들이 수없이 많았다. 만일 그런 그림 작업을 중단시킬 수 없거나 그 그림을 제거할 수 없다면, 나 같은 사람이 그 작품들을 없애기 위해서 파견되는 것이다.

바로 나를 없애기 위해 빌리를 보내는 것과 마찬가지였다. 내가 왜 그 따위 생명을 앗아가는 계략에 기꺼이 협조해야 하지?

과연 무엇이 나를 순응하도록 만드는 걸까?

〈뉴스웨이〉, 〈패션〉, 〈크라임웨이〉, 〈퍼스낼리티〉, 〈퓨처웨이〉,

〈커머스〉, 〈더 섹스〉 등 회사 조직 전체가 전직 예술가, 과학자, 농부, 작가, 탐험가, 시인, 변호사, 의사, 음악가 등 규칙에 순응하며 인생을 살아온 사람들로 가득 차 허덕이고 있었다. 그리고 이제는 어디에 순응하고 있는가? 바로 비대해져 목표를 상실했으며 아무 생각 없이 되는 대로 출판물을 찍어내는 조직이었다. 그 조직은 그들을 정신분석가에게 달려가게 만들고, 정신병원에 집어넣으며, 고혈압과 위궤양을 안겨 주고, 뇌일혈과 심부전으로 죄다 죽게 만드는, 그리고 가끔은 자살로도 내모는 곳이었다. 내가 왜 계속해서 이처럼 죽음을 부르는 조직에 경의를 표해야 할까? 이 회사에 헌신하다가 으스러지는 것보다, 조직의 기어장치를 들쑤시다 박살이 나는 게 더욱 쉽고 간단한 방식이었다.

이 거대한 조직 따위는 될 대로 되라지. 나는 본래 호사가였다. 언제나 꽤 훌륭한 호사가라고 생각해 왔다. 나는 다시 호사가로 돌아가기로 결심했다.

골목길로 차를 돌려 이스트 58번가로 향했다. 나는 타협을 시도할 수도 있었다. 그 그림은 현재로서는 다른 곳에 유통시킬 수 있는 물건이 아니었다. 그림을 없애는 것은 정말 시간 낭비에 지나지 않았다. 다시 말해 그림을 없애는 것은 기껏해야 약간의 시간을 벌 뿐이라는 의미였다. 이 파괴 작업에 노력을 기울일 가치가 없었다.

그리고 나는 조직을 휘저어 놓을 수 있었다. 슈퍼 시계는 영원히 움직일 것이며, 멈추기에는 너무나 거대했다. 다만 그 시계에는 두뇌가 없었지만, 내게는 있었다. 나는 조직에서 빠져나올 수 있었다. 재노스와 헤이건, 빌리를 그 톱니바퀴 사이에서 비명횡사하게 해 주리라. 그들도 좋아할 것이다. 고통을 즐기는 사람들이니까. 나는 아니었다.

나는 이스트 58번가를 지나쳐, 이 지역을 벗어나려면 어떤 차라도 택했을 코스를 따라 차를 몰았다. 재노스는 이곳에 도착했을 때 빌리를 먼저 보내고 택시로 돌아갔거나, 아니면 빌리에게 나중에 데리러 오라는 지시를 내렸을 것이었다. 어떤 경우에든 재노스가 웨인의 집에서 저녁 식사를 했다는 사실은 분명했다. 그 후 그가 이스트 58번가로 왔다는 사실은 내가 알고 있었고, 그 다음에는 당연하겠지만 분명 헤이건의 집으로 곧장 달려갔을 것이다.

나는 얼이 헤이건의 집으로 가려고 할 때 논리적으로 선택했을 법한 길을 따라가 보았다. 바로 근처에 택시 정류장이 두 군데 있었다. 만일 그가 택시를 이용했다면, 두 정류장 중 한 곳을 이용했을 게 틀림없다. 두 정류장 사이에서 빈 택시 발견하지 못했다면 말이지만. 분명한 점은 그가 이스트 58번가 근처에서 택시를 잡을 정도로 멍청이는 아니라는 사실이었다.

그는 더 먼 쪽에 있는 택시 정류장을 이용했을 것 같았다. 재노스의 사진을 들고 여기서부터 탐문을 시작하여, 가까운 쪽 정류장으로 이동하는 것이 좋아 보였다. 그리고 필요하다면 그날 밤 근처에서 승객을 태운 택시가 있는지 큰 택시 회사들에 알아볼 수도 있었다. 하지만 그 일을 혼자서 하는 것은 무리였다.

나는 헤이건의 집에서 시간을 재면서 웨인의 집으로 향했다. 그러고는 차를 돌려 천천히 이스트 58번가로 되돌아갔다. 얼이 선택했을 게 분명한 경로로는 약 30분가량 걸렸다. 두 사람 사이에 싸움이 벌어지기까지는 역시 30분가량 걸렸을 테니, 이는 곧 얼이 1시간 정도의 행적을 꾸며냈다는 뜻이었다. 이 점은 내가 알고 있는 정보로도 확인되었다.

어쩌면 그는 중간에 잠시 멈추었을 가능성도 있었다. 하지만 그가 중간에 들렀을 법할 장소가 떠오르지 않았다.

두 가지 가능성이 있었다. 하나는 얼이 이곳을 벗어날 때 탔을지도 모르는 택시였고, 다른 하나는 폴린이나 헤이건의 집에서 그를 본 관리인이 있을지도 모른다는 점이었다.

보잘것없는 단서였지만 전혀 없는 것보다는 나았다.

나는 회사로 돌아가 다시 주차장에 차를 두고, 2619호로 올라갔다. 그곳에는 아무도, 어떤 메모도 보이지 않았다. 나는 곧장 2618호로 갔다.

그곳에 로이와 리언, 템플, 재닛 클라크가 있었다.

"무슨 수확이라도 있었습니까?" 로이가 내게 물었다.

"잘 모르겠네."

"음, 우리는 몇 가지 보고를 취합하려던 참이었습니다." 로이는 흥미롭다는 듯 교차 대조가 가능하도록 만든 차트를 향해 고갯짓을 했다. 그 차트는 한쪽 벽 절반을 메운 칠판에 그려져 있었다. "에드 올린에게서 조금 전에 전화가 왔습니다. 길의 바는 어렵지 않게 찾아냈고, 그 남자와 여자가 그곳에 왔다는 사실도 확인했답니다. 흥미로운 단서입니다. 약간은 진전을 본 것 같습니다."

"좋아."

나는 X 표시가 있는 칠판을 향해 다가갔다. 차트의 세로단 첫머리에는 '이름, 혹은 가명'이라는 항목이 적혀 있었다. 나는 그 아래 내용을 읽어 보았다. 조지 체스터라고?

'외양' 항목 아래에 적힌 내용은 다음과 같았다. 갈색 머리, 말쑥한 외모, 평균 키에 평균 몸집.

나는 속으로 에드에게 감사를 표했다.

항목은 계속 이어졌다.

출몰 지역: 골동품 상점, 밴 바드 바, 길의 바, 일찍이 길의 바에 거의 매일 출몰한 바 있음.

이 내용은 사실이었다. 그랬던 적이 있었지.

배경: 광고업? 신문업? 뉴욕 북쪽 시골에서 싸구려 식당을 경영한 적 있음.

너무 근접했는데.

취미: 그림 수집.

성격: 괴짜, 탁상공론. 알코올중독자가 확실함.

성격이라는 마지막 항목은 아일먼과 샌들러 사건을 거치면서 로이가 추가한 것이었다. 그는 이 항목을 자신이 생각해 냈다고 믿었고, 그런 이유로 이 항목을 높이 평가했다.

나는 글로 그린 내 초상화 옆에 서서 말했다. "조금은 진전한 것 같군."

"그게 다가 아닙니다." 로이가 말했다. "리언과 재닛이 방금 밴 바드에서 뭔가 더 물고 돌아왔습니다. 차트에 기입하기 전에 그에 대한 이야기를 나누던 중이었죠."

그가 리언을 바라보자, 그는 단정하고 꼼꼼한 3인칭 시점으로 자신이 알아낸 정보를 말하기 시작했다.

"그렇습니다. 무엇보다 체스터가 지난 토요일 밤에 그 고급 술집에 나타났다는 사실은 확실해졌습니다. 그는 그곳에서 자신이 산 유다 그림을 확인해 보지는 않았다고 합니다만, 동행한 여자와 그림에 대한 이야기를 나누는 것을 우연히 들은 사람이 있었습니다. 그리고 그와 함께 있던 여자는 폴린 델로스였다고 하더군요."

나는 놀란 기색을 드러내고 말았다.

"확실한가?"

"의심의 여지가 없습니다, 주간님. 웨이터와 바텐더, 휴대품 보관소 여종업원이 오늘 신문에 실린 사진을 보고 그녀를 알아봤습니다. 델로스는 지난 토요일에 차트에 기입한 설명과 일치하는 남자와 함께 그곳에 왔었고, 유다 어쩌고 하는 그림에 대한 이야기를 나누었다고 합니다. 이 점에 대해서도 의심의 여지는 없습니다." 그는 내가 아무 말도 하지 않자, 오랫동안 나를 바라보다가 결국 다시 이야기를 시작했다. "이건 중요한 정보인 것 같습니다. 이 때문에 우리가 맡은 임무의 전체 성격이 달라지지 않을까요? 개인적으로는 그럴 거라고 봅니다. 오늘 오전에 누군가 같은 의문을 제기한 적이 있었죠. 이제 그의 생각이 맞는 것 같습니다."

"그렇게 생각하는 게 논리적이겠지. 경찰도 델로스가 토요일 밤에 그곳에 갔었다는 사실을 아나?"

"물론입니다. 그곳에 있던 모든 사람들이 지체 없이 그 사실을 이야기했으니까요."

"경찰은 우리가 그녀와 함께 있던 남자를 찾고 있다는 사실을 알까?"

"아닐 겁니다. 하지만 이제 경찰도 분명 그를 찾고 있습니다. 이건은 우리 독점이라고 생각했기 때문에 경찰에게는 아무 말도 하지 않았습니다. 하지만 이제 어떻게 해야 할까요? 우리는 조지 체스터라는 남자를 찾고 있지만, 이 일은 델로스와 엄청난 관련이 있는 것 같습니다. 최소한 제게는 그렇게 보입니다."

나는 고개를 끄덕이며 로이의 방에 놓인 전화기를 들었다.

"맞아." 나는 시인했다. 스티브 헤이건이 전화를 받자, 나는 송화기에 대고 소리를 질러댔다. "스티브? 잘 들으세요. 우리가 찾는 남자와 함께 있던 여자는 폴린 델로스입니다."

전화선의 한쪽 끝은 죽은 듯 조용했다. 5초, 10초, 15초, 20초가 흘렀다.

"여보세요, 스티브? 듣고 있습니까? 조지 스트라우드입니다. 우리가 찾고 있는 남자와 함께 있던 여자가 폴린 델로스라는 사실을 알아냈단 말입니다. 이 사실에 무슨 의미라도 있습니까?"

나는 로이와 재닛, 리언을 차례로 바라보았다. 그들은 기대감에 차 있었다. 누가 봐도 알 수 있을 정도로, 그들의 얼굴에는 다른 생각을 찾아볼 수 없었다. 전화선 한쪽 끝에서 스티브 헤이건의 한숨 소리 같은 것이 들렸다.

"특별한 의미는 없네." 그는 신중하게 말을 꺼냈다. "그녀가 이 중개인을 만나고 있다는 사실은 알고 있었다네. 어쩌면 자네에게 이 이야기를 해 주었어야 했는지도 몰라. 하지만 그날 밤 그녀가 그와 함께 있었다는 사실은 우리가 다루고 있는 일과는 아무런 관련이 없어. 우리가 원하는 건, 그리고 우리가 얻어내야 하는 건 그 남자의 이름과 소재뿐이라네. 우리 조사와 관련해서 델로스는 막다른 골목이야. 살인 사건은 평범한 기삿거리일 뿐이라네. 이건 그와는 전혀 관련이 없는 다른 문제야. 알아들었나?"

나는 그에게 잘 알겠다고 대답했다. 나는 전화를 끊고 이 방에 있는 세 사람에게 그가 한 설명을 거의 문자 그대로 반복해서 들려 주었다.

로이는 자기만족에 빠져 있었다.

"알겠습니다. 하지만 이 건은 최근의 몇몇 위기 상황과 연관되어 있는 사안이라고 계속해서 말씀드렸을 텐데요. 그리고 이제 정말로 관련이 있다는 사실을 더럽게 잘 알게 되었군요."

그는 자리에서 일어나 칠판으로 다가가 분필을 집어 들었다. 나는 그가 '관계자: 폴린 델로스'라고 적는 모습을 지켜보았다. 그는 차트에 오른 두 사람이 겹치는 항목인 '골동품 상점', '길의 바', '밴 바드 바'를 반복하여 읽었다. 뒤이어 차트에 새 항목을 추가하기 시작했다.

"그리고 리언과 재닛이 좀 더 뚜렷한 정보를 얻어 왔습니다." 그는 말을 이었다. "주간님께 보고하도록."

리언의 작고 침착한 목소리가 다시 보고를 시작했다. "그들이 밴 바드의 칵테일 라운지를 나섰을 때, 우리의 목표가 무언가 잊고 갔습니다."

나는 입술 외에는 전혀 몸을 움직일 수 없었다.

"그래?"

리언은 로이의 책상을 향해 고갯짓을 하며, 눈으로는 그 위에 놓여 있는 봉투를 가리켰다. 나는 그곳까지 몸이 둥둥 뜬 채 움직이는 듯한 기분이었다. 정말로 내 비밀을 완전히 드러낼 무언가를 엉뚱한 곳에 두거나 잃어버렸는지의 여부와는 상관없이, 이 모든 것이 이 친구들이 헤이건과 공모하여 꾸며낸, 과장되고 인정사정 보지 않는 익살극이 아닐까 하는 의구심이 들었다. 그러나 봉투 안은 텅 비어 있었다.

"손수건입니다." 나는 리언의 목소리를 들었다. 마치 아주 먼 곳에서 들려오는 것만 같았다. "어쩌면 추적할 수 있을지도 모릅니다. 확실히 비싼 물건이거든요. 게다가 오래된 세탁소 표식 같은 게 찍혀 있습니다."

당연히 손수건일 수밖에 없었다. 그녀가 내게 손수건을 빌렸던 적이 있었다. 그녀가 칵테일을 엎질렀을 때, 내가 그 손수건을 꺼내서 닦은 후 그녀에게 건네주었었다. 그리고 그 자리에 그대로 놓고 왔던 것이다.

나는 봉투를 거꾸로 뒤집어, 손수건을 흔들어 꺼냈다. 바로 그 손수건이었다. 희미하게 묻은 얼룩마저 볼 수 있었다.

"손수건에는 손을 대지 않으려고 했습니다, 주간님." 리언이 말했다. "굉장히 매끄러운 고급 섬유라 지문을 뜰 수 있을지도 모르니까요."

그래서 나는 손을 대야만 했다. 나는 손수건을 집어 펼쳐 들었다. 그리고 조심스럽게 책상 위에 펼쳐 놓았다.

"이미 다른 사람이 숱하게 손을 댔을 것 같은데. 웨이터나 캐셔,

자네도 포함해서. 하나 더한다고 해서 문제가 되겠나." 나는 심각하게 주의를 기울여 이 친숙한 사각형 리넨 손수건을 살펴보았다. 1년쯤 전에 블랜튼 앤드 덴트 백화점에서 구입한 여러 장의 손수건 중 한 장이었다. 끝단에는 희미하고 흐릿하지만 복원 가능한 세탁소 표식이 찍혀 있었다. 몇 달 전 시내에서 일주일가량 묵었을 때 도심에 있는 세탁소에 옷가지를 맡기면서 찍혔던 게 분명했다. "그래, 이건 추적할 수 있을 것 같군."

나는 손수건을 다시 접어 봉투 속에 다시 집어넣었다. 이제 내 지문이 찍혀 있다는 사실에 대해 설명할 수 있게 되었지만, 감식반으로부터 그 손수건을 빼돌릴 방법이 없다는 것을 알았다.

나는 봉투를 리언에게 건넸다.

"이걸 자허 앤드 로버츠사에 가져다 주겠나?" 그곳은 우리가 이런 일을 할 때 종종 이용하는 대형 사설 실험실이었다. "뭐라도 발견하게 되면 팀을 더 배정하겠네. 딕과 루엘라에게 밴 바드 일을 교대하라고 할까?"

"아, 알겠습니다. 그쪽 사람들 말로는, 우리가 찾는 남자는 일주일에 두세 번 정도 온다고 합니다."

"밴 바드 같은 고급 바와 길의 바 같은 곳을 동시에 드나드는 친구를 찾아야 하는군요." 로이가 지적했다. "분명 다시 나타날 겁니다. 그때는 잡을 수 있겠죠."

나는 깊이 생각에 잠겨 고개를 끄덕였다. "분명히 그럴 테지. 두 장소 중 한 곳에는 나타날 거야. 그럼 된 거야."

이 회의가 어떻게 끝났는지 기억이 나지 않았다. 리언은 자허 앤드 로버츠사에 간 것 같았다. 로이는 커다란 상황판 위에 새 항목을 추가하느라 바빠 보였다. 나는 로이에게 그 일이 끝나면 뭐라도 먹으면서 좀 쉬라는 말을 건넸다. 내가 그 자리를 떴을 때는 7시 언저리였다.

실험실에서 정말로 손수건에 묻어 있는 지문을 검출해 낸다면, 나를 포함해서 다른 사람들 모두 자발적으로 지문을 제출해야 할 것이었다. 그 점이 내가 본질적으로 신경을 써야 할 부분이었다. 또한 나는 아주 오래, 오랫동안 내 사무실에 앉아서 내가 폴린의 여행용 가방을 만진 적이 있는지 기억해 내려고 애를 썼다. 그렇게 지문이 이중으로 발견되면 이를 해명할 수는 없었다. 그럴 가능성은 거의 없었다.

나는 마지막으로 폴린을 만났던 날을 기억해 보려고 애를 썼다. 아니. 손잡이 부분을 제외하고 가방에 손을 댄 적은 없었고, 분명 폴린이 마지막으로 가방을 들면서 내 지문을 뭉개 버렸을 것이다.

이런 고민을 하던 중, 돈 클라우스메이어에게서 전화가 왔다.

"아, 그래요, 돈. 패터슨 일은 진척이 있습니까?"

돈은 위악적이고 현학적인 목소리로 느릿느릿 말했다. "문제가 좀 있었지만 그녀를 찾아냈습니다. 그녀의 예전 전시회 카탈로그에 실린 싸구려 그림들을 보면서 한 시간 정도 이야기를 나누었습니다. 그녀의 네 아이들을 떼어 놓느라 죽는 줄 알았습니다."

"알겠습니다. 어서 말해 보시죠."

"굉장히 중요한 사실 하나를 알아냈습니다. 루이즈 패터슨이 바로 그날 밤 그 골동품 상점에서 그 그림을 사려고 경쟁하다가 실패

한 손님이었습니다. 그녀의 친구가 상점에서 그 그림을 보고 그녀에게 말해 줬다고 합니다. 그 말을 듣자 그녀는 직접 그 그림을 사서 회수하고 싶었답니다. 그 이유를 누가 알겠습니까만."

"알겠습니다. 다른 소식은 없습니까?"

"제 말을 이해하신 겁니까? 패터슨 본인이 그날 밤 그곳에 있었다니까요."

"이해했습니다. 그리고요?"

"그리고 그녀는 그 그림을 사 간 남자에 대해 장황하게 설명해 주었습니다. 메모라도 하셔야 할 텐데요?"

"잘 기억해 보도록 하죠."

"패터슨이 한 말을 그대로 옮기겠습니다. 그 남자는 자기만족에 빠져 우쭐대기만 하는 약삭빠른 개자식이었다고 합니다. 자동 거수기 역할밖에 안 되는, 족히 천만 명은 되는 공무원 같았다면서요. 갈색 머리에 갈색 눈, 광대뼈가 튀어나왔고, 균형이 잘 잡힌 호리호리한 몸매였답니다. 하루에 세수와 면도를 다섯 번은 할 것 같은 멀끔한 얼굴이었고요. 체중은 칠십이에서 칠십오 킬로그램 정도. 그리고 회색 트위드 정장에 진청색 모자와 넥타이 차림이었다고 합니다. 그녀 말로는 그는 그림에 대해 꽤 아는 사람이었고 루이즈 패터슨의 작품에도 정통했다고 합니다. 그녀의 작품을 수집하는 건 거의 확실했지만 속물적인 취향 때문인 것 같았다고도 했고요. 저 개인적으로는 이 부인은 자신을 과대평가한다는 느낌을 받았습니다. 그녀 또한 자신이 최근 10년 동안 잊혀져 있었다고 인정했지만요. 계속하겠습니다. 이 남자는 과시욕이 굉장히 강한 사람이었답니다.

마치 자신이 슈퍼맨이라고 생각하는지 드러내 놓고 티를 내고 다녔다면서요. 그와 함께 있던 여자는 파크 애비뉴에서 볼 수 있는, 레즈비언 모델 기준으로 봐도 상당히 아름다운 미인이었답니다. 이상입니다. 됐습니까?"

"네."

"도움이 되는 이야기일까요?"

"일부는요."

"스튜디오를 개조한 그녀의 집을 좀 둘러봤습니다. 그림이 끝도 없이 들어차 있는 것이 쥐와 흰개미에게는 천국이겠더군요. 그녀는 예술 쪽으로는 좀 가망이 없어 보였습니다." 그걸 당신이 어떻게 알지? "하지만 그 그림들을 보고 있자니, 분명 극히 최근에 어디에선가 비슷한 그림을 본 것 같습니다. 그 그림을 어디서 봤는지 기억이 나기만 한다면, 또 다른 단서가 될 수 있을지도 모릅니다."

그가 웃음소리를 내자, 나도 그를 따라 웃었다. 그러나 나는 반대쪽 벽에 걸려 있는 「분노에 대한 탐구」에서 눈을 뗄 수 없었다.

"어쩌면 그럴 수도 있겠지만, 너무 심각하게 생각하지는 마십시오. 내일 봅시다."

그가 전화를 끊고 난 후, 나는 5분 동안 내내 그 그림을 바라보고 있었지만 사실 그림이 전혀 눈에 들어오지 않았다. 그러고 있다가 나는 휘갈겨 쓴 수첩을 갖고 로이의 빈 사무실로 가서 돈의 보고 내용을 형식에 맞게 차트에 기입했다. 이쯤 되니 내 외양에 대한 사뭇 불쾌한 묘사가 선명하게 완성되어 있었다. 그 일을 마치고, 나는 자료실에서 얼의 잘 나온 최근 사진을 석 장 가져왔다.

7시가 조금 지나자 로이가 돌아왔다. 우리는 내일의 임무 교대에 관해 의논했다. 그 일이 끝나고 밖으로 나오자 당분간 내가 감당해야 할 일들은 얼추 처리했다는 기분이 들었다. 그러나 아직 해야 할 일이 남아 있었다.

전날 점찍어 놓은 택시 정류장에서, 나는 사실상 처음으로 유용한 성과를 올렸다. 아주 괜찮은 정보였다. 어느 택시기사가 지난 토요일 밤 10시를 약간 지나서 재노스를 닮은 승객을 태웠던 사실을 확인해 주었던 것이다. 그는 그 손님이 재노스가 확실하다고 말했다. 택시기사는 그를 태운 시간과 장소는 물론이고 그가 내린 장소역시 기억하고 있었다. 헤이건의 집에서 한 블록 떨어진 곳이었다.

될 대로 되라는 식으로 선택한 최후의 수단이었지만, 이로써 나는 목숨을 건질 수 있을지도 몰랐다. 하지만 내 가정까지 지키기에는 아직 충분하지 않았다.

내가 마블 로드에 도착했을 때는 거의 자정이 다 된 시각이었다. 조지아와 조젯은 잠들어 있었다.

나는 아래층 벽장에 넣어둔 '성 유다의 유혹'을 꺼내, 20분 정도 시간을 들여 다른 캔버스 뒤에 그 그림을 감추었다.

그들에게 붙잡히는 일이 실제로 일어난다면, 이런 위장은 쉽게 들통날 것이다. 그러나 그런 상황이 닥치게 된다면, 어찌됐든 나는 파멸할 거라는 사실은 변함이 없었다.

얼 재노스 Ⅲ

스티브가 수색팀을 조직한 지 닷새가 지나자, 그 빌어먹을 유령에 대한 정보를 긴 전기를 쓸 수 있을 정도로 확보할 수 있었다. 그의 행적을 날짜별로 확인했고, 그가 출몰하는 장소를 알아냈으며, 그의 배경 및 거의 완벽한 외양 묘사까지 확보했다. 그가 느꼈을 생각이나 감정, 충격 같은 것도 모두 X선 사진을 찍듯 추적했다. 나는 그처럼 어설프게 흔적을 남기고 다니는 나약한 바보에 대해 그의 어머니보다 더 잘 알고 있었다. 눈이라도 감으면 그가 그 지나치게 매끈한 얼굴에 정신박약증 환자 같은 웃음을 흘리며 내 앞에 서 있는 모습을 실제로 볼 수 있었다. 자신이 좋아하는 시시한 취향에 대해 번지르르하고 가식적이며 상대방을 무장해제시키는 목소리로 속삭이는 소리도 들을 수 있었다. 손을 뻗으면, 어쩌다 갑자기 내 인생에 끼어들어 폴린을 죽음으로 몰아넣고 나를 파멸시키려고 하는 이 지긋지긋한 유령을 만질 수도 있을 것 같았다.

그러나 우리는 아직 그 남자만은 찾지 못했다. 아무것도 손에 쥔 것이 없었다.

"솔직히 말하면, 당신은 뭔가 숨기고 있다고 생각합니다." 조지 스트라우드가 한 말이었다. 그는 스티브와 이야기를 나누고 있었다. 나는 우리 계획을 틀어막고 있는 정체 상태를 재점검하는 자리에 참석하겠다고 우겼지만 직접 논의에 참여하지는 않았다. "그리고 저는 이 모든 사태를 매듭지을 수 있는 단 하나의 진실이 존재한다고 봅니다. 그게 무엇이든 말이죠."

"그런 진실이 존재한다는 데 매달리다니, 자네 상상력도 남다른 점이 있군."

"전 그렇게 생각하지 않습니다."

우리는 스티브의 사무실에 있었다. 스티브는 자신의 책상 앞에 앉아 있었고, 내 자리는 그에게서 약간 떨어진 곳이었다. 스트라우드는 스티브 맞은편에 앉아 있었다. 햇빛이 방 안을 가득 메우고 있었지만, 내게는 수영장 바닥처럼 어두침침하게 보였다. 지난 일주일 동안 밤에 두 시간 이상 잠을 잘 수가 없었다.

빌어먹을 늑대들이 내게 접근하고 있었다. 십수 명은 되는 형사들과 서너 명의 지방 검사실 수사관들이 매일같이 찾아와 내게 질문을 퍼부어댔고, 때로는 하루에 다섯 번 찾아올 때도 있었다. 처음에 그들은 예의 바르게 행동했다. 그러나 이제는 그런 격식 따위에 구애받지 않았다.

그리고 웨인은 이런 상황에 대해 알고 있었다. 키도 알고 있었다. 그들 모두가 알고 있었다. 오직 일반 대중들에게만 비밀이었다. 도심 지역과 42번가에서는 공공연한 사실로 통했다. 사람들이 눈에 띄게 나를 피하고 있어서, 최근 며칠 동안 내게 전화를 걸거나 찾아오는 사람은 아무도 없었다. 임원진들이 나를 단단하게 감쌀수록, 일반 대중들은 점점 떨어져 나갔다. 내가 더욱 고립될수록, 경찰은 더욱 손쉽게 나를 조여 오기 시작했다. 나는 늑대 떼 한 무리 정도는 감당할 수 있었지만, 둘은 무리였다.

직접적으로 나를 지목하는 증거는 하나도 없었다. 아직까지는 나타나지 않았다. 그러나 나를 짓누르는 압력이 누그러지리라는 전망 역시 보이지 않았다.

이런 상황은 견딜 수 있었다. 그러나 요정처럼 도무지 모습을 드러내지 않는 놈을 찾아내야 했다. 그것도 다른 사람이 찾아내기 전에 먼저. 그 남자야말로 내가 직면한 단 하나의 심각한 위협이었다. 만약 경찰이 그를 먼저 찾아낸다면 큰일이다. 그들이 언제 어느 때 그를 잡아도 이상할 것이 없었고, 결국에는 찾아내고야 말 것이다. 나는 그가 경찰에게 어떤 이야기를 할지 정확히 알고 있었고, 이후 벌어질 사태 역시 마찬가지였다.

말이 되지 않았다. 우리는 산처럼 정보를 모았지만, 그럼에도 불구하고 사실상 시작 단계로 돌아가 있었다.

"좋습니다. 그 진실에 매달려 보도록 하죠." 스트라우드가 스티브에게 말했다. "당신은 이 남자가 정재계간의 협잡에 관련된 핵심 인물이라고 했습니다. 하지만 우리는 이 자에 대해 일말의 정치계와의 관련성도 찾아내지 못했습니다. 그리고 재계와의 연관성은 언급할 가치도 없습니다. 왜 그럴까요? 그런 건 존재하지 않기 때문이라고 단언합니다."

스티브는 그에게 날카롭게 대꾸했다. "존재하고말고. 단지 아직 연관성을 파악할 수 있을 정도로 깊게 파헤치지 못했기 때문이라네. 난 근거 없는 낭설을 빼면 아무것도 감추지 않았어. 그런 소문에 휘둘려 봐야 아무런 소용이 없지. 실제로 자네는 이미 휘둘려 버린 게 아닌가?"

스트라우드의 목소리는 부드러웠고, 꽤 즐거워하는 듯한 기색도 띠고 있었다. 하지만 그 목소리에는 강한 주장이 담겨 있었다.

"델로스가 이 상황 한가운데 있었다는 사실을 알게 되었을 때 이상으로 휘둘릴 수는 없을 겁니다. 왜 그런지는 모르겠지만 제게 귀띔해 주는 것을 잊었다고 하셨죠?"

이 무의미한 언쟁으로는 아무런 결론이 나지 않을 게 분명했다. 결국 내가 개입할 수밖에 없었다.

"자네 의견은 뭔가, 조지?" 나는 그에게 물었다. "지금 우리가 다람쥐 쳇바퀴 돌 듯 빙빙 헤매고 있는 진실이란 게 대체 뭐라고 생각하는 거지? 이렇게 간단한 일에 이토록 붙들려 있는 건 자네답지 않아. 이 건에 대한 자네의 허심탄회한 의견은 뭔가?"

스트라우드는 몸을 돌려 오랫동안, 날카로운 눈빛으로 나를 바라보았다. 나는 그를 항상 통찰력이 굉장히 뛰어난 사람으로 분류하곤 했다. 행동력은 뛰어나지 않지만 순수한 논리와 가설을 세우는 능력만큼은 대단한 인물이었다. 그는 브리지 게임에서 카드를 흘끗 보기만 해도 마지막까지 패를 읽어낼 수 있었다. 그러나 그러한 재능은 단순한 사업상 거래에 있어 그다지 도움이 되는 것은 아니었다. 냉정한 싸움꾼과 도박사의 마음가짐이야말로 스티브에게 전적으로 결여되어 있는 면이었고, 그는 그 사실을 완전히 이해하고 있었음에도, 이를 이질적이거나 비인간적인 요소로 취급하곤 했다.

이 일을 맡게 된 지 닷새 만에 스트라우드는 압박감을 드러냈다. 이는 좋은 징조였다. 그는 이 사안이 단지 판에 박힌 임무가 아니라는 사실을 이해할 필요가 있었기 때문이다.

"예, 가설이 하나 있습니다. 저는 델로스 살인 사건과 우리가 찾고 있는 남자가 서로 밀접한 관계가 있다고 생각합니다. 우선 저는 두 사람이 단지 우연히 얽히게 되었다는 스티브의 생각을 반박하는 데 초점을 맞춰 보았습니다."

나는 고개를 끄덕였다. 물론 이는 불가피한 행동이었다. 우리가 이 조사를 담당할 사람으로 스트라우드를 선택한 까닭은, 그가 훌륭한 관찰력과 자만심으로 느껴질 만큼 자유로운 상상력을 누구보다 월등하게 갖춘 사람이었기 때문이었다.

나는 스티브를 흘낏 바라보며, 그가 이런 상황에서도 좀 더 현명하게 일을 처리하리라는 믿음을 다졌다.

"자네의 추리를 따르도록 하지, 조지." 그가 말했다. "그리고 자네 말이 옳은 것 같군. 하지만 자네가 간과하고 지나친 것도 있으니, 우리는 이제 그 점을 따져 봐야겠지. 우리는 폴린이 이 거대한 결탁 음모에 대해 알고 있었다는 사실을 알고 있어. 그녀는 부분적으로나마 배후에서 도왔고, 할 수만 있다면 당연히 그 계획을 지원하려고 했을 거야. 그녀가 바로 그런 일을 했다고 가정한다면? 누군가 그녀가 그런 일을 하고 있다는 사실을 알아냈다면? 그렇다면 그녀를 가장 먼저 해치웠겠지. 이에 대해서는 어떻게 생각하나?"

스트라우드는 냉정하고 신중한 태도를 취하며 말을 아꼈다. 그는 이런 이야기를 하기에 조금 지나치게 예민한 구석이 있었다.

"이 거래가 아주 큰 판돈이 걸린 도박이라면 말입니다. 그리고 그에 맞서는 집단이 갈 때까지 간 인간들이라면⋯⋯." 그는 여기까지 말을 하고 좀 더 오랫동안 입을 다물었다. "그렇다면 우리는 골치 아픈 상황에 처한 겁니다. 우리가 찾는 남자는 멕시코로 피신해서 계속해서 남쪽으로 도망치고 있는 중이거나, 다시는 찾을 수 없는 방식으로 이미 처리되어 버린 걸 테지요."

"그럴 리가 없네." 스티브가 그에게 날카롭게 말했다. "그럴 수 없는 이유가 있지. 이 남자는 괴짜이고 폭넓은 친분관계가 있는데다, 결혼을 했으며 적어도 아이가 한 명 있지. 어느 곳에서든 책임을 져야 할 위치라는 거야. 그런 사람이 갑자기 사라져 버린다면 커다란 구멍을 남기게 되는 법이지. 자네는 실종자 담당국과 긴밀한 접촉을 유지하고 있지 않나. 언제부터였지?"

"화요일 오전입니다."

"화요일이라. 그리고 우리가 찾는 남자 같은 인물에 대한 신고는 들어오지 않았지. 그가 사라졌다면 분명 어디에서든 어떻게든 분명히 정보가 나올 거야. 하지만 그렇지 않았어. 이는 그가 아직 주변에 있다는 뜻이라네." 스트라우드는 주의 깊게 고개를 끄덕였고, 스티브는 재빨리 화제를 바꿨다. "이제 다른 단서들을 좀 더 면밀하게 조사해 봐야 하지 않겠나. 뉴욕 북쪽 시골 지역에서 주류 취급 허가증을 정지시킨 사람이나 새로 갱신하지 않은 사람들의 명단은 계속해서 확인하고 있나?"

스트라우드는 손수건을 꺼내 땀에 젖은 얼굴을 닦았다.

"예, 하지만 그건 무리한 주문입니다. 수백 건이나 되니까요." 스트라우드는 잠시 다른 곳에 정신이 팔린 채 손수건을 내려다보았다. 그러다가 그는 매우 신중한 태도로 손수건을 접어 느릿느릿하고 조심스럽게 옆으로 밀어 놓았다. "그 명단은 제게 곧장 전달됩니다. 뭔가 알아내면 바로 알려 드리겠습니다."

그런 말을 하다니 좀 이상했다. 굳이 말하지 않아도 당연한 일이었으니까.

"『뉴스웨이』에 실린 그 패터슨이라는 여자의 기사를 보았나?" 스티브가 묻자 스트라우드는 그렇다고 대답했다. "결과를 따지기에는 아직 이릅니다. 하지만 우리 기사 때문에 그녀는 유명세를 얻게 되겠죠. 기사에 실린 '유다'에 대한 묘사를 읽고 그 그림을 기억해 내는 사람이 반드시 있을 겁니다. 그 그림에는 값을 매길 수 없는 가치가 있다는 감정 결과도 첨부했으니, 분명히 모습을 드러낼 거라고 봅니다. 그 그림만으로 그 남자를 손봐 줄 수 있을 거란 예감이 듭니다."

스트라우드는 미소를 지었지만, 더 이상 말은 하지 않았다. 그들은 세금 명단, 광고대행사, 신문사, 손수건에 찍힌 지문 등 다른 조사 영역에 대한 이야기로 넘어갔다. 그러나 모두 짙은 안개 속에서 길을 잃고 헤매는 것으로 끝날 뿐이었다. 한참 후에 헤이건이 이렇게 말하는 소리가 들렸다. "자, 이제 술집이랑 화랑 차례로군."

"확인 작업은 모두 끝났습니다."

"맞아. 그런데 왜 아직까지 그 남자는 나타나지 않는 거지? 아무리 봐도 이건 불가능해. 그 누구도 이처럼 급작스럽게 자신의 평소 생활 방식을 포기할 수는 없어. 뭔가 타당한 이유가 아니고서야."

"그가 이 나라를 떠났거나 아니면 살해당했을지도 모른다고 이미 말씀드렸습니다만." 스트라우드가 말했다. "큰 줄기는 동일하지만 세부 사항이 다른 시나리오도 있습니다. 그 남자가 델로스를 살해했을지도 모릅니다. 이 경우에 그는 당연히 다른 사람들 눈에 띄는 상황을 피하려 하겠지요. 아니면 그는 우리가 자신을 찾고 있다는 사실을 알고 있을지도 모릅니다. 사정을 모두 꿰뚫고 있기 때문에 자신의 흔적을 지우고 숨어 버린 거죠. 같은 일이 자신에게 일어나지 않도록 말입니다."

나는 스티브와 스트라우드에게서 조심스럽게 시선을 돌렸다. 결말에 도달하는 과정은 기이했지만 스트라우드의 가설은 결과적으로 거의 완벽했다. 잠시 동안 방 안은 극도로 조용해졌다.

"자네는 그가 자신이 위험에 처해 있다는 사실을 알고 있을지도 모른다고 생각하는 건가?" 이내 스티브가 물었다.

"누군가 진지하게 행동하고 있다는 사실을 알고 있을 겁니다. 그 외에 달리 무슨 이유가 있겠습니까?"

"그리고 지금까지 성공적으로 자취를 감추고 있다는 거로군." 스티브는 마치 동의를 구하는 듯한 어투로 이야기하며, 멍하니 스트라우드를 응시했다. "적어도 그는 이제껏 항상 드나들었던 장소를 모두 피하고 있습니다." 스티브는 잠시 침묵을 지키다가 입을 열었다. "그룹 내에서 이 특별한 임무에 대해 아는 사람이 몇 명이나 되지, 조지?"

스트라우드는 그의 질문을 이해하지 못한 것처럼 보였다.

"우리 회사 말씀이십니까?"

"바로 여기 재노스 앤터프라이즈에서 말이네. 어림잡아 몇 명이나 되지?"

스트라우드는 희미한 미소를 지었다. "음, 현재 이 임무에 배정된 인원은 총 오십삼 명입니다. 그들 모두에게 임무에 대해 설명을 해 주었습니다. 그룹의 전체 인원은 이천 명이고요."

"그래." 스티브도 인정했다. "나도 그 정도라고 생각하네."

"무슨 일입니까?"

"아무것도 아니야. 잠깐 다른 생각이 들었을 뿐이야." 스티브는 다시 자신의 모습으로 돌아와, 공격적인 태도로 몸을 숙였다. "좋아. 모든 사안에 대한 검토를 마친 것 같군. 그런데 아무 진전도 없다니."

"제가 어디선가 빠뜨린 것이 있다고 생각하십니까?" 스트라우드가 따져 물었다.

"그저 계속해서 임무에 전념하게. 그게 전부야."

"그럴 겁니다. 이제 그 살인 사건과 우리의 미아를 찾는 일은 쌍둥이 관계라고 생각하고 일을 진행하겠습니다. 그렇다면 추적해야 할 방향이 여러 곳 있습니다."

"어떤 방향 말인가?"

스트라우드는 방을 나서기 위해 자리에서 일어났다. 그는 담배를 꺼내 물더니, 불을 붙이기 전에 깊은 생각에 잠겼다.

"예를 하나 든다면, 폴린 델로스의 아파트 근처에 있는 모든 택시 정류장에 대한 조사를 실시할 겁니다. 그녀가 죽던 날 밤, 사건 발생 직후에 누군가 인근에서 택시를 탔다면 눈에 띄지 않을 재간이 없었을 겁니다." 그는 담배에 불을 붙이고 깊게 빨아들인 다음 태평스럽게 연기를 내뿜었다. "택시기사는 그 손님을 기억할 테니 우리에게 그에 대한 모든 것을 말해 줄 겁니다."

내 눈은 스티브를 향했고, 그 자리에서 한동안 움직이지 않았다. 그 역시 이 상황을 이해했다는 사실은 자명했다. 단 일순간도 내 쪽에 눈길을 주지 않았기 때문이었다.

"무슨 말인지 모르겠군, 조지." 그는 평탄한 목소리로 말했다.

"아주 간단합니다. 우리의 목표물은 폴린 델로스를 길의 바와 여러 곳의 골동품 상점, 그리고 밴 바드에 데려갔습니다. 당연히 집에도 데려다 주었겠지요. 물론 그렇게 했을 겁니다. 이렇게 가정한다면 경찰의 추정과도 들어맞습니다. 그는 그녀를 집에 데려다 주었고, 그 후 그 장소를 떠나야 했습니다. 그곳에서 무슨 일이 있었는지, 그녀를 누가 살해했는지, 그가 무엇을 보았는지, 혹은 그가 무엇을 알고 있는지는 중요하지 않습니다. 그가 택시를 타고 떠났다고 보고, 이를 조사하는 게 가장 확실할 겁니다."

나는 이렇게 말할 수밖에 없었다. "어쩌면 자기 차를 가지고 왔을 수도 있지 않나."

"그랬을 가능성도 있습니다."

"걸어갔을지도 모르지." 스티브가 말했다. "버스를 탔을지도 모르고."

"맞습니다. 하지만 그가 그랬을지도 모를 가능성을 놓쳐서는 안 됩니다. 그는 택시를 탔을 가능성이 있습니다. 그냥 그 가능성에 돈을 걸고 좋은 결과가 나오기를 낙관해 보는 겁니다." 스트라우드는 본래 자신감이 부족했던 적이 한 번도 없었고, 지금은 그 자신감이 온몸에 새겨져 있었다. 그는 문을 향해 걸어갔다. 문가에서 걸음을 멈추더니, 결국 이 말을 덧붙이고야 말았다. "그가 택시를 탔다는 사실이 드러날 거라는 예감이 강하게 듭니다. 그러면 택시기사를 찾아내서 그를 어디로 태워다 주었는지 알아낼 수 있겠죠. 그 장소를 알아내면 사건 해결에 좀 더 가까워질 겁니다."

그가 떠나자 길고 완전한 침묵이 자리잡았다. 스티브는 닫힌 문을 골똘히 응시하고 있었다. 나는 그의 속마음을 읽을 수 있을 것 같았다. "그래. 네놈 말이 맞아."

"뭐가 말입니까?"

"사건 해결에 가까워질 테지. 괜찮아. 우리 계획을 전부 포기해야겠군."

"아뇨, 그러지 않을 겁니다. 왜 그래야 합니까? 나는 다른 생각을 하고 있었습니다. 스트라우드에 대해서요. 난 저 개자식이 마음에 들지 않습니다."

"나도 그에 대한 생각을 하고 있었다네. 스트라우드가 그 택시를 찾는 건 바라지 않는데."

스티브가 분노로 이글거리는 것이 느껴졌다. 그 분노는 계속해서 타올라, 눈으로 볼 수 있을 정도였다.

"그건 별문제가 안 됩니다. 그 일로 발목 잡히는 일은 없을 겁니다. 우리 직원들 능력은 괜찮은 편이지만, 아주 뛰어난 것도 아니죠. 제가 걱정하는 건 우리를 방해하는 것은 대체 무엇인가 하는 점입니다. 스트라우드가 좋은 생각이라며 꺼내 놓은 유일한 아이디어가 왜 하필 우리가 바라지 않는 것이었을까요? 그는 우리에게 무언가를 숨기고 있습니다. 하지만 그게 뭘까요?"

"그를 이 일에서 빼도록 하지. 지금 당장. 그가 그 택시기사를 찾으러 부하들을 보내기 전에 말이야. 그가 일을 진행하는 방식이 정말 마음에 들지 않는군."

스티브의 눈이 마치 야생동물의 눈처럼 비정하게 빛나고 있었다. "이 조사를 중단해서는 안 되고, 스트라우드를 교체할 필요도 없습니다. 우리는 이 일을 계속 밀어붙여야 하고, 스트라우드는 자기 할 일을 해야 합니다. 그 빌어먹을 정도로 눈치가 빠른 놈이 그렇게 하도록 내버려 두어야 하죠. 우리는 유리한 위치에서 이 일을 시작했지만, 이제 그 우위를 잃고 있습니다. 매시간마다요."

사냥꾼들은 그들이 아는 것 이상으로 큰 게임에 참여하고 있었다. 그들이 사냥감을 추적하면서 포위망을 좁혀 들어가 결국 완벽한 원형으로 포위망이 완성되면, 자신들도 예상치 못했던 재난이 사냥꾼들에게 닥칠 것이었다. 그렇게 될 운명이었다. "자네는 이 상황을 전부 알지 못해. 최근 비공식적인 이사진 회의가 여러 차례 있었다네. 그리고 지난 토요일 저녁 식사 때에도……,"

스티브가 내 말을 가로막았다. 그는 여전히 나를 바라보고 있다. "아닙니다. 말씀하시지 않았습니까?"

"음, 이 일이 잘못된 방향으로 흘러가거나 시간이 지연되기만 해도, 그들은 공공연한 실력 행사에 들어갈 필요를 느낄 거야. 그뿐이라네. 요 사오 일 동안 그들이 이에 대한 논의를 하고 있다는 건 확실해. 만일 그런 일이 벌어진다면…… 뭐, 지금보다 상황이 훨씬 악화될 걸세."

스티브는 내 말을 듣고 있는 것 같지가 않았다. 그는 나를 건너보고 있었다. 마치 인간 이상의 존재가 동상의 모습으로 나타나 내 인생 전부를 깊게 들여다보고 있는 것 같았다. 놀랍게도 그가 내게 물었다. "요즘 들어 잠을 많이 못 잔 것 같은데요?"

"그 일이 있은 후로는 통 잠을 못 잤지."

그는 고개를 끄덕이고 설득력은 있지만 인간미가 느껴지지 않는 단호한 태도로 말했다. "병원에 가 보셔야겠습니다. 패혈증 인두염이에요. 이 일은 다 잊어버리세요. 라이너 박사가 이틀 정도 푹 재워줄 겁니다. 사람들도 만나지 마세요. 저만 빼고 말입니다."

조젯 스트라우드

지난 밤에 조지가 집에 들어오는 모습을 보지 못했다. 그는 늦게까지 일했고, 심지어 일요일에도 마찬가지였다. 그 점에 대해서라면, 지난주 내내 퇴근 시간에 맞춰 돌아오는 그의 모습을 볼 수가 없었다. 집에서든 아니면 회사에서든, 늦게까지 일하는 것은 그에게 일상이었다. 가끔씩은 아예 집에 들어오지 않기도 했다.

그러나 이번 월요일 아침에는 무언가 평소와 좀 달랐다. 그는 또다시 시간이 걸리고 해결하기 어려운 일을 떠맡았기 때문이라고 말했지만, 단지 그 때문만은 아니었다.

그가 아침 식사를 하러 아래층으로 내려왔을 때, 이전까지는 느낌으로만 짐작하고 있었던 것이 실제로 보이는 것 같았다. 다만 그게 구체적으로 무엇인지는 몰랐다. 어쨌든 이제 나는 확실히 평상시와 다른 점이 있다는 사실을 알게 되었고, 어쩔 수 없이 그게 무엇인지 알아봐야 했다.

그는 조지아와 내게 키스를 하고 자리에 앉았다. 그는 언제나 아침 식사 자리에서 그날 처음 눈에 띈 음식에 대해 무언가 이야기를 꺼내곤 했다. 이제 그는 자몽을 먹기 시작했지만, 자몽에 대한 이야기는 한마디도 하지 않았다.

"이야기해 줘, 조지." 퍼뜩 생각이 떠올랐다는 듯 이내 조지아가 졸라댔다.

"이야기? 이야기 말이지? 그런데 이야기란 게 뭐지? 한 번도 들어본 적이 없는 이름인데."

약간 기계적인 반응이긴 해도 저 정도면 안심이었다.

"이야기해 줘. 아빠가 해 줄 거라고 조지가 그랬어. 약속했단 말이야."

"좋아, 이야기 하나 해 줄게. 소피아라는 작은 소녀에 대한 이야기야."

"몇 살인데?"

"여섯 살."

또다시 상황에 맞지 않는 말이 나왔다. 지금까지는 그가 이야기 속 소녀의 진짜 나이를 이야기해 주기 전에, 언제나 조지아가 나이를 정정해 주곤 했었다.

"그래서 그 애가 뭘 했는데?"

"음, 사실은 이건 소피아와 그 애의 가장 친한 친구인 또 다른 소녀에 대한 이야기야."

"그 애 이름은 뭔데?"

"공교롭게도 소냐Sonia. 소피아의 러시아식 이름라고 해."

"몇 살인데?"

"여섯 살."

"그러면 그 애들은 뭘 했는데?"

나는 처음으로 그가 체중이 많이 빠졌다는 사실을 깨달았다. 그리고 그가 내게 말을 걸 때도, 그의 존재감이 전혀 느껴지지 않았다. 보통 그는 색종이 구름을 몸에 휘감고 다니는 듯한 사람이었다. 그를 조금이라도 아는 사람이라면 모두 그가 하고자 하는 말의 의미와 그의 존재감을 정확히 알고 있었다. 그러나 지금 그는 정말로, 정말로 이곳에 없었다. 그가 가볍게 얼버무리는 행위는 절대 가벼운 것이 아니었다. 실제로 켕기는 것이 있어서 얼버무리는 것이었다. 색종이 구름은 이제 철문으로 변해 있었다.

2년쯤 전 그가 엘리자베스 스톨츠와 바람을 피웠을 때에도 이랬던 적이 있었다는 생각이 문득 떠올랐다. 나는 그 일에 대해서 확신하고 있었다. 그리고 그 전에도 심증은 가지만 물증이 없었던 경우가 몇 차례 있었다. 그리고 지금은 예전에 느꼈던 심증보다 훨씬 더 강력한 느낌이 들었다.

철저하게 비현실적인 감정의 파도가 나를 휩쓸고 지나갔다. 그리고 나는 이런 기분의 정체를 너무나 잘 알고 있었다. 매번 걸리는 병이 다시 찾아올 때, 맨 처음 느껴지는 찌릿찌릿한 통증과 비슷했다. 이런 감정은 현실이라고 하기에는 너무나 추악했다. 지금 엄습하고 있는 이 느낌이야말로 결국에는 그토록 추악한 모습으로 변하게 되는 바로 그 감정이었다.

"음, 소피아는 정해진 시간 말고는 친구 소냐를 한 번도 본 적이 없었단다. 오직 소피아가 얼굴을 씻고 머리를 빗으려 의자에 기어 올라가 거울을 바라볼 때만 가능했지. 소피아가 그런 행동을 할 때마다, 그녀는 바로 자신의 앞에 있는 소녀를 만날 수 있었단다. 그 하고많은 사람들 중에서 말이지."

"그래서 그 애들은 만나서 뭘 했는데?"

"그 애들은 아주 오랫동안 이야기를 나누었지. '어떻게 된 거야? 언제나 내 앞을 막고 있다니?' 소피아는 이렇게 묻곤 했어. '소녀, 넌 맨날 여기 있다가 나를 버리고 가 버리잖아.'"

"그래서 소녀가 뭐라고 말했는데?"

"음, 그게 무엇보다도 이상한 일이었지. 소녀는 절대 한마디도 하지 않았거든. 한마디도. 하지만 소피아가 거울 앞에서 무슨 행동을 하든지, 소녀는 그대로 따라 하는 거야. 소피아가 혓바닥을 내밀면서 소녀는 따라쟁이라고 놀릴 때도 마찬가지였어."

"그래서 어떻게 됐는데?"

"이런 일은 굉장히 오래 계속됐지. 그래서 소피아는 아주 화가 났어. 정말이라니까." 그래, 조지, 소피아는 화가 머리끝까지 났어. 대체 몇 년 동안이나 그런 짓을 해 온 거야? "하지만 그녀는 곰곰 생각해 보았지. 그리고 어느 날 그녀는 소녀에게 이렇게 말했어. '내가 거울 앞으로 올 때마다 계속해서 내 앞을 막는다면 말이지, 소녀. 쳇, 나도 절대 비켜주지 않을 거야.'"

"그래서 어떻게 됐는데?"

"소피아가 말한 대로 됐지. 아무 말도 하지 않았던 소녀는 매번 거울 앞으로 와서 머리를 빗었고, 소피아도 마찬가지였어. 그리고 소냐가 하는 행동마다 소피아가 그대로 따라 했지."

아니. 난 그렇게 생각하지 않았다. 두 사람 모두 다른 행동을 했다고 생각했다. 두 사람은 그야말로 고개를 돌리고 서로를 떠났던 것이다.

그럴 순 없다. 그런 참혹한 경험을 다시 겪을 수는 없다.

대체 그는 왜 이러는 걸까? 미친 게 아닐까? 그 소름 끼치는 절벽에서 다시 굴러떨어질 수는 없었다.

그는 과연 변하고 성장할 수 있을까? 그는 그 스톨츠 년 이후로는 괜찮은 모습을 보여 주었다. 나는 그때가 마지막 외도가 되리라고 생각했었다. 왜냐하면 그 여자가 마지막이어야 하기 때문에. 신경이 멍이 들고 찢어지는 것도 한계가 있고, 그 한계는 아직도 유효했다. 지금이 내가 생각하는 바로 그 상황이라면, 난 이 일을 또다시 견뎌낼 수가 없었다.

그는 제정신인 걸까? 그렇게 눈이 멀어 버리다니, 그럴 수는 없다.

"나도 친한 친구 있어." 조지아가 선언했다.

"당연히 그래야지."

"새 친구야."

"친구랑은 뭘 하고 노는데?"

"시합을 하면서 놀아. 그런데 가끔 그 애가 내 크레용을 훔쳐 가. 그 애 이름은 폴린이야."

"알았어. 그런데 그래서 어떻게 됐는데?"

이건 너무 부자연스러웠다. 마치 예행 연습을 거쳐 라디오나 축음기 같은 기계에서 끄집어 낸 것 같았다.

스쿨버스 경적 소리가 울리자 조지아는 벌떡 일어섰다. 나는 냅킨을 들고 그녀의 얼굴을 꼭꼭 눌러 닦아 주고는, 가방을 가지러 달려가는 그녀의 뒤를 따라 복도로 갔다. 오늘의 준비물은 스케치북 한 권과 그림책 한 권이었고, 지난 번에 내가 가방 속을 들여다봤을 때는 끈이 끊어진 목걸이 구슬 한 줌과 넣어 두고 잊어버린 땅콩 몇 알, 그리고 부러진 만년필 촉 하나가 들어 있었다.

내가 조지아에게 작별 키스를 하자, 아이는 산책로를 달려 내려갔다. 나는 그곳에 잠시 가만히 서 있었다. 어쩌면 내가 틀렸을지도 몰랐다.

반드시 내가 틀린 것이어야 했다. 앞으로도 그럴 것이다. 내가 어쩔 수 없이 사실을 인정할 수밖에 없을 때까지.

식당으로 돌아가는 길에 『뉴스웨이』의 최신호가 눈에 띄자, 생각나는 게 있었다. 나는 잡지를 집어 들었다.

"조지, 당신 『뉴스웨이』 가져오는 걸 잊었잖아."

그는 멍하니 계란과 커피를 해치우고 있었다. "깜빡 잊었어. 오늘 밤에는 잊지 않고 한 부 가져올게. 그리고 『퍼스낼리티』도. 막 나왔거든."

"『뉴스웨이』는 됐어. 어제 한 부 샀으니까." 그는 나를 바라보더니 잡지로 시선을 옮겼다. 그리고 아주 잠시 동안 그의 얼굴에는 내가 이제껏 한 번도 보지 못했던 이상하게 찡그린 듯한 표정이 드러났다. 그 표정은 너무나 빨리 사라져, 실제로 존재했는지조차 확신할 수 없었다. "잡지를 보다가 당신에게 물어보려고 했어. 루이즈 패터슨에 대한 기사 읽어 봤어?"

"그럼, 읽어 봤지."

"굉장하지 않아? 몇 년 동안 자기가 말해 왔던 바로 그대로잖아."
나는 기사 속의 한 문장을 인용했다. "유리병 속 난쟁이는 무시무
시할 정도로 커다랗게 자라 엄청난 폭발력을 갖게 되어, 불현듯 현
대 미술계라는 복잡하고 따분한 세계를 관통하여 유성을 쏘아대는
재능을 발휘하기 시작했다. 루이즈 패터슨은 현미경을 통하여 자신
이 그릴 대상을 살펴보지만, 그녀의 붓질은 엄청나게 대담하다'."

"그래, 굉장하지. 하지만 내가 몇 년 동안 쭉 해 왔던 이야기는
이게 아닌데."

"어쨌든 사람들이 그녀의 재능을 알아봤다는 거잖아. 그렇게 비
판적으로 굴지 마. 기사에서는 당신이 쓰는 말과는 다른 표현을 사
용했을 뿐이니까. 적어도 그녀가 위대한 화가라는 사실을 인정한다
는 거잖아?"

"인정하는 거지."

뭔가 어긋나 있었다. 표현 자체는 조금 회의적으로 느껴졌지만,
그의 어조는 그저 무난하기만 할 뿐이었던 것이다.

"제발, 조지. 기쁘지 않은 척 좀 그만해. 갖고 있는 패터슨의 작
품이 일고여덟 점은 되지? 이제 모두 값이 엄청나게 뛸 거 아냐."

"값을 매길 수가 없지. 『뉴스웨이』에서는 그렇게 표현했을 걸."
그는 냅킨을 떨어뜨리고 자리에서 일어났다. "서둘러야겠어. 당신,
오늘 차가 필요하지 않으면 평소처럼 내가 차를 가지고 갈게."

"그럼. 당연히 차 쓸 일은 없지. 잠깐만, 조지. 하나 더 있어." 나

는 같은 기사에서 또 다른 문단을 발견해서 그 부분을 읽어 주었다. "'금주 미술계의 관심은 패터슨의 잃어버린 걸작, 이 화가의 값어치를 매길 수 없는 작품들 중 명백하게 가장 높은 평가를 받고 있는 '유다'의 행방에 쏠려 있다. 동전을 교환하고 있는 두 손을 묘사한 이 그림은 타오르는 듯한 노란색, 빨간색, 황갈색이 완벽하게 조화된 작품으로, 몇 년 전부터 널리 알려져 있었지만 지금은 조용히 자취를 감춘 상태이다'. 등등."

나는 잡지를 읽다가 고개를 들었다. 조지가 입을 열었기 때문이다. "깔끔한데다 천박하지도 않군. 마치 한밤중에 뜬 무지개를 묘사하는 것 같네."

"내가 말하려던 건 그게 아니야. 당신 그 그림에 대해서 뭐 아는 거 없어?"

"내가 어떻게 알겠어?"

"일주일 전쯤 자기가 가져온 그림이랑 비슷하지 않아?"

"당신 말이 맞아, 조지 포지Georgie Porgie. 영국 전승 동요의 주인공. 여자아이에게 키스를 하여 울린 사내아이로 아내의 애칭을 빗댄 농담. 그 그림의 복제화야."

"아, 그래. 그걸 어떻게 했는데?"

조지는 나에게 윙크했지만, 그 눈짓에서 따스함은 느껴지지 않았다. 그런 느낌은 전혀 없었다. 그저 검은 장막이 가로막고 있을 뿐이었다.

"당연히 사무실로 가져갔지. 그 배관공들이 그 진품에 대해 어떻게 그토록 정확한 묘사를 했을 거라고 생각해?" 그는 내 어깨를 토닥거리더니 살짝 키스했다. "나 서둘러야 해. 오후에 전화할게."

그가 문을 나서자 자동차가 진입로를 내려가는 소리가 들렸다. 나는 잡지를 내려놓고 천천히 일어섰다. 내가 늙었다는 사실을, 정말로 늙었다는 사실을 실감하니, 주방에 있는 넬리에게 부쩍 신경이 쓰였다.

에모리 매퍼슨

나는 최근까지 스트라우드에 대해서 잘 몰랐고, 그 점에 대해서라면 지금도 잘 모르기는 마찬가지였다. 그 때문에 그가 어떻게 재노스 엔터프라이즈에 자신을 맞출 수 있었는지, 그 전에 그가 여기에 맞는 사람이기는 한 건지 전혀 알 수가 없었다.

그는 내게 〈크라임웨이〉의 방식에 맞추지 말라고 말했지만, 그말은 아무런 의미가 없었다. 이는 출판업에 종사하는 사람들 모두에게 적용할 수 있는 일반적인 조언이었고, 내가 보기에 스트라우드는 그저 이 조직에 숱하게 널려 있는, 여기저기 끼어들기 좋아하고 자기중심적인 야심가 중 한 명일 뿐이었다. 이런 사람들은 이쪽부서에서 저쪽 부서로, 이쪽 파벌에서 저쪽 파벌로, 이쪽 윤리적, 정치적 유행에서 저쪽 유행으로 옮겨 다니며, 다음 해에는 올해보다 더, 그리고 사실은 언제나 동료들보다 더 많은 돈을 버는 것 외에는 인생에 대해 흥미를 느끼지 못하는 부류였다.

그러나 스트라우드가 그렇게 단순한 사람만은 아니라는 느낌이 들었다. 사실 내가 그에 대해 알고 있는 것이라고는, 스스로 다른 사람들과 잘 어울린다고 자처하고, 자신의 재치를 높게 평가하는 것 같으며, 이곳에서 만들어 내는 것은 무엇 하나 산 적이 없는 사람이라는 것이었다.

나 역시 마찬가지였다. 지금까지는.

월요일 아침 늦게 스트라우드의 사무실에 들어가자, 리언 템플이 와 있었다. 그는 나를 제외한 거의 모든 사람들이 달려들고 있는 것 같은 이 웃기는 새 임무에 대한 필요경비의 결제 승인을 맡으러 온 것이었다. 내가 들은 바에 따르면, 템플은 재닛 클라크라는 조그만 계집애와 밴 바드라는 칵테일 바에서 노닥거리는 일밖에는 하지 않았다. 사무실 주변을 배회하며 스트라우드에게 어떻게 다가가는 게 좋을까 고심하다 보니, 내가 마치 이방인이 된 듯한 기분이었다. 내가 낡아빠진 경찰 살인반 건물이나 지방 검사실의 폐허 속에서 며칠을 허비하고 있는 동안, 그들은 오랫동안 행복한 파티를 즐기고 있었던 것이다.

리언 템플이 청구서에 스트라우드의 서명을 받고 사무실을 나선 후, 나는 그의 사무실로 건너가 그의 책상 뒤편에 나 있는 창문 난간에 걸터앉았다. 그가 의자를 빙글 돌리자, 교차하는 조명 속에서 나는 이제껏 본 적이 없던 그의 모습을 보았다. 그의 얼굴은 주름이 패인 채 딱딱하게 굳어 있었다.

"무슨 일이라도 있나, 에모리?"

"어, 그렇습니다. 대부분은 평소 하던 일 이야기지만요. 하지만 다른 이야기도 있습니다."

"말해 보게."

"일주일 전 토요일 밤에 이상한 일이 일어났다는 사실을 알고 계십니까?"

"살인 사건이 있던 날 밤 말인가?"

"그렇습니다. 하지만 이건 '투자 받은 개인들'에 대한 겁니다. 저는 어젯밤 제닛 도너휴사의 편집국장 프레드 슈타이헬을 만났습니다. 그를 알고 계십니까?"

"만난 적이 있지. 그런데 무슨 이야기를 하려는지 모르겠군."

"어, 저는 프레드와 아주 잘 아는 사이입니다. 그의 아내와 내 아내는 학교 동창이고 지금도 서로 자주 만납니다. 그날 우리는 함께 저녁을 먹었고 그 후에는 파티 비슷한 게 열렸습니다. 프레드는 술에 취해서 제게 '투자 받은 개인들' 건에 대해 털어놓기 시작했습니다. 실제로 그는 그 사안에 대해 저만큼 많이 알고 있더군요."

스트라우드는 그다지 우려하는 빛을 보이지 않았다. "그렇다 할지라도 이상할 건 없지. 그다지 큰 비밀도 아니니. 그런 이야기들은 돌고 돌기 마련이지 않나."

"보통 때라면 그렇겠지요. 하지만 이번에는 달랐습니다. 프레드는 술에 취하지 않았을 때는 괜찮은 사람입니다. 하지만 취했을 때는 굉장히 불쾌한 행동을 하곤 하죠. 그리고 그날 밤에는 일부러 무례하게 굴려고 애를 쓰더군요. 그는 우리가 계산해 놓은 수치를 떠벌리고, 우리가 도달한 결론을 인용하기도 했습니다. 심지어는 우리가 한동안 고려했다가 나중에 폐기한 관점을 거듭 이야기하기도 하더군요. 요점은 그가 정확한 수치는 물론이고 우리가 여기까지 온 과정까지 속속들이 알고 있었다는 점입니다. 예를 들어 그는 제가 보고서에 개인적으로 사용했던 표현들도 상당수 알고 있었습니다. 그저 대충 들어맞는 정도가 아니라, 토씨 하나 틀리지 않고 완벽하게 똑같았습니다. 다시 말해서 어디선가 정보가 새고 있는 겁니다. 그는 우리가 시행한 연구와 기록 및 최종 결론까지 실제로 본 게 분명합니다."

"그래서 어떻게 했지?"

"뭐, 굉장히 화가 났죠. 이 건은 제닛 도너휴에서 우리가 하고 있는 일에 대해서 들은 여러 소문 중 하나였겠지만, 만약 그들이 우리 기밀 항목에 접근했다면 그건 다른 문제이니까요. 그런데 사실은, 어찌됐든 알 게 뭡니까? 전 그냥 프레드가 '투자 받은 개인들' 건에 대해 말하는 태도가 마음에 안 들었습니다. 그 건은 이제 다 끝난 일이라고 떠들어댔죠. 제가 시간낭비를 하고 있다는 겁니다. 계획이 모두 보류되기까지는 시간 문제라면서, 몇 주, 혹은 며칠 안 남았다고도 했습니다. 그에 대해 생각을 거듭할수록, 더욱 마음에 안 드는 겁니다. 그런 정보를 그냥 우연히 얻었을 리는 없고, 그런 건방진 태도가 고작 술 몇 잔 때문은 아니었을 테니까요."

스트라우드는 고개를 끄덕였다.

"알겠네. 그래서 자네는 이 점에 대해 우리가 조사를 해 봐야 한다고 생각했군."

"그랬습니다. 그리고 지금도 그렇게 생각합니다. 이 건을 전부 이해하고 있는 척은 하지 않겠습니다. 하지만 이건 제가 맡은 일입니다. 저는 이 건에 대해 수많은 조사를 수행했고, 이건 분명 우리 회사에서 찍어내곤 하는 평범한 헛소리보다는 훨씬 훌륭한 기삿거리입니다. 이 건은 제 마음을 사로잡았습니다. 여기에는 정말로 진짜배기 같은 무언가가 있습니다." 스트라우드는 내 말에 동의하지는 않을지라도, 적어도 흥미롭게는 듣고 있었다. 그래서 나는 강하게 의견을 피력했다. "사람들에게 자극을 주려는 이유만으로 허공에 날리는 화살이 아닙니다. 이건 현금이 오가는 사업입니다. 한 개인이 각각 백만 달러나 되는 실제 화폐가치를 갖고 있는 하나의 사회가 존재하고 그들이 각기 자신들의 배당금을 스스로에게 재투자하게 된다면, 서로에게 총을 쏘거나 굶어 죽거나 아니면 그 완벽하게 건전한 투자를 망치거나 하는 일은 사라질 겁니다."

스트라우드는 미소를 지었다. 그 미소는 이해했다는 반응을 희미하게 담고 있었지만, 한겨울처럼 냉담했다.

"알겠네. 좋아. 헤이건이나 얼에게 이 이상한 정보 누출 건에 대해 이야기해 보도록 하지."

"하지만 그게 중요한 점이라고 이미 말씀 드리지 않았습니까? 그 토요일 밤 사건과 관련해서도 이상한 점이 있습니다. 주간님께 처음 전화를 걸었지만 통화를 할 수 없었습니다. 그래서 헤이건에게 전화를 걸었죠. 그가 전화를 받아 이야기를 듣고는, 이 상황이 꽝장히 중요한 문제라는 데 의견을 같이했습니다. 그는 이 문제를 얼과 함께 상의해 보겠다고 하면서, 월요일 오전 일찍 저를 보고 싶다고 했습니다. 그 후로 그에게는 한마디 말도 들을 수 없었습니다."

스트라우드는 나를 관찰하며 의자에 몸을 기댔다. 분명 어리둥절한 표정이었다. "그날 밤 헤이건에게 전화를 걸었다고?"

"다른 사람에게 그 사실을 알려야 했습니다."

"물론이네. 전화를 건 시각이 몇 시였지?"

"그런 일이 있은 바로 직후였습니다. 내가 슈타이헬에게 상사에게 알리겠노라 했더니, 그 개자식은 웃기만 하더군요."

"알겠네, 그런데 그때가 몇 시였나?"

"글쎄요. 대략 열 시 삼십 분쯤 됐을 겁니다. 왜 그러시죠?"

"그러면 자네와 이야기를 나눈 사람은 헤이건뿐이었나? 얼과는 통화를 하지 않았고?"

"예, 그와는 이야기를 나누지 않았습니다. 하지만 제가 전화를 걸었을 때 그도 분명 거기 있었을 겁니다. 그날 밤에 그는 거기 있었다고 했으니까요. 주간님께서도 아실 텐데요."

스트라우드는 내게서 시선을 거두더니 얼굴을 찌푸렸다.

"그래, 알고 있지." 그는 다른 생각을 하듯 피곤한 목소리로 말했다. "그런데 헤이건이 정확히 무슨 말을 했는지 기억할 수 있나?"

"정확히는 기억이 안 납니다. 얼이랑 의논해 보겠다는 이야기는 했습니다. 그 이야기가 얼의 소재를 다시 한 번 확인해 주는 것 아닙니까? 그리고 헤이건은 월요일 아침에 만나서 이야기하자고 했습니다. 하지만 월요일 아침에 그에게서 아무 말도 들을 수 없었습니다. 그때 이후로 아무 말도 듣지 못했죠. 그래서 무슨 일인지 걱정이 되기 시작했습니다. 그러다가 어쩌면 그가 주간님께 모든 사항을 전달했을지도 모른다는 생각이 들었죠."

"유감스럽지만 아니라네. 그에게는 아무 말도 못 들었어. 하지만 당연히 그 건을 조사해 보아야겠군. 이 사안이 중요하다는 자네 의견에는 십분 동감하네. 그리고 헤이건의 의견에도 마찬가지야." 다시 한 번 냉담한 미소가 떠올랐는데, 이번에는 빙점 이하였다. "한 사람 인생의 가치가 백만 달러나 나간다면, 분명 기삿거리가 되지 않겠나? 걱정하지 말게나, 에모리. 자네 회심의 기획이 엎어지는 일은 없을 테니."

그는 사람을 강하게 끌어당기는 개자식이었다. 내가 항상 존경하고 좋아해 왔지만, 당연히 질투하고 증오하는 부류이기도 했다. 그리고 나는 멍청하게도 나도 모르게 그를 믿고 있었다. 나는 사실일 리가 없다고 생각하면서도, 그가 진심으로 '투자 받은 개인들' 건을 보호하는 데 관심이 있어서, 어떻게든 전모를 밝혀낼 수 있는 방법을 찾아낸 후, 결국에는 거대한 실제 소송으로 용케도 몰고 가 줄 거라고 정말로 믿고 말았다. 나는 미소를 지으며 주머니에서 메모지 몇 장을 꺼내 살펴보다가 이야기를 꺼냈다. "뭐, 이게 제가 드리고 싶은 말이었습니다. 이제 델로스 살인 사건을 담당하고 있는 경찰들이 최근 알아낸 점에 대해 말씀드리겠습니다. 경찰이 그녀가 금요일에 도시 밖으로 나가 토요일 오후에 돌아왔다는 사실을 알아냈다는 이야기는 이미 말씀 드렸습니다." 스트라우드는 고개를 반쯤 끄덕이며 주의를 집중했다. 나는 계속해서 말을 이었다. "어제 경찰이 그녀가 방문했던 곳을 알아냈습니다. 어떤 남자와 올버니에 있었답니다. 그녀의 아파트에서 올버니에 있는 한 나이트클럽 종이 성냥이 발견되었습니다. 그 성냥은 전국적으로 유통되는 게 아니라 오직 그곳에서만 배포하는 물건이었습니다. 그리고 올버니에 있는 호텔에 대한 정기 검사 와중에 그녀가 실제로 그곳에 묵었다는 사실이 드러났습니다. 이해하셨습니까?"

그는 다음 말을 기다리며 간단히 고개를 끄덕였다. 그의 얼굴은 쌀쌀맞게 변했다가 다시 딱딱하게 굳어졌다. "경찰은 여기서 주간님이 하고 있는 일에 대해 모두 알고 있습니다. 그들은 주간님이 찾고 있는 남자와 지난 금요일과 토요일에 걸쳐 델로스와 함께 올버니를 방문했던 남자가 동일인물이라고 확신하고 있습니다. 이 점이 어느 쪽이든 이 일에 영향이 있습니까?"

그는 그저 이렇게 말할 뿐이었다. "그래서?"

"그게 전부입니다. 경찰은 오늘 오후 아니면 내일 오전 중에 그곳에 형사를 한 명 파견할 예정입니다. 나이트클럽이나 호텔 같은 곳에서 탐문 조사를 할 때 사용할 사진을 가득 들려서요. 경찰이 델로스가 갖고 있던 주소록을 확보했다는 사실은 말씀드렸죠? 뭐, 오늘 아침에는 저한테도 보여 주더군요. 그들은 그 엄청나게 긴 명단에 이름을 올린 남자들의 사진을 모조리 확보하는 중입니다. 그녀와 함께 올버니에 간 남자는 그들 중 한 명일 가능성이 굉장히 높으니까요. 여기까지 이해하셨습니까?"

"이해했네."

"경찰은 현지 호텔과 나이트클럽 직원들과 전화 통화를 해서 그 남자의 대략적인 인상착의를 확보했습니다. 무엇보다 재노스는 확실히 아니라고 하더군요. 두 사람은 앤드류 펠프스 기용 부부라는 가명으로 숙박했습니다. 그런 이름이 실제 존재할지도 모르지만요. 이 이름을 들어 보신 적이 있습니까?"

"아니."

"그런데 주간님 이름도 그 주소록에서 나왔습니다."

"그렇겠지. 폴린 델로스와는 아는 사이였으니."

"뭐, 이게 전부입니다."

스트라우드는 내가 알려 준 정보를 곰곰 따져 보는 것 같았다.

"좋아, 에모리." 그는 온기가 없는 미소를 아주 살짝 지어 보였다. "그런데 경찰이 내 사진을 찾고 있던가?"

"아뇨. 이미 한 장 갖고 있습니다. 운전면허증이나 여권을 만들 때 제출한 사진일 겁니다. 올버니에 파견된 형사는 사진을 한아름 들고 갔습니다. 오륙십 장은 될 겁니다."

"알겠네."

"제가 그 친구를 따라서 올버니에 갈 수도 있습니다. 원하신다면요. 만일 그가 별다른 성과를 거두지 못하게 되면, 그 친구는 주간님이 여태껏 찾아 온 그 남자를 주간님께 확인시킬지도 모릅니다."

"분명 그럴 테지. 하지만 신경 쓰지 말게. 그 일은 여기서 먼저 해결될 테니."

조지 스트라우드 IX

    회사와 경찰, 이렇게 양쪽에서 각각 진행되고 있는 조사는 펜치의 양쪽 턱처럼 착실하게 한곳으로 조여들고 있었다. 양쪽이 서로 가까워지는 것을 느낄 수 있었다.

    회사든 경찰이든 거대 조직은 그저 도구에 지나지 않고 그런 조직은 장님일 뿐이라고 스스로에게 되뇌었다. 그러나 나는 그 치명적인 무게와 힘을 충분히 파악하지 못했다. 미친 짓이었다. 그런 거대 조직에는 저항할 수 없다. 양쪽 모두 빙하와도 같은 냉정한 비인간성으로 창조와 말살을 수행한다. 돈을 세는 것과 같은 방식으로 사람을 계량하며, 나무의 성장과 모기의 수명을 한 기준에 놓고 비교하며, 도덕 역시 시간의 흐름에 결부시켜 파악하는 것이다. 빅 클락은 한 치의 오차도 없는 시간을, 정확한 하루하루를 새겨 나간다. 빅 클락이 한 인간을 옳다고 판정하면 그 인간은 옳은 것이고, 그가 옳지 않다고 선언하면 항소의 기회도 주어지지 않은 채 그의 인생은 끝나 버린다. 빅 클락은 앞이 보이지 않는 것처럼 들리지도 않는 것이다.

물론 나는 항소의 기회를 청했던 적이 있었다.

음식의 맛은 하나도 기억할 수 없었지만, 어쨌든 점심 식사를 마친 후 사무실로 돌아왔다. 막간을 이용하여 만일의 사태에 대한 대처 방안과 새 탈출구에 대한 계획을 짤 생각이었다.

한 블록의 절반가량을 차지하고 있는 재노스 빌딩은 5백 개의 앞을 못 보는 눈으로 허공을 응시하고 있었다. 나는 순전히 내 자유의지로 다시 한 번 이 돌로 된 창자 속으로 들어갔다. 이 거대한 신의 내부는 아주 깔끔했고, 편안한 느낌을 주는 조명이 타오르고 있었으며, 수많은 사람들의 발자국 소리가 끊임없이 메아리쳤다. 이곳을 방문하는 사람이라면 멋진 곳이라고 생각했을 것이다.

최근 6년 동안 도심 외각 지역 선술집 면허증을 갱신하지 않은 사람들 명단이 책상 위에서 나를 기다리고 있었다. 이 명단에는 분명 내 이름도 들어 있을 것이다. 나중에 이 명단에도 신경을 써야 했다. 지금은 그저 내 책상 서랍 바닥에 쑤셔 넣을 수밖에 없었다.

나는 로이의 사무실로 가서 그에게 물었다. "배고프지 않나?"

"엄청나게요. 엄청나게 고픕니다."

"꼭 세인트버나드 같군." 그는 천천히 자리에서 일어서며 접어 올린 셔츠 소매를 내렸다. "기다리게 했다면 미안하네. 무슨 진전이라도 있나?"

"제가 아는 바로는 없습니다. 그런데 헤이건이 주간님을 보고 싶어하더군요. 그를 만나고 올 때까지 점심 식사를 미루는 편이 낫지 않을까요?"

"알겠네. 하지만 자네를 더 기다리게 해서는 안 될 것 같군."

나는 위층으로 올라갔다. 매일같이 있는 회의는 점점 더 길어졌고 점점 더 빈번해졌으며 점점 더 신랄해졌다. 헤이건과 재노스가, 특히 재노스가 자신들의 앞에 심연이 놓여 있다는 사실을 명백히 이해하고 있다는 사실은 그다지 위안거리가 되지 못했다.

나는 수백 번이나 얼이 왜 그런 짓을 저질렀는지 자문해 보았다. 그날 밤에 그 아파트에서 일어났을 법한 일은 과연 무엇이었을까? 젠장, 알 수만 있다면 돈이 얼마가 들든 지불할 수 있었다. 그러나 이미 벌어진 일이었다. 그리고 내가 정말 생각하고 있던 사람은 재노스가 아니라 나 자신이라는 것을 깨달았다.

내가 헤이건의 사무실에 들어가자, 그는 내게 쪽지 한 장과 봉투 한 장, 그리고 사진 한 장을 건네주었다.

"방금 입수했지. 〈뉴스웨이〉의 후속 기사에 반쪽 크기로 사진을 게재할 생각이네."

그 쪽지와 봉투는 57번가에 있는 한 화랑에서 보낸 서신이었다. 사진은 사륙배판 크기로, 그 화랑의 한쪽 벽을 할애해서 진행된 루이즈 패터슨의 전시회 장면을 선명하게 찍은 것이었다. 사진 속에는 그녀의 그림 다섯 점이 뚜렷하게 찍혀 있었다. 화랑의 중개인은 편지에서 그 사진은 9년 전에 열린 전시회를 찍은 것이며, 지금까지 알려진 바로는 『뉴스웨이』에서 사라졌다고 언급한 그 그림의 유일하게 남아 있는 사진이라고 단언했다.

내 '유다' 그림에 나온 두 손을 혼동할 수는 없다. 그 그림은 사진의 바로 한가운데에 나와 있었다. 그러나 중개인은 예상대로 그 그림의 본래 제목은 좀 더 단순하다고 지적했다. 바로 「본질에 대한 탐구」였다.

다른 그림들은 내가 모르는 작품이었지만, 우측 끝에 걸려 있는 그림은 바로 아래층 내 사무실 벽에 걸려 있는 「분노에 대한 탐구」였다.

"우리가 찾는 그림 같아 보이는군요." 내가 말했다.

"의심의 여지가 없지. 중개인의 말을 인용해서 이 사진을 기사에 실으면, 반드시 진짜 그림을 찾게 될 걸세." 어쩌면. 그 그림은 여전히 다른 그림 뒤에 숨겨진 채 마블 로드에 잠들어 있었다. 그러나 조젯은 분명히 그 후속 기사를 보게 될 테고, 그렇게 되면 그 그림이 복제화라고 꾸며낸 내 거짓말이 더 이상 성립하지 못할 것이다. 그 사진이 그 그림의 실물을 담고 있는, 지금까지 알려진 유일한 복제였기 때문이다. "하지만 훨씬 이전에 모든 일을 처리했어야 하는 건데." 그가 재차 그 사진을 들여다보자, 분명 '분노'를 알아볼 거라는 생각에 신경이 날카로워졌다. 그러나 그는 알아보지 못했다. 그는 사진을 내려놓고, 내게 신랄한 눈빛을 던졌다. "조지, 대체 뭐가 문제지? 일주일도 더 넘게 이 일을 질질 끌어오지 않았나."

"아일먼을 찾아내는 데에는 삼 주가 걸렸습니다."

"몇 달 동안 실종 상태였던 사람을 찾고 있는 게 아니지 않나. 일주일 전에 사라진 사람을 찾는 거라고. 그것도 흔적을 한아름이나 남겨 놓고 사라진 사람을. 분명 문제가 있어. 그 문제가 대체 뭐지?" 그러나 그는 대답을 기다리지도 않고 질문을 폐기해 버린 채,

현시점에서의 단서를 검토하기 시작했다. "만료된 술집 허가증 건은 어떻게 됐나?"

나는 여전히 자료를 확보하는 중이며, 정보가 들어오는 즉시 대조 작업을 벌이고 있다고 대답했다. 우리는 이전에 살펴보았던 모든 배경을 다시 체계적으로 검토했다. 지금쯤은 쓸모없게 된 정보들이었다. 내가 그렇게 되도록 훌륭히 임무를 완수했던 것이다.

그의 사무실을 나서기 전에 나는 얼에 대해 물었고, 그는 이틀 만에 병원에서 퇴원했다는 소식을 들었다. 그에 대해 들은 소식은 그게 전부였다.

나는 헤이건의 사무실에서 약 한 시간 만에 내 방으로 돌아왔다. 내가 들어가자 로이와 리언 템플, 필 베스트가 기다리고 있었다. 방 안에 발을 들여놓자마자, 뭔가 상황이 급박하게 돌아가고 있는 분위기가 뻔히 느껴졌다.

"그를 찾았습니다." 리언이 말했다.

평소에는 핏기가 없었던 그의 작은 얼굴이 빛나고 있었다. 나는 다시는 숨을 쉴 수 없을 것만 같았다.

"그는 어디 있지?"

"바로 이곳입니다. 조금 전에 막 이 건물에 들어왔습니다."

"그가 누군데?"

"아직 모릅니다. 하지만 그를 찾아냈습니다." 내가 그를 바라보며 잠자코 기다리자, 그는 설명했다. "저는 밴 바드의 직원들에게 돈을 좀 찔러 주면서, 쓸만한 정보를 알려 주면 더 주겠다고 했죠. 그러자 비번일 때마다 주변 지역을 헤집고 다니지 뭡니까. 경비원

하나가 그를 알아보고는 이곳까지 따라왔다고 합니다."

나는 배를 걷어차인 듯한 기분을 느끼며 고개를 끄덕였다.

"잘했네. 그 경비원은 지금 어디에 있나?"

"아래층에 있습니다. 그가 제게 전화를 걸었고, 저는 엘리베이터 앞을 지키고 있다가 그 남자가 나오면 미행하라고 했습니다. 그는 아직 나오지 않았습니다. 필이 골동품 상점 주인을 불렀고, 에디는 길의 바에서 일하는 웨이트리스를 데려오는 중입니다. 그리고 엘리베이터 여섯 개를 모두 철저하게 감시할 겁니다. 청원경찰에게도 그 남자가 도망치려고 하면 어떻게 해야 하는지 통보했습니다. 그를 붙잡고 나면 그가 태어났을 때부터 지금까지의 신상을 모두 파악하게 될 겁니다."

"알았네. 이것으로 끝인 것 같군." 마치 그들은 사냥감을 나무 위로 몬 것처럼 행동했고, 지금 상황이 딱 그런 경우였다. 내가 바로 그 사냥감이었다. "아주 현명한 행동이었네, 리언. 머리 좀 썼군."

"딕과 마이크가 밴 바드의 경비원을 지원하러 일층 로비로 내려 갔습니다. 이 분 안에 모든 문과 출입구를 봉쇄할 겁니다."

나는 갑작스럽게 코트에 손을 뻗었지만, 끝내 입지 않았다. 그럴 수 없었다. 이제 너무 늦었던 것이다. 대신 나는 담배를 꺼내 물고 책상 뒤로 돌아가 자리에 앉았다.

"그 사람이 확실한가?"

하지만 당연히 물어볼 필요도 없는 질문이었다. 나는 점심 식사를 하고 돌아오던 중에 눈에 띈 것이었다. 그리고 미행을 당했겠지.

"그 경비원은 확실하답니다."

"알았네." 전화기가 울리자 나는 기계적으로 수화기를 들었다. 덕이 모든 엘리베이터에 대한 감시 체제 준비를 완료했다고 보고했다. 게다가 그 경비원뿐만 아니라, 밴 바드의 야간 담당 바텐더와 길의 바의 웨이트리스, 골동품 상점 주인도 모두 도착했다는 것이었다. "알았네." 나는 재차 이렇게 말했다. "그 자리를 지키고 있게. 어떻게 해야 하는지는 잘 알고 있겠지?"

필 베스트는 귀에 거슬리는 목소리로 모두 분명히 알고 있는 내용을 고지식하게 설명했다. "다섯 시 삼십 분에 건물이 비워지면 확실히 그를 잡을 수 있습니다." 나는 말없이 고개를 끄덕일 뿐이었지만, 흩어져 정지되었던 내 사고가 점차 냉정을 되찾기 시작했다. "평소처럼 출구가 붐비겠지만 일층 로비는 속속들이 감시할 수 있습니다."

"확실히 그곳에 있을 거야." 내가 말했다. "놓칠래야 놓칠 수가 없지. 그를 붙잡을 때까지 나는 여기에 있겠네. 저녁 식사는 배달시키고, 필요하다면 이십칠 층에 있는 휴게실에서 잠을 자야지. 나는 모든 일이 마무리될 때까지 이 사무실을 떠나지 않을 작정이네. 자네들은 어떤가?"

나는 그들의 대답을 듣고 있지 않았다.

로이조차 그 남자가 이 건물에 들어와 밖으로 나가지 않았다면 논리상 그는 반드시 이 안에 있으리라는 사실을 알고 있었다. 그리고 이 피할 수 없는 결론은 결국 한 가지 논리적 행동 절차를 따를 게 자명했다.

조만간 내 부하 직원들은 절대로 집으로 돌아갈 수 없는 남자를 찾아 이 건물의 모든 층과 모든 사무실을 이 잡듯이 뒤질 것이다.

그들이 행동에 나서기까지는 그리 오래 걸리지 않을 것이다. 과연 누가 첫 번째로 그런 제안을 하게 될까 하는 것이 유일한 의문이었다.

루이즈 패터슨

지난 나흘 동안 꾸준히 초인종이 울렸지만, 처음으로 벨소리에 응해서 밖으로 나갔다. 키가 크고 여위었으며 낭만적으로 생긴 개자식, 그 끔찍한 잡지 기자인 클라우스메이어였다. 이번이 그의 세 번째 방문이었지만 아무래도 상관없었다. 그는 매우 공손하지만 위엄을 잃지 않는 버러지 같은 인간이었다. 이제껏 내가 만나 본 사람들 중 그 누구보다도 고루한 사람이어서, 내 아파트를 위엄으로 가득 찬 말도 안 되는 공간으로 만들어 버리곤 했다.

"방해가 되지 않았기를 바랍니다, 패터슨 부인." 그는 이런 말을 하며, 예전에 저질렀던 실수를 반복했다.

"'부인'이 아니라니까!" 나는 웃으며 소리를 빽 질렀다. "방해한 건 맞지만, 어서 들어와요. 아직 당신네 살인범은 못 잡았나요?"

"우리가 찾고 있는 사람은 살인범이 아닙니다, 미스 패터슨. 제가 말씀드렸다시피……."

"그 이야기는 『호컴 팩트』 같은 삼류 잡지 정기 구독자한테나 써먹어요. 앉아요."

그는 조심스레 네 아이들의 주위를 돌아 들어왔다. 그중 피트와의 사이에서 난 아이와 마이크와의 사이에서 난 아이는 형뻘이 되는 랠프와의 사이에서 난 아이 둘을 돕고 있었다. 아이들은 몇 장의 판자와 나무상자, 바퀴를 갖고 이리저리 톱질을 하고 못을 박아대며 수레를 만들고 있었다. 어쩌면 그게 아니라 새로운 종류의 스쿠터일지도 몰랐다. 클라우스메이어는 한때는 흔들의자였던 커다란 가죽의자에 앉기 전에 신중하게 바지를 끌어올렸다.

"저희 회사에서 나오는 잡지 이름은 『트루 팩트』입니다. 혼동하셨나 보군요. 그는 단호하게 정정했다. "두 잡지는 전적으로 다릅니다. 우리 회사에서는 그런 류의 잡지는 출간하지 않습니다. 저는 재노스 엔터프라이즈에 다닙니다. 최근까지 저는 〈퍼스낼리티〉에서 일했습니다." 그는 멋지게 비꼬는 듯한 말투로 덧붙였다. "물론 잡지 이름을 들어 보셨겠지요. 어쩌면 읽어 보셨을지도 모르겠군요. 하지만 지금은 특별 임무에……."

"알아요, 클라우스메이어 씨. 『허풍 뉴스웨이』인가 하는 잡지에 나에 대한 기사를 쓰셨더군요." 그는 굉장히 화가 난 것처럼 보였다. 그가 만일 일 때문에 오지 않았더라면, 자리에서 일어나 쏜살같이 나가 버렸으리라고 확신했다. "신경 쓰지 마세요." 나는 고함을 지르듯 말했다. "그 기사 재미있게 읽었어요, 클라우스메이어 씨. 정말이라니까요. 그리고 또 고맙기도 했어요. 기사 내용이 좀 비현실적이었고, 나에 대한 미사여구는 사실 억지로 지어낸 거라는 사실을 알긴 하지만요. 그저 그 살인범을 찾고 있을 뿐이잖아요. 무스카텔 와인 한잔하겠어요? 내올 게 그거밖에는 없네요."

나는 4리터가량 남아 있는 와인 병을 꺼냈고, 몇 개 남지 않은 괜찮은 잔도 찾아냈다. 비교적 깨끗해 보였다.

"아니, 괜찮습니다. 그리고 미스 패터슨, 그 기사 말입니다만……,"

"조금도 안 마시겠다고요?"

"정말 괜찮습니다. 하지만 그 기사는……,"

"사실 그리 좋은 건 아니에요." 나는 마지못해 시인했다. "그러니까 와인 말이에요." 나는 설명을 하다가 내가 고함을 치고 있다는 사실을 깨닫고 경악했다. 클라우스메이어는 내게 아무 짓도 하지 않았고, 그는 모든 일을 기분 나쁘게 받아들이는 예민한 성격 같았다. 최소한 그를 공격하는 일은 삼가는 게 낫겠다고 생각했다. 나는 전형적인 예술가처럼 굴기로 마음먹었다. 내 잔에 와인을 따른 후, 사뭇 부드럽게 그를 설득했다. "같이 한잔하면 좋을 텐데요."

"아니, 괜찮습니다, 미스 패터슨. 『뉴스웨이』의 그 기사는 제가 쓴 게 아닙니다."

"아, 그래요?"

"그렇습니다."

"흠, 정말로 멋진 기사라고 생각했는데." 다시 한 번 말을 잘못했다는 사실을 깨달았다. 게다가 그야말로 아우성을 쳤던 것이다. "그러니까 내 말은, 모든 일에는 한도란 게 있단 말이죠. 클라우스메이어 씨, 제발 나한테 신경을 꺼 줬으면 좋겠어요. 내 그림에 '값비싼'이란 딱지가 붙는 건 익숙하지 않단 말이에요. 그게 아니면 '매우 귀중한'이라는 표현이었던가요? 그 살인범이 오십 달러 주고 사 간 그림인데 말이죠."

클라우스메이어 씨는 몹시 화가 난 것 같았고, 뿐만 아니라 어쩌면 내가 그를 지루하게 하는지도 몰랐다. 그가 무슨 말을 하든지 그리고 내 기분이 어떻든지는 상관없이, 적어도 15분 동안은 입을 다물고 적절하게 처신하겠다고 다짐했었다. 단 15분이었다. 그리 긴 시간도 아니었는데.

"몇 가지 사실만 정정하겠습니다." 클라우스메이어 씨는 조심스레 설명했다. "예를 들어, 저는 『뉴스웨이』 기자에게 당신이 '유다'에 대해서 묘사했던 표현을 그대로 전달했을 뿐이라는 사실 같은 것 말입니다."

이 후레자식 같으니.

"다 엿이나 먹으라 그래!" 나는 비명을 질렀다. "대체 '유다' 어쩌고 하는 이름은 어디서 듣고 온 거야? 그 그림의 제목은 「본질에 대한 탐구」라고 했을 텐데. 내 그림에 내가 한 번도 생각해 보지 않은 예쁘장한 이름을 붙여서 어쩌겠다는 거야? 어떻게 감히, 끔찍한 벌레 같은 인간 주제에, 어떻게 감히 내 작품을 갖고 그 따위 바보 천치 짓을 해대는 거야?"

나는 분노 때문에 정신이 몽롱해진 상태로 그를 바라보았다. 그는 단지 또 한 명의 그림 방화범일 뿐이었다. 그저 그의 희멀겋고 답답한 얼굴만 보더라도 단언할 수 있었다. 푸줏간에서나 쓰는 칼을 들고 그림을 난도질하거나 그림에 페인트를 끼얹거나 그림을 불

태워 버리는 것을 그 무엇보다 좋아하는, 예의 바르고 점잖은 미치광이였다. 세상에, 그는 꼭 피트와 닮았다. 아니, 피트는 깨진 창문을 가리거나 외풍을 차단하거나 물이 새는 천장을 막을 때 내 그림을 사용하곤 했다. 클라우스메이어는 좀 더 공식적인 방식을 선호하는 타입이었다. 그가 사용하는 방법은 어딘가 관리인이 통제하는 창고에 내 그림을 파묻어 놓고 기록을 말소한 다음 그곳에 영원히 처박아 두는 것이리라.

나는 와인을 벌컥벌컥 마셔 버린 후 새로 잔을 채우며, 그가 하는 이야기에 귀를 기울이려 애를 썼다.

"분명히 말씀드리지만, 저는 당신의 제목을 그대로 사용했습니다. 하지만 분명 기사를 쓰고 편집하는 과정 중에 어쩌다 누락되었겠죠. 지금 준비 중인 『뉴스웨이』 기사에는 「본질에 대한 탐구」를 찍은 사진과 함께 제목이 정정되어 나올 겁니다."

"넌 빌어먹을 방화범 자식이야." 그의 커다란 회색 눈은 랠프가 5년 동안 그린 그림들 전부를 벽난로에 처넣어 잿더미와 새까맣게 그을린 잔해로 만들어 버린 일을 생각나게 했다. 그 인간이 그 일을 얼마나 자랑스러워하던지. 네놈도 분명 똑같은 인간일 거야. 어떻게 하면 좀 더 새롭고 창의적인 방식으로 내 그림을 없애 버릴 수 있는지 알고 있겠지. "이번엔 뭘 원하는 거야?" 나는 따져 물었다. "왜 여기 온 거냐고!"

클라우스메이어의 얼굴은 극도로 창백해졌다. 만일 그가 『쓰레기 뉴스』의 심부름이나 하고 다니는 길들여진 벌레가 아니었더라면, 그는 엘로이의 보이스카우트 손도끼를 집어 내게 휘둘렀으리라.

"당신의 그림을 구입한 남자의 위치를 확인했습니다, 미스 패터슨." 그는 굉장한 자제심을 발휘하며 말했다. "우리는 그가 있는 장소를 안다고 믿고 있고, 그는 곧 붙잡힐 겁니다. 당신이 회사로 와서 그를 확인해 주시면 좋겠습니다. 물론 당신의 시간과 노고에 대한 보상은 해 드릴 겁니다. 우리를 도와주신다면 백 달러 드리겠습니다. 도와주시겠습니까?"

"그러니까 그 살인범을 찾았다는 거로군요."

클라우스메이어는 극심한 피로감을 내비치며 다시 말했다. "우리는 살인범을 찾는 게 아닙니다, 미스 패터슨. 분명히 말씀드리지만, 우리가 이 남자를 찾는 이유는 완전히 다른 이유 때문입니다."

"지랄하네."

"뭐라고 하셨습니까?"

"헛소리 말라고요. 형사들이 여기 드나들면서 당신이랑 똑같은 질문을 해댔단 말이에요. 당신들은 같은 남자를 찾고 있어요. 내 그림을 산 사람과 델로스라는 여자를 죽인 사람. 당신은 나를 어떻게 생각하는 거야? 내가 바보 천치인 줄 아나 보지?"

"아닙니다." 클라우스메이어는 힘주어 말했다. "그건 절대로 아닙니다. 저와 함께 회사로 가 주시겠습니까?"

100달러는 100달러니까.

"내 「분노에 대한 탐구」를 좋아할 정도로 식견이 있는 남자를 잡는 일에 내가 왜 협력을 해야 하는지 모르겠군요. 내 그림을 좋아하는 사람이 그리 많지도 않은데, 그중 하나를 전기의자로 보내야 하다니."

클라우스메이어는 전적으로 동의한다는 표정이었고, 그 말을 할 수 없어서 고통스러운 것 같았다.

"하지만 당신 그림을 되찾을 수 있도록 도와 드릴 수 있을지도 모릅니다. 그 그림을 되사고 싶어하지 않으셨습니까?"

"아뇨. 그 그림을 도로 사고 싶었던 게 아니에요. 그저 내 그림이 콜카타의 블랙홀1756년 인도군이 영국군 포로 146명을 감금했던 24제곱미터 크기의 작은 토굴 감옥. 하룻밤 사이에 수십 명의 사망자를 냈다고 알려져 있다 속에서 썩어 가는 게 싫었을 뿐이에요."

그리고 나는 아무도 그 그림을 다시는 볼 수 없으리라는 사실을 알고 있었다. 이미 이스트 강 바닥에 가라앉았으리라. 그 살인범은 자기만 화를 면하려고 내 그림을 처분해 버린 것이다. 그는 자신과 죽은 여자와의 연결고리가 되는 것은 모조리 없애 버릴 작정일 테니까. 여기에 파괴를 일삼는 고결한 작은 천사가 한 명 더 있었던 것이다.

나는 이 사실을 깨닫자 미칠 것만 같았지만, 한편으로는 냉정한 기분을 느꼈다. 신경 쓰지 않는다고 스스로에게 말해 봤자 아무런 소용이 없었다. 그 그림은 내 최고작에는 속하지 않았다. 그럼에도 신경이 쓰였다. 자기 검열과 질투심 많은 애호가들과 현미경의 신들에게서 내 작품들을 지키려 노력하지 않고 그림을 그리는 것은 굉장히 어려운 일이었다. 마치 클라우스메이어를 대하는 것처럼.

"알겠어요. 가도록 하죠. 하지만 단지 백 달러를 준다고 해서 가는 거예요."

클라우스메이어는 깜짝 상자 속에서 튀어나오는 인형처럼 자리에서 벌떡 일어섰다. 맙소사, 그의 행동에는 품격이 있었다. 그가 죽었을 때 사람들은 그를 방부 처리할 필요가 없으리라. 방부제는 이미 그의 혈관 속에 흐르고 있었다.

"명심하겠습니다." 그는 따뜻한 어조로 말했다.

나는 주변을 둘러보다가 책장 첫째 단에서 내 모자 중 가장 좋은 것을 발견했다. 피트와의 사이에서 낳은 넷째 이디스는 자신이 새 둥지로 삼은 모자를 내가 가져가자 내게 호통을 쳤다. 새 둥지는 밤이 되기 전에 제자리로 돌아올 거라고 설명해 주었다. 나는 떠나면서 모든 물물교환소의 권한을 차후 통지가 있을 때까지 랠프 주니어에게 일임했다. 그 애는 고개를 들었고, 그런 모습을 보니 내 말을 알아들은 것 같았다. 최소한 지금 상황을 이해하고 있는 것처럼은 보였다.

택시를 타고 그의 회사로 향하는 길에 클라우스메이어는 우호적으로 굴려고 애를 썼다.

"정말 귀여운 아이들이군요. 아주 밝고 건강하던데요. 당신은 남편분에 대해서는 거의 말씀을 안 하시는군요."

"난 결혼한 적 없다니까요." 나는 의지에 반해 터져 나오는 웃음 때문에 다시 한 번 끽끽대는 소리를 내며 말했다. 세상에, 아무래도 고상하게 행동하는 법을 배워야겠다. 내일부터 시작해야지. 내 인생의 마지막 숙제가 되지 않을까? "그 애들은 모두 사생아랍니다, 클라우스메이어 씨."

그가 꼿꼿하고 성실한 자세로 자리에 앉아 있는 모습을 보니, 마치 내가 유치원에서부터 몸에 익히기를 꺼려 왔던 교양 그 자체 같았다. 그러자 내가 얼마나 바보같이 행동했는지 깨닫고는, 몸이 가라앉는 듯한 끔찍한 기분이 들었다. 내가 교양 없이 굴었다는 사실은 말할 필요도 없었다. 나보다 그 사실을 잘 아는 사람은 없었다. 그러나 클라우스메이어는 굉장히 완벽하게 보여, 그는 과연 그 사실을 알고 있을까 궁금했다. 아마도 아닐 것이다. 완벽한 사람들은 절대로 다른 사람들을 이해하지 못한다.

"미안해요, 클라우스메이어 씨. 이게 내 본심이에요. 이런 짓을 했던 건 처음이에요. 당신 같은 '팩트웨이' 사람들은 모두 자신감이 넘쳐 보이니까요."

그는 아무 말도 하지 않았지만, 이 거짓말은 너무 뻔하게 들여다보이는 것 같았다. 잠시 후 택시에서 내릴 때가 되자, 클라우스메이어는 내게서 곧 벗어날 수 있다는 생각에 매우 기뻐하며 무슨 말을 꺼내야 할지 고심하는 것 같았다. 엿이나 먹으라고 해. 그가 찾아왔을 때 내가 옷을 제대로 차려입고 있었더라면, 내가 정말로 그에게 깊은 인상을 남기고 싶었더라면, 5초 만에 그를 내 마음대로 움직이게 할 수 있었다. 하지만 누가 지렁이에 손을 대고 싶어할까?

그 건물 안으로 들어가 엘리베이터에 타기까지 걸린 3분의 시간 동안, 나는 이 상황에 도취되어 진중해졌다. 우리 둘 다 품위 있는 척 굴었다. "그러면 내가 무슨 일을 하면 되겠어요, 클라우스메이어 씨? 그리고 백 달러는 누구한테서 받고요?"

물론 의도하지 않은 일이었지만, 또다시 거친 웃음소리가 튀어나와 말이 끊기고 말았다.

"백 달러에 대해서는 걱정하지 않으셔도 됩니다." 그는 짧게 대답했다. "당신 그림을 구입한 남자는 이 건물 안 어딘가에 있습니다. 그를 찾아내는 건 시간 문제일 뿐입니다. 우리가 그를 잡으면, 그저 그 사람의 얼굴을 확인해 주시기만 하면 됩니다."

갑자기 클라우스메이어에게 넌덜머리가 났다. 내게 질문을 퍼붓던 형사들은 물론이고 이 모든 미친 짓에 대해서도 같은 심정이었다. 이게 다 나랑 무슨 상관이람? 내 인생에서 중요한 일은 오직 하나, 그림을 그리는 것밖에는 없었다. 다른 사람들이 서로를 파괴하는 데서 기쁨을 느낀다면 그렇게 하라고 해. 어쩌면 이런 방식이야말로 그들의 창조적 본능을 표출하는 방법일 수도 있었다. 어쩌면 그들은 자신들이 억압하고 파괴하는 것들 중 가장 훌륭한 것을 걸작이라 칭하는지도 몰랐다.

이는 증오에 찬 사고방식이며, 균형을 상실한 시각에서 비롯되었다는 사실이라는 것은 알고 있었다. 클라우스메이어가 한 사무실의 손잡이를 붙잡고 문을 열었을 때 나는 입을 열었다. "당신은 끔찍할 정도로 냉소적인 닳고 닳은 인간이에요, 클라우스메이어 씨. 한 번이라도 신선한 자연의 공기를 들이마시고 싶다는 생각을 한 적은 없나요? 깨끗하고 건강에 좋은 공기 말이에요."

"저는 항상 냉소적으로 굴지 않으려고 노력해 왔습니다. 지금까지는 말입니다."

우리는 다른 지렁이들로 가득 찬 사무실 안으로 들어갔다.

"아이가 몇이죠, 클라우스메이어 씨?"

나는 낮은 목소리를 내려고 노력하며 물었지만, 누가 들어도 소리를 지르는 듯한 목소리였던 것 같다. 많은 사람들이 몸을 돌려 우리를 쳐다보았기 때문이다.

"둘입니다." 그는 속삭이듯 말했지만, 마치 욕설을 하는 것처럼 들렸다. 곧이어 그는 미소를 짓더니 나를 앞으로 데리고 갔다. 내가 방을 가로지르며 주변을 둘러보던 순간, 내 주의력은 갑자기 벽 한 가운데에 걸려 있는 그림으로 쏠렸다. 그 그림은 내가 그린 것이었다. 「분노에 대한 탐구」였다. 놀라운 일이 아닐 수 없었다. 나는 이 사실을 좀처럼 믿을 수가 없었다. "주간님." 클라우스메이어가 말을 하는 소리가 들렸다. "이쪽은 그 그림을 그리신 화가분인 미스 패터슨입니다." 이 역시 나를 우아하게 엿 먹이는 행위였다. "미스 패터슨, 이쪽은 우리 조사의 책임을 맡고 계신 조지 스트라우드입니다. 미스 패터슨은 그 남자를 잡을 때까지 이곳에 머물러 주기로 약속하셨습니다. 우리에게 도움을 주실 수 있을 겁니다."

잘생긴 지렁이 하나가 책상 뒤에서 일어나 내게로 다가오더니 악수를 청했다.

"미스 패터슨, 이렇게 예기치 않게 뵙게 되어 기쁩니다."

나는 그를 본 순간 고함을 치려 했지만, 숨을 쉴 수가 없어 소리가 나오지 않았다. 뭔가 단단히 잘못 돌아가고 있었다. 이 남자가 바로 그 살인범이었다. 서드 애비뉴에 있는 고물상에서 내 그림을 산 사람과 동일 인물이었던 것이다.

"어떻게 이런 짓을 할 수가 있죠?" 나는 클라우스메이어를 바라보며 말했지만, 그는 그저 피곤해하면서도 안도하는 것처럼 보일 뿐이었다. 나는 다시 스트라우드에게 시선을 돌리고 머뭇거리며 말했다. "그래서 나한테 바라는 게 뭔데요?"

약 1초도 안 되는 짧은 시간 동안 시선을 교환하는 순간, 우리는 서로를 확실히 알아보았다. 나는 그가 누구인지 알아차렸고, 그는 내가 자신을 알아차렸다는 사실을 눈치챘다. 그러나 나는 이 상황을 이해할 수가 없어 주저했다.

이 평범하고 뚜렷한 특징도 없으며 목에 힘을 주고 다니는 하찮은 인간이 그 델로스라는 여자를 죽인 범인이라고? 절대로 그럴 가능성은 없어 보였다. 이 인간이 사람을 죽일 용기를 낼 수나 있었을까? 이 남자는 과연 인생의 끔찍하고 극심한 순간에 대해 알기나 할까? 내가 실수했음이 분명했다. 그렇지만 분명 같은 남자였다. 그 점에 대해서는 의심의 여지가 없었다.

그의 두 눈은 마치 분화구처럼 움푹 패여 있었다. 그는 편안한 미소를 띠고 있었지만, 나는 그의 눈이 피곤하고 초췌하며 얼음처럼 차갑다고 생각했다. 내가 그의 정체를 눈치챈 것과 동시에, 이 방에 있는 그 누구도 그 사실을 알 수 없으리라는 사실을 깨달았다. 이들은 모두 그 멍청한 클라우스메이어와 같은 부류였기 때문이다.

"이렇게 도와주신다니 정말 감사드립니다." 그가 말했다. "우리가 무엇을 하고 있는지는 돈이 설명해 드렸을 것으로 믿습니다."

"그래요." 갑자기 내 무릎이 떨리기 시작했다. 머릿속은 새하얗게 변해 버렸다. "전부 알고 있어요, 스트라우드 씨. 정말이에요."

"당신 말을 믿습니다. 분명 그러시겠죠."

왜 아무도 이 백주 대낮의 악몽을 끝내 주지 않는 걸까? 확실히 악몽은 악몽이었다. 왜 아무도 이게 질 나쁜 농담이라고 말해 주지 않는 걸까? 이건 스트라우드란 인간이 만들어 낸 환상적인 거짓말임이 틀림없었다. 그게 빌어먹을 정도로 이치에 맞았다. 내가 현시점에서 그를 지목한다면 무슨 일이 벌어지는 걸까?

나는 무의식적으로 요란한 웃음을 터뜨리며 그에게서 내 손을 억지로 잡아 뺐다. "어쨌든 「분노에 대한 탐구」를 좋아해 주는 사람이 있다니 기쁘군요."

"예, 제가 굉장히 좋아하는 그림입니다." 그 살인범은 이렇게 말했다.

"당신 건가요?" 나는 끽끽대며 간신히 입을 열었다.

"물론입니다. 저는 당신 작품들을 모두 좋아합니다."

사무실 안에는 다섯 명뿐이었지만, 마치 오십 명은 되는 것처럼 보였다. 이제 그들은 모두 몸을 돌려 내 '분노'를 바라보고 있었다. 클라우스메이어가 말했다. "돌아 버리겠군요. 이건 정말로 미스 패터슨의 작품인데요. 왜 말씀해 주시지 않으셨습니까, 조지?"

그는 어깨를 으쓱했다.

"뭘 말해야 한다는 거지? 말할 게 뭐가 있나? 내가 이 그림이 마음에 들어서 구입했으니 저기에 걸려 있는 거지. 저기에 이 년은 족히 걸려 있었을 걸."

클라우스메이어는 다시 흥미로운 표정으로 스트라우드라는 인간을 바라보았다. 다른 사람들은 마치 처음으로 내가 화가라는 사실을 알아차렸다는 듯, 나를 향해 입을 떡 벌렸다.

"뭐라도 한잔하시겠습니까, 미스 패터슨?" 살인범이 내게 술을 권했다. 그는 웃고 있었다. 그러나 나는 그가 실제로 웃는 게 아니라 미소 짓는 표정을 필사적으로 흉내 내고 있을 뿐이라는 사실을 알았다.

　나는 입이 거칠거칠하고 바싹 말라 술을 한 번에 들이켰다. 그러자 미약하고 어설프게 아우성치는 듯한 소리가 흘러나오는 것을 막을 수 없었다. 웃음이 터져 나오던 바로 그 순간, 나는 내가 웃고 있는 게 아니라는 사실을 깨달았다. 그저 히스테리일 뿐이었다.

　"대체 내 「본질에 대한 탐구」는 어디에 있죠?" 나는 따져 물었다. "당신네 형편없는 잡지에서 '유다'라고 부르는 그 작품 말이에요."

　스트라우드는 창백한 얼굴로 가만히 서 있었다. 다른 사람들은 그저 멍한 표정이었다. 클라우스메이어가 스트라우드에게 말했다. "그 그림을 이분께 돌려 드리기 위해 노력하겠다고 말씀드렸습니다." 뒤이어 그는 내게 끈기 있게 설명했다. "우리가 그 그림을 갖고 있다고 하지는 않았습니다, 미스 패터슨. 제 말은 우리가 그 남자를 찾게 되면 그림도 자동적으로 찾을 수 있을 거라는 뜻이었습니다."

　"찾으실 수 있겠어요?" 나는 스트라우드를 노려보며 말했다. "나는 그 그림이 이미 이 세상에 없을 거라고 생각하는데 말이죠."

　그의 융통성 없는 얼굴에서 표정 변화가 드러났다. 평소에 그의 얼굴에 박혀 있던 가짜 미소였다.

　"아닙니다." 그는 마침내 입을 열었다. "저는 그렇게 생각하지 않습니다, 미스 패터슨. 당신의 그림이 안전하게 보관되어 있다고 믿는 이유가 있습니다." 그는 책상을 향해 돌아서더니 전화기에 손을 뻗었다. 그는 전화기를 붙잡은 채 타협을 모르는 시선으로 나를 강하게 바라보았다. 그 표정을 잘못 이해하기란 불가능했다. "그 그림을 되찾기 위해서 가능한 한 모든 수단을 동원할 겁니다. 제 말을 이해하시겠습니까?"

"알겠어요." 빌어먹을 놈 같으니. 그는 정말로 나를 협박하고 있었다. 내가 그를 협박하는 게 이치에 맞는데. 사실 나는 그럴 생각이었다. "지랄 같지만 안전을 기하는 게 훨씬 좋을 테죠. 그 그림이 수천수만 달러는 나갈 거라는 뜻으로 받아들이겠어요."

그는 고개를 끄덕였다.

"우리도 그렇게 생각합니다. 자, 술을 한잔하시겠습니까?"

"무스카텔 와인을 즐겨 드십니다." 클라우스메이어가 말했다.

"라이 위스키로 하겠어요." 나는 소리를 질렀다. 이 남자가 그녀를 살해했다는 게 나랑 무슨 상관이람? '분노'가 안전하다는 건 어쩌면 '본질'도 안전하다는 뜻이리라. 그리고 현재 그 그림의 값어치는 상당했다. 그리고 만일 그림에 문제라도 있다면, 나중에 언제라도 사실을 털어놓을 수 있었다. 게다가 그는 정말로 내 그림을 수집하는 사람이었다. "제게 당신의 작품이 한 점만 있는 게 아닙니다. 아주 많습니다. 열두 점은 족히 되죠."

살인범과 함께 한 방에 있으려면 그만한 대가가 필요할 것이다. 그리고 동시에 내 자존감을 보상받았다는 사실을 유념했다. 최소한 이 자리에 있는 자들에게는.

조지 스트라우드 X

아주 일찍 잠에서 깨어났다. 누워 있던 긴 의자에서 일어나 사무실로 들어가 전날 벗어 놓았던 신발을 신고 넥타이를 맸다. 마음속 구름이 책상 위로 이동했다.

시계를 보니 8시에서 몇 분 지나 있었다. 오늘이 바로 디데이였다. 나는 여전히 어떻게 행동해야 할지 몰랐다. 그러나 오늘이 바로 디데이라는 사실은 알고 있었다. 경찰은 올버니에서의 조사를 곧 끝낼 것이다. 그리고 누군가 건물 내부를 수색하자는 생각을 해낼 순간도 얼마 남지 않았다.

어제가 디데이가 되어야 했지만, 어째서인지 그렇게 되지 않았다. 나는 그 이유를 정말로 알 수가 없었다. 패터슨이 이곳으로 걸어 들어왔을 때, 내 인생은 그 시점에서 끝났어야 했다. 나는 그녀가 왜 나를 그 남자라고 지목하지 않았는지는 알 수 있었다. 내가 그녀의 그림을 없애지 않았기 때문에, 또 그녀가 내 협박을 알아들었기 때문에, 그녀는 입을 다물었던 것이다. 예술가들이란 흥미로운 족속이었다. 내가 실제로 그 그림을 처분하기 직전까지 갔다는 사실을 생각하면 온몸이 떨렸다. 그녀가 어떻게 마음먹느냐에 따라 얼마든지 말썽의 소지가 될 수 있었고, 그녀가 그런 마음을 품을 가능성은 꽤 있었다. 그녀는 그럴 정도로 변덕스러운 성격이었다. 밤 8시쯤 되자, 그녀는 허둥지둥 나가 버렸다. 그러나 다시 돌아올지도 몰랐다. 언제라도, 무슨 이유에서든, 그녀는 자신의 마음을 바꿀 수 있었다.

나는 사환을 부르려 벨을 눌렀지만 아무도 나타나지 않았다. 결국 나는 아래층에 있는 상점에 전화를 걸었다. 마침내 샌드위치와 1리터짜리 커피가 도착했다. 로이의 사무실에는 해리 슬래터와 앨빈 딜리가 당직을 서고 있었다.

9시가 되기 직전, 나머지 스태프들이 출근하기 시작했다. 리언 템플이 먼저 도착했고, 그 다음으로는 로이, 잉글런드, 돈, 에디가 거의 동시에 모습을 드러냈다.

"왜 퇴근하지 않으셨습니까?" 로이가 내게 물었다. "지금은 딱히 할 일도 없지 않습니까?"

나는 고개를 흔들었다. "남아 있겠다고 말했을 텐데."

"마지막 순간을 놓치고 싶지 않으신 겁니까?"

"맞아. 아래층 상황은 어떻지?"

리언 템플이 대답했다. "어수선합니다. 필 베스트가 막 마이크와 교대했습니다. 밴 바드의 야간 근무자들도 모두 아래층으로 불러 모았고, 청원경찰도 몇 명 더 충원해 놓았습니다. 저는 이해가 가지 않습니다."

지금부터 시작이었다. 그때가 다가오는 것을 느낄 수 있었다. "뭐가 이해가 가지 않는다는 건가?"

"그 남자는 왜 아직까지 모습을 드러내지 않는 걸까요? 도대체 왜요? 뭐, 알 게 뭡니까. 그는 여기 있습니다. 그렇다면 정확히 어디에 있을까요?"

"어쩌면 우리가 건물을 봉쇄하기 전에 빠져나갔을지도 모르지."

"그럴 가능성은 없습니다."

"그저 정문으로 들어왔다가 다른 문으로 나갔을 수도 있지 않나." 나는 이렇게 주장했다. "어쩌면 그는 자신이 미행당하고 있다는 사실을 알고 있었을지도 몰라."

"아닙니다. 그 경비원은 그가 엘리베이터를 탈 때까지 그를 미행했습니다. 그는 직통 엘리베이터를 탔으니, 십팔 층보다 위라면 어디에든 있을 수 있습니다. 우리가 아는 점이라고는 그는 바로 우리 회사 안에 있다는 사실뿐입니다."

"이제 어떻게 하면 될까요?" 잉글런드가 물었다.

"그는 곧 나타날 거야." 내가 대답했다.

"저는 시간 싸움이라고 생각합니다, 조지. " 로이가 또 지적했다.

"맞아."

"이런 생각이 들었는데 말입니다." 리언이 말했다. "만일 그가 모습을 드러내지 않는다면……," 마침내 리언이 그 작전을 떠올리기 시작한 것이다. 나는 그를 바라보며 기다렸다. "청원경찰을 대동하고 목격자들과 함께 꼭대기에서부터 1층까지 모든 장소를 조사하는 방법도 있습니다. 그러면 그를 찾을 수 있을 겁니다. 두어 시간 쯤 걸릴 테지만, 무작정 기다리는 것보다는 낫지 않겠습니까?"

나는 그 생각을 고려하는 척을 해야만 했다. 내가 직접 그 제안을 하지 않았다는 것만으로도 상황은 충분히 좋지 않았다. 나는 고개를 끄덕이며 말했다. "이 일은 자네가 맡도록 하게."

"그럼 시작할까요?"

만일 내가 목격자들의 위치와 그들이 어떤 경로로 층과 층, 사무실과 사무실을 오가는지 알 수만 있다면, 아직 빠져나갈 길은 있었다. 종료 휘슬이 울리기 전까지 게임은 끝나지 않는 법이다.

"시작하지. 자네가 지휘를 맡게, 리언. 그리고 위치를 바꿀 때마다 나에게 보고를 하도록. 몇 층에서부터 수색을 시작하는지, 어느 방향으로 수색을 진행하는지, 다음 수색 장소는 어디인지 하는 것들 말이네."

"알겠습니다. 우선 십팔 층 이상의 각 층마다 목격자와 청원경찰을 배치합니다. 계단과 엘레베이터를 봉쇄하는 게 일차 목표입니다. 그리고 사무실을 돌아다니며 우편물 투입구, 화장실, 벽장까지 모두 주의 깊게 살펴보겠습니다." 나는 고개를 끄덕였지만, 아무 말도 하지 않았다. "이 정도면 충분할 것 같지 않습니까?"

세상에, 대단한 금액이군. 반드시 지불해야 할 청구서가 들이닥친 꼴이었다. 이런 말을 해 봐야 우는 소리밖에는 안 되겠지만, 나는 지구상에서 자신의 모든 인생이 갈기갈기 흩어지는 모습을 지켜보는 유일한 사람이었다. 무언의 저항 한 번 하지 않고 자신의 인생이 재로 변하는 것을 지켜보는 유일한 사람이었던 것이다. 자신의 운명을 정말로 받아들이고, 자신이 뛰어들었다가 지고 만 커다란 도박에 대해 진심으로 경의를 표하는 사람이란 분명 거짓말이거나 신화일 뿐이다. 세상에 그런 사람은 없다. 예전에도 없었고, 앞으로도 없을 것이다.

"좋아. 계속해서 보고하도록."

"딕과 에디, 존을 데려가고 싶습니다. 그리고 다른 사람들이 들어오면 좀 더 필요합니다."

"데리고 가게."

"그리고 목격자들에게 의욕을 좀 불어넣어 줘야 할 것 같습니다."

"보수를 지급해야겠지. 내가 돈을 좀 줄 테니 받아가게." 나는 수표에 서명을 하고 액수는 공란으로 남겨둔 채 리언에게 건넸다. "사냥 잘하게." 나는 이렇게 말하며 억지로 짧은 미소를 지어 보였다.

곧바로 사무실은 텅 비었다. 잠시 후 리언이 전화를 걸어 18층에 도착하여 조사를 시작했다고 말했다. 모든 출구를 봉쇄하고 아래로 내려가는 엘리베이터는 모두 정지시켰다는 것이다. 이제 길은 한쪽밖에 없었다. 위쪽뿐이었다.

적진의 심장부인 32층의 스티브와 얼의 사무실에서라면 안전을 확보할 수 있을지도 모른다는 생각이 어렴풋하게 떠올랐다. 전화벨이 울리는 동안 나는 그 계획을 구체적으로 실행에 옮길 수 있는 방법을 찾으려 애를 썼다. 스티브가 직접 전화를 받았다. 즉시 자신의 사무실로 올라오라고 말하는 그의 목소리는 모호하고 부자연스러웠으며, 어딘지 모르게 당혹해하는 듯한 느낌도 들었다.

헤이건의 사무실에는 스티브뿐만 아니라 얼 재노스와 회사의 수석 변호사인 랠프 비먼, 회사의 최대 주주인 존 웨인, 다른 네 명의 편집장들이 모여 있었다. 그제서야 나는 제닛 도너휴의 편집국장인 프레드 슈타이헬을 발견했다. 다들 놀라서 할 말을 잃은 듯 보였으며, 조금은 어색해하는 것도 같았다. 미안해하는 듯한 표정을 짓고 있는 슈타이헬과, 평소보다 훨씬 더 큰 자신감을 내뿜고 있는 얼은 예외였다. 그는 내게로 다가오더니 진심을 담아 내 손을 잡고 흔들었다. 그가 보여 주는 모습은 자신감이 아니라 히스테리 직전의 신경쇠약 같았다.

　"조지, 이 일 때문에 얼마나 기쁜지 몰라." 그는 나를 정말로 보고 있는 것 같지 않았다. 그가 몸을 돌려 말을 이어 나갔을 때도 다른 사람들을 정말로 보고 있는 것 같지도 않았다. "더 이상 기다려야 할 이유를 모르겠군. 지금 내가 말하는 내용은 문서로 작성해서 나중에라도 전 사원에게 공표할 수도 있네. 그들에게 개인별로 이 기쁜 소식을 전하지 못하는 애석한 심정을 담아서 말이지." 나는 자리에 앉아 무언가에 매혹된 듯한 표정을 짓고 있는 주변 사람들의 얼굴을 바라보았다. 나와 마찬가지로 그들 역시 바로 그 일이 임박했다는 사실을 눈치채고 있었다. "여러분들도 어쩌면 알고 있을지 모르겠지만, 우리 이사회에 약간의 변화가 생겼습니다. 재노스 엔터프라이즈의 편집 방침에 대해서입니다. 나는 자유롭고 유연하며 창조적인 저널리즘을 위해 끊임없이 일하고 싸워 왔습니다. 나뿐만 아니라 말단 직원까지 모두 아는 사실입니다. 나는 이제 우리의 방침이 옳다는 사실을 말하고 싶습니다. 그리고 우리가 기록한 판매

부수에 대해, 그리고 굉장한 재능을 가진 사람들을 끌어모았다는 점에 대해 자부심을 느낍니다." 그는 헤이건을 보려고 잠시 말을 멈추었다. 그는 아무도 보지 않고 바위처럼 차가운 태도로 자신의 앞에 놓인 종이에 적혀 있는 어지러운 선과 원의 조합에 집중하고 있었다. "그러나 이사회는 나의 이런 정책이 회사의 가장 큰 자산이라는 데 동의하지 않습니다. 그리고 여러분들이 모두 알다시피, 최근 일어난 비극은 내 지도력에 대한 반대파들의 불신을 재촉했습니다. 사정이 사정이다 보니 나는 그들을 비난할 수 없습니다. 사업체 전체의 미래를 위태롭게 할 수가 없기 때문에, 나는 일선에서 물러나기로 했으며, 동시에 제닛 도너휴사와의 합병을 승인하는 데 동의했습니다. 여러분들 모두 재노스 엔터프라이즈의 정신을 새 회사에서 그대로 살려나갈 수 있도록 노력해 주기를 바랍니다. 그리고 새 편집국장인 슈타이헬 씨에게, 여러분들이 나와 스티브에게 보여 주었던 충성심을 발휘해 주기를 바랍니다."

그 다음으로 회사 변호사인 비먼이 같은 주제를 이어 더욱 자세한 설명을 했다. 그리고 웨인이 나서서 얼의 퇴진은 일시적인 것이라고 하며, 모두들 그의 이른 복귀를 기원한다는 말을 했다. 문이 열리고 리언 템플이 살짝 들어왔을 때에도 그는 여전히 이야기를 하고 있었다. 나는 리언에게 다가갔다.

"아직까지는 꽝입니다. 하지만 신중을 기하기 위해서는 재노스와 헤이건의 사무실도 조사해야 합니다."

두 번째로 문이 열렸다 닫히자, 한 무리의 사람들이 복도에 서 있는 모습이 보였다. 그들 중에는 길의 바에서 일하는 경비원과 밴 바드의 웨이터도 있었다.

"그만두게. 이 임무는 취소되었다네."

리언의 시선이 방 안을 천천히 훑고 지나가면서, 어떤 역사박물관에 전시되어 있을지도 모를 장면을 눈에 담았다. 그의 눈이 다시 나를 향하자, 나는 고개를 끄덕였다.

"그 말씀은 저 사람들을 모두 돌려보내란 뜻입니까?"

"모두 돌려보내게. 커다란 변화가 생겼어. 폼페이 화산과 맞먹을 정도지."

다시 방으로 돌아가자 웨인이 헤이건에게 이야기를 하고 있었다. "파리 지국과 비엔나 지국 둘 다 가능하네. 원한다면 어느 쪽을 택하든 좋아."

"생각 좀 해 보겠습니다." 헤이건이 웨인에게 말했다.

"회사가 그 무엇보다 중요하다네." 얼은 지나칠 정도로 명랑하고 자신감 있는 태도로 했던 말을 반복했다. 그런 모습은 끔찍했지만 그럼에도 불구하고 영웅적이기도 했다. "무슨 일이 일어나든 회사는 계속되어야 해. 나보다도, 우리들 중 누구보다도 중요한 존재가 회사니까. 회사가 다치거나 위험에 처하는 모습은 볼 수가 없어."

새 편집국장 슈타이헬은 이 자리에서 방관자처럼 보이는 유일한 사람이었다. 나는 그에게 다가갔다.

"하실 말씀이라도?"

"자네가 더 많은 돈을 원한다는 건 알고 있지. 그 밖에도 원하는 게 있나?"

그가 상황을 호전시킬 거라는 생각은 전혀 할 수가 없었다. 나는 이렇게 말했다. "에모리 매퍼슨입니다."

나는 이 부탁이 그를 당혹스럽게 하리라고 생각했고, 실제로 그랬다.

"뭐라고? 정말로 매퍼슨을 원하나?"

"'투자 받은 개인들'을 출간하고 싶습니다. 연재 만화 형식으로요. 영화로도 각색하려고 합니다." 슈타이헬의 눈에는 여전히 의문과 의혹의 감정이 남아 있었지만, 점차 호기심이 새끼를 치기 시작했다. "요즘에는 사람들이 더 이상 글을 읽으려 하지 않습니다. 그림과 영상을 이용한 방식이 미래를 대비하는 길입니다. 에모리가 '투자 받은 개인들'을 매끄러운 고급 종이에 5도 인쇄로 출간할 수 있도록 허락해 주시기 바랍니다."

그는 마지못해 말했다. "생각을 좀 해 봐야겠군. 곧 알게 되겠지."

조지 스트라우드 XI

그날의 나머지 시간은 마치 영화처럼 제멋대로 흘러갔다. 때로는 너무 빨라졌다 다시 느려지기를 반복했다.

나는 조젯에게 전화를 걸어 그날 밤 밴 바드에서 저녁을 함께 먹기로 약속을 잡았다. 그녀의 목소리는 굉장히 즐거워 보였지만, 그 이유는 짐작도 가지 않았다. 나는 우리 가족 중에서 인생이 끝장날 위기까지 몰렸다가 간신히 살아나온다는 게 어떤 의미인지 아는 유일한 사람이었다.

내가 맡은 일이 마무리되었다고 설명하자, 그녀는 조지아를 바꿔 주었다. 대화는 다음과 같이 진행되었다.

"여보세요? 여보세요? 조지? 조지야."

"안녕, 조지. 조지야."

"여보세요."

"여보세요."

"여보세요? 여보세요?"

"그래. '여보세요'라는 말은 이미 했잖니."

"여보세요, 조지. 이야기 하나 해 줘. 그 애의 이름이 뭐야?"

"클로디아란다. 그리고 나이는 적어도 열다섯 살은 됐을걸."

"여섯 살이야."

"열여섯 살이야."

"여섯 살이라니까. 여보세요? 여보세요?"

"여보세요. 그래, 여섯 살이야. 그리고 그 애가 뭘 했느냐면 말이지. 어느 날 자기 손수건에 실밥이 풀려 있는 걸 보고 잡아당기기 시작했어. 그런데 얼마 지나지 않아 손수건이 사라져 버린 거야. 그리고 그 애는 자기 스웨터의 실밥도 잡아당겼고, 그 다음에는 드레스에 나 있는 실밥을 잡아당겼지. 계속해서 잡아당기고 있는데 자기 머리카락이 엉켜 버리고 말았어. 그런데도 계속해서 실밥을 잡아당겼고, 결국 불쌍한 클로디아는 바닥에 누운 커다란 실뭉당이가 되고 말았지."

"그래서 그 애는 어떻게 했는데? 여보세요?"

"그래서 그 애는 마룻바닥에 누워서 자기가 앉아 있던 의자를 쳐다봤지. 물론 그 의자는 이제 비어 있었어. 그리고 그 애는 말했지. '나는 어디에 있지?'"

성공이었다. 못 믿겠다는 듯한 웃음소리가 터져 나왔다.

"그래서 '나'는 어떻게 했는데? 여보세요? 여보세요?"

"넌 아무것도 하지 않았단다. 너는 그 일이 있은 후에는 풀린 실밥을 잡아당기지 않으려고 언제나 조심하니까. 이젠 너무 많이 잡아당기진 않아요."

"여보세요? 그게 다야?"

"지금은 이게 다야."

"그럼 안녕. 여보세요?"

"'여보세요'란 말은 이미 했잖아. 이제 '안녕'이라고 말해야지."

"안녕, 안녕, 안녕, 안녕."

그 다음으로 나는 공연장에 전화를 걸어 오늘 저녁 공연표 두 장을 예매했다. 그러고 나서 충동적으로, 우리에게 루이즈 패터슨의 전시회 사진을 보냈던 화랑 중개인에게 전화를 걸었다. 나는 그에게 내 신분을 밝히며 물었다. "패터슨 작품들의 실제 가치는 얼마나 됩니까?"

"그야 상황에 따라 다르죠. 그림을 구입하고 싶으신 겁니까, 아니면 매각하고 싶으신 겁니까?"

"양쪽 다요. 대략적인 평가 금액을 알고 싶습니다."

"솔직히 말씀드리자면, 아무도 모릅니다. 당신네 〈뉴스웨이〉의 최근 기사와 관련이 있는 거겠죠?"

"뭐, 비슷합니다."

"흠. 물론 그 기사는 좀 과장되었더군요. 패터슨 같은 작가들은 언제나 시장가격의 변동이 큽니다. 하지만 그녀의 작품들은 평균가가 대략 이삼천 달러 정도 나간다고 할 수 있습니다. 공교롭게도 제게 패터슨의 작품이 꽤 있습니다. 그 정도 가격을 전후해서 그림을 구입하실 수 있습니다."

"그 '유다'는 얼마나 나갑니까? 그러니까 두 손을 그린 작품 말입니다. 저희에게 그 작품이 찍힌 사진을 보내 주신 적이 있었죠."

"아, 그건 상황이 좀 다릅니다. 대중의 관심을 꽤 많이 받은 작품이어서요. 그 작품은 값이 조금 더 나갈 겁니다. 하지만 불행하게도 그 그림은 보유하고 있지 않습니다. 듣자 하니 정말로 사라진 모양입니다."

"사라지지 않았습니다. 제가 갖고 있죠. 값은 얼마나 받을 수 있을까요?"

그는 잠시 동안 말을 잇지 못했다.

"정말로 그 작품을 갖고 계십니까?"

"그렇습니다."

"이해하시겠지만, 선생님……."

"스트라우드입니다. 조지 스트라우드."

"이해하시겠지만, 스트라우드 씨. 저는 직접 그림을 구입하지는 않습니다. 그저 그림을 전시하면서 제 화랑을 통해 팔리는 작품에 대해 수수료를 받을 뿐이죠. 하지만 정말로 그 '유다'를 갖고 계신다면, 오천에서 일만 달러 사이의 값은 충분히 받을 수 있을 거라고 생각합니다."

나는 그에게 감사를 표하고 전화를 끊었다.

빅 클락은 어디에서든 작동한다. 빅 클락은 아무도 간과하지 않고, 아무도 빠뜨리지 않고, 아무것도 잊어버리지 않고, 아무것도 기억하지 않고, 아무것도 알려 하지 않는다. 나는 '아무것도 아니었다'라는 말을 더하고 싶었지만, 그럴 정도로 어리석지는 않았다. 빅 클락은 모든 것을 끌어안는다. 이 세상에 존재하는 모든 사물을.

그날 오후 루이즈 패터슨이 술을 과하게 마시고 사무실로 찾아와 아우성을 쳤다. 나는 그녀를 기다리고 있던 참이었다. 그녀는 나와 이야기를 나누고 싶어했고, 나는 그녀를 데리고 길의 바로 향했다.

우리가 길의 바 카운터석에 나란히 앉자 그녀가 입을 열었다. "내 그림은 어떻게 된 거죠? 내 그림에 무슨 짓을 한 거예요?"

"아무 짓도요. 집에 가져다 두었습니다. 왜 제가 그 그림에 무슨 짓을 할 거라고 생각하시죠?"

"그 이유는 잘 아실 텐데!" 그녀는 천둥 같은 소리로 고함쳤다. "당신이 폴린 델로스를 죽였다는 증거품이기 때문이잖아."

세 명의 손님이 흥미를 느끼며 돌아보았다. 그래서 나는 조심스럽게 구체적인 내용을 밝히지 않으면서 내가 살인을 저지르지 않았다는 사실을 설명해야만 했다. 경찰이 이 사건을 어떻게 파악하고 있는지 대강 설명해 주었다. 내가 말을 마치자 그녀는 낙담한 채 말했다. "그러니까 결국 당신은 정말로 살인범이 아니군요?"

"아닙니다. 미안합니다."

폭풍과도 같은 웃음소리가 그녀에게서 터져 나왔다. 그녀는 잠시 동안 숨을 쉴 수가 없을 정도였다. 의자에서 굴러떨어져 버릴 것만 같았다.

"나도 미안해요, 스트라우드 씨. 어제 오후에 당신 사무실에서 얼마나 용기를 쥐어짰는지, 당신은 짐작도 못할 거예요. 세상에, 아무리 내 그림을 구하고 싶었다고 해도 보통은 그러지 않는데 말이에요. 당신은 보면 볼수록 점점 더 악당 같아요. 그러고 보니 당신 정말로 악당 아니에요?"

그녀도 확실히 여자였다. 나는 그녀가 점점 좋아졌다. 어제 그녀는 사진첩 속에서 튀어나온 물건처럼 보였지만, 오늘 그녀는 확실히 고통을 그러모아 자신을 빚어낸 사람처럼 보였다. 그녀는 몸집이 컸고 비밀스러웠으며 살아 있는 사람이었다.

길이 우리 앞쪽으로 어슬렁거리며 다가왔다.

"안녕하시오." 그는 우리 두 사람에게 인사를 건넨 다음, 내게 말했다. "어이, 당신 친구라는 사람이 당신을 찾아서 일주일 내내 여기서 죽치고 있었는데 말이지. 정말로 당신을 보고 싶어하는 것 같더라고. 상황이 안 좋아. 하지만 지금은 여기 없군. 엄청나게 많은 사람들이 당신을 찾고 있었다고."

"알아. 전부 만나 봤어. 라이 위스키 하이볼 두 잔 주게. 그리고 이 숙녀분께 그 게임을 알려 드리고."

잠시 동안 길과 패터슨은 게임에 열중했다. 그녀는 열기구를 보여 달라는 주문으로 포문을 열었고, 길은 전차 사고 다음에 일어난 화재 사건에서 건진 유일한 장난감 기구를 보여줌으로써 쉽게 승리했다. 그리고 라파엘로를 보여 달라는 마지막 주문 역시, 그가 긴 여행 중에 이탈리아에서 아내에게 부친 엽서를 꺼내면서 쉽게 끝나고 말았다.

대충 8잔쯤 마시고 나자 패터슨은 무언가 기억해 냈다. 늦든 빠르든 언젠가는 그녀가 기억해 내리라는 사실을 알고 있었다.

"조지, 이해할 수 없는 게 하나 있어요. 그들은 왜 나에게 당신 얼굴을 확인해 달라고 했을까요? 대체 무슨 생각이래?"

그녀는 술에 꽤 취해 있었고, 나는 진지하게 그녀에게 말해 주었다. "그들은 누가 당신 그림을 갖고 있는지 알고 싶어했습니다. 그 그림은 사라졌다고 알려져 있었죠. 기억하십니까? 그리고 그 그림은 값을 매길 수도 없는 작품이었고요. 그 사실도 기억하시죠? 그러니 당연히 우리 회사에서 그 그림을 찾고 싶어할 수밖에요."

그녀는 잠시 동안 반쯤은 믿고 싶은 표정으로 나를 바라보다가, 이내 다시 폭풍 같은 웃음을 터뜨렸다.

"무슨 그런 말도 안 되는 소리를. 난 사실을 알고 싶어요. 내 그림은 어디에 있죠? 돌려받고 싶어요. 클라우스메이어는 당신을 붙잡는 대로 내가 그 그림을 돌려받을 수 있을 거라고 하던데요." 돈에 대한 기억이 또 다른 웃음 폭탄을 터뜨릴 것 같았다. "그 지렁이 같은 놈. 그 놈 따위 될 대로 되라지. 자, 내 그림은 어디 있어요?"

"루이즈."

"그 그림은 값어치가 꽤 나갈 테고, 그 그림은 내 거예요. 돌려받고 싶어요. 언제 내게 돌려줄 작정이죠?"

"루이즈."

"당신 말은 못 믿겠어. 당신 같은 남자는 수백 킬로미터 밖에서도 알아볼 수 있어요. 결혼은 했을 테고, 아이는 없고, 값을 다 못 치른 말이 한 마리 있을 테지. 오늘 당신은 일부러 형편없는 곳에 날 데리고 왔으면서, 내일은 교통방송 특집 프로그램에 나가 그 유명한 진짜배기 예술가 루이즈 패터슨을 알고 있다고 떠벌릴 테지." 그녀는 주먹으로 카운터를 내리쳤다. 길이 우리 쪽으로 와서 무관심하게 술 두 잔을 더 따랐다. "하지만 그 따위는 아무래도 좋아. 난 내 「본질에 대한 탐구」를 돌려받고 싶어. 그 그림을 돌려받기로 되어 있었다고. 그리고 값이 굉장히 뛰었잖아. 어디 있어요?"

"그 그림을 드릴 수는 없습니다." 나는 직설적으로 말했다. "내 것이니까요."

그녀는 나를 노려보더니 으르렁댔다.

"이 개자식. 그럴 줄 알았어."

"당연히 그럴 줄 알았어야죠. 어쨌든 그 그림은 내 것이니까요. 내가 값을 치르고 구입한 작품 아닙니까? 그리고 그 작품은 내게도 의미가 있습니다. 그 그림은 내 인생의 일부입니다. 그 그림이 마음에 듭니다. 원합니다. 필요합니다."

그녀는 돌연 적당히 쾌활한 모습으로 돌아왔다.

"왜죠?"

"왜냐하면 바로 그 그림이 내게 가르침을 주었기 때문입니다. 그리고 지금도 계속해서 가르침을 주고 있죠. 어쩌면 언젠가는 나를 대학에 보내 줄지도 모르겠군요." 나는 시계를 보았다. 밴 바드까지 10분 안에 도착할 수만 있다면, 대충 시간을 맞출 수 있을 것 같았다. "하지만 당신과 거래를 하겠습니다. 내 사무실에는 '분노'가 걸려 있고, 집에는 당신 그림이 네 점 더 있습니다. '성 유다의 유혹' 대신 그 그림을 모두 가져가도 좋습니다. 얼마를 준다고 해도 팔지 않을 작품들입니다. 아무에게도요."

그녀는 생각에 잠겨 내게 물었다. "당신은 그 그림이 그렇게 마음에 드나요?"

나는 설명할 시간이 없어서 간단히 대답했다. "그렇습니다."

그녀는 이 대답을 듣자 입을 다물었고, 나는 그녀를 이끌고 밖으로 나왔다. 길의 바 앞에서 나는 그녀를 택시에 태우고, 기사에게 돈을 치른 후 그녀의 집 주소를 알려 주었다.

나는 뒤이어 지나가는 택시를 잡아 탔다. 밴 바드까지는 몇 분 늦을 것 같았다. 그러나 그렇게 문제가 되지는 않을 것이다.

커다랗고 조용하며 보이지 않는 시계는 평상시처럼 움직이고 있었다. 그러나 나에 대해서는 전부 잊어버린 채였다. 오늘 밤 빅 클락은 다른 사람을 찾아다니리라. 빅 클락은 부품을 정비하고, 예전 어느 날 밤에 내게 도달했던 것처럼, 맹목적이고 비인간적인 방식으로 다른 사람을 찾아다닐 태세를 갖추리라. 그리고 그때는 나를 놓아 줄 것이다. 그러나 언젠가는 다시 나를 찾을 거라는 사실을 알고 있었다. 필연적으로. 머지않아.

나는 수첩을 안주머니에 확실하게 집어넣었다. 수첩에는 루이즈의 주소와 전화번호가 적혀 있었다. 물론 나는 절대 그녀에게 전화를 걸지 않을 생각이다. 재난에 가까운 불장난으로 거의 타버릴 뻔했던 것은 한 번으로 족했다. 그럼에도 불구하고, 알아 두면 즐겁고 흥미로운 번호라는 것은 분명했다.

내가 탄 택시는 속력을 늦추더니 빨간 신호등 앞에서 멈췄다. 나는 창문 밖을 내다보다가 모퉁이 가판대에 있는 신문 헤드라인을 읽었다.

**얼 재노스, 실각한 출판 기업인,
투신자살하다**

| 작품 해설 |
맨날 겪는 그 스릴러

| 역자 후기 |
하드보일드 정서로 그려낸 시대의 자화상

맨날 겪는 그 스릴러

홍지로(영화 애호가/영화자막 번역가)

마천루가 빼곡히 들어선 콘크리트 숲 속에 한 사내가 산다. 사내는 생존 경쟁에서 살아남아 안락한 가정을 꾸리고 안정적으로 생계를 유지하며 많은 사람들을 거느릴 정도로는 유능하지만, 가장 높은 곳에서 세계를 굽어보거나, 아니면 아예 밖으로 나가 이 숲의 질서 자체를 좌우하고 개편할 수 있을 정도로 전능하지는 않다. 하지만, 애초에 누가 그럴 수 있으랴? 사회는 태초에는 개인이 모여 만들었으나 순식간에 개인의 인지 범위를 월등히 넘어선 곳까지 뻗어나갔고 어느 순간 인간과 떨어져 자생하기 시작했다. 그 안에서는 맨 꼭대기에 있다고 생각한 사람조차 실은 네트워크의 수많은 결절 중 하나에 불과하다. 개성보다는 사회 네트워크 안의 자리가 그를 대변하며, 그 자리는 주변 역학에 따라 언제든 바뀔 수 있다. 최선을 다해 산다는 건 매번 자리의 요구를 충족시켜 도태되지 않고 살아남는다는 뜻일 뿐, 큰 그림을 볼 줄 아는 사람은 아무도 없다. 그렇다면 왜 아무도 알지도 못하는 그림을 위해 이렇게 내몰리듯 사는지. 가끔은 자문해 볼 때도 있지만, 그래봐야 거기까지다. 어쨌든 당장 살기 바쁘니까……

손에 땀을 쥐며 책을 읽고 났더니 갑자기 웬 중고등학생 교과서 수준의 현대사회 비판(이라기보다는 그냥 신세한탄)이 튀어나오느냐고 불쾌해하실 독자들께 양해를 부탁드린다. 무엇보다도 그 고리타분함에 관해 말하고자 꺼낸 묘사니까 조금만 참아 주시길.

이미지란 때론 놀라울 정도로 조로하는 경향이 있어서, 그것이 가리키는 진실이 여전히 유효하더라도 이미지 자체의 수명이 다하여 진실을 가리키는 능력까지 함께 잃어버릴 때가 있다. 너무 자주봐 온 탓에 새삼스럽게 공감하며 무릎을 칠 만큼의 거리조차도 확보하지 못한 채, 그저 '내가 내 귀한 시간 들여 여기까지 와서 또 이걸 보고 있어야 하나.' 하는 한숨만 자아내는 그런 이미지. 개인의 고유한 조망이 녹아들어 간 덕에 진실이 수명을 다한 뒤에도 여전히 살아남아 역사를 증언하는 이미지가 아니라, 당대에 이미 너무 많이 복제된 나머지 본래의 충격을 잃어버린 공공재 같은 이미지.

'현대 도시 사회 빌딩 숲 속에 바글거리는 잿빛 군중'도 그와 같은 이미지 중 하나다. 각종 시와 소설과 희곡과 영화와 광고와 자기계발서에서 골백번은 변주된 이 이미지가 어쨌든 아직도 진실을 가리키고 있다는 점은 분명하지만, 표현이 이토록 따분해서야 누가 신경이나 쓰겠는가.

그렇다면 다음 수순은 그와 같은 낡은 이미지—오늘날뿐만 아니라 1946년에도 이미 낡은 이미지였다—를 쇄신하기 위해 케네스 피어링이 도입한 '빅 클락'의 이미지를 예찬하는 것이 되어야 할 터인데…… 유감스럽게도 진부하기로는 '빅 클락'도 마찬가지다. 물론 조지 스트라우드가 종종 바쁜 걸음을 멈춰 가며 세상에 관해 읊조리는 말을 모두 시시하다 단언할 생각은 없다. 그의 말은 객관적이고 관조적인 진단에 그치는 대신 조지 스트라우드라는 개인의 역사와 관점에서 우러나온 감정을 담고 있고, 이는 쉬이 폄하할 문제는 아니다. 하지만 그렇더라도 '빅 클락'이라는 표현 자체는 역시 지나치게 순진하지 않은가. 더구나 이 어휘는 작중에서는 어떤 사건이나 사물을 통해서도 구체화되지 않은 채 그저 관념적인 영역에만 머무른다. 그 때문에 등장인물이 살아 숨 쉬는 세계의 경험에서 우러나왔다기보다는 스스로 작품의 주제 의식을 직접 설파하기 위해 교양사회과학서적에서 가져온 듯한 인상마저 준다. 인간을 몰아세우는 무자비한 기계로서의 세상, 시계태엽장치 속의 대체 가능한 부품과 같은 개인. 이런 비유는 과제용 독후감에 인용하기는 좋을지 몰라도 실제로 『빅 클락』을 읽으며 얻게 되는 만족감의 근원은 아니다.

그런즉 『빅 클락』의 생명력은 그 주제 자체의 참신함에 있지 않다. 기왕에 나온 시계 비유를 잠시 빌리자면, 『빅 클락』이라는 시계의 가치는 시곗바늘이 가리키는 정확한 시간보다는 내부의 톱니바퀴 하나하나가 정묘하게 맞물려 돌아가는 과정을 지켜보는 데에서 우러나온다. 또는 이렇게도 말할 수 있겠다. 그 운행 과정의 아름다움이 거꾸로 독자로 하여금 시곗바늘이 가리키는 바의 의미를 새삼 각인시킨다고. 한두 문장으로 요약 가능한 결과나 주제가 아니라 거기까지 이르는 과정의 메커니즘을 실제로 체감토록 하는 솜씨야말로 『빅 클락』의 원동력이다. 그리고 그 원동력은 크게 두 가지 형태로 구현된다. 시선의 전이와 책임의 전이.

먼저 시선의 전이. 『빅 클락』은 장 별로 다른 인물을 화자로 내세우며 시점을 뒤섞어 이야기를 끌고 간다. 그렇다고 섣불리 같은 사건에 대한 여러 시선의 중첩이라는 라쇼몽식 해석으로 빠지지는 말자. 이 작품의 이야기 방식은 그보다는 이어달리기에 가깝다. 한 화자가 자신이 목격할 수 있는 부분까지 사건을 서술하고 나면, 바통을 이어받은 다음 화자가 그 이후의 사건을 이어 전개해 나간다. 이런 구조는 화자들을 본의 아니게 하나로 묶이도록 한다. 조지 스트라우드, 얼 재노스, 스티브 헤이건, 에드워드 올린, 조젯 스트라우드, 에모리 매퍼슨, 루이즈 패터슨은 분명 이야기 속에서는 각자 자신이 아는 바를 감추거나 상대가 원치 않는 변화를 유도하면서 대립하고 있다. 그러나 이어달리기의 구조 안에서, 이들은 이야기를 서술한다는 자신의 임무이자 권리를 다음 주자에게 양도하며 하나의 이야기를 함께 형성해 가는 동지들이기도 하다. 문제는 이어달리기에서는 모든 주자가 승리하지만, 여기서는 모두가 큰 밑그림의 한 부분으로서 기능하는 톱니바퀴일 뿐, 누구도 완성된 이야기의 주체가 될 수 없다는 사실이다. 톱니바퀴가 맞물리며 동력을 전달하는 속도와 쾌감은 비할 데 없으나, 대체 누구를 위한 동력이란 말인가? 굳이 그 동력의 수신자를 찾자면 결국 독자뿐일 터, 그렇게 『빅 클락』은 이야기 구조가 안내하는 독서 과정 자체를 통해 독자가 직접 '빅 클락'의 작동 원리를 실감토록 한다.

시점의 변화를 통해 형성된 구조적 흐름이 이 이야기의 외형을

지탱한다면, 각 인물의 책임이 남에게 전이되는 과정은 이야기의 내면을 꾸려 간다. 이 사건에 연루된 사람 중 그 누구도 자신의 일을 스스로 마무리하지 못한다. 권력의 정점에 선 것처럼 보이는 얼 재노스조차도, 사건이 벌어진 뒤의 대응과 결단은 스티브 헤이건에게 맡긴다. 그 다음은? 재노스 엔터프라이즈에게 맡겨 주십시오! 헤이건은 스트라우드에게 일을 넘기고, 스트라우드는 다시 다른 직원들에게 일을 배분한다. 가장 절박하게 사건에 매달려야 하는 사람일수록 현장과는 거리가 멀고, 현장에 가까운 사람일수록 자신이 하는 일의 의미를 알지 못한다. 사건의 진짜 의미나 책임은 이 기업 네트워크 안을 거의 유령처럼 떠돌아다닌다. 주체성을 잃은 채 '작동'하는 그들의 모습 덕분에, '자신을 쫓는 수사망을 지휘하는 사나이'라는 소재의 아이러니는 한층 생생해진다. 그러고 보면 실물은 숨겨진 채로 증언과 사진만을 통해 거듭 출몰하는 루이즈 패터슨의 그림 제목이 「본질에 대한 탐구」인 것도 우연은 아니리라.

따라서 안티클라이맥스나 다름없는 『빅 클락』의 결말은 실은 이 작품에 더없이 어울리는 마무리다. 스트라우드의 갈등은 이미 한 명의 '진범'을 찍어내 처벌한다고 해결될 문제가 아니다. 재노스의 죄상을 밝혀내 시스템 안에서 '정의'를 구현하고 행복을 누리는 결말이었더라면 얼마나 가식적으로 보였을지 상상해 보시길. 그럼 반대로 아예 조직에 강한 거부감을 느낀 끝에 다 때려치우고 나가는 결말이었다면 어떨까? 하지만 재노스 엔터프라이즈의 네트워크는 쉽게 '악의 축'으로 대상화하여 대립 구도를 설정할 만한 존재가 아니다. 무엇보다도 작가가 독자로 하여금 이 책을 읽어 나가면서 이 조직의 운행 과정을 세밀히 따라가도록 하기에 그렇다. 이 조직은 썩어빠진 수뇌부 몇이 모든 부분을 마음대로 주무르는 그런 집단도 아니고, 개성 없는 로봇들의 철저한 복종으로 이루어지는 차가운 기계도 아니다. 변화하는 시점 속에서, 작가는 각각의 캐릭터가 저마다 다른 생각과 관심사를 품은 살아 있는 인간임을 분명히 한다. 그럼에도 그들은 이 조직사회에 몸담고 있다는 이유만으로 냉혹한 추적에 일조하게 되고, 피해자인 스트라우드조차 거기에 가담하는 것이다. 그 과정에 흐르는 악의 없는 무심함과 드문드문 드러나는 '인간적인' 얼굴은 그로 하여금 (그리고 독자로 하여금) 재노스 엔터프라이즈 자체를 마냥 부정하지 못하도록 한다. 그러니 별 수 있겠는가? 아무것도 해결되지 않은 채로, 그 누구의 의지와도 상관없이, 조직 자체가 운명처럼 내려와 개편을 수행한 뒤 다시 스트라우드를 쳇바퀴 도는 삶으로 던져 넣는 광경을 바라보는 수밖에.

사정이 이럴지니 마지막 장에서 루이즈 패터슨을 바라보는 스트라우드의 눈길이 암시하는 새로운 만남도 반복적인 일상으로부터의 해방이나 일탈 같은 낭만적인 개념과는 한참 거리가 멀다. 이미 그런 일탈조차도 결국은 정해진 판 안에서 게임의 규칙을 재확인하는 과정으로 이어지는 길 중 하나임을 확인한 뒤가 아닌가. 그리고 (슬픈 일이지만) 아마 그 비타협적인 무기력함이야말로 『빅 클락』이 빠르게 잘 읽히는 스릴러를 넘어 독자의 가슴을 후려치고 공감을 얻어내는 가장 큰 이유일 것이다. 끝없이 내몰리기 때문에 책장 넘기는 속도가 빨라지고, 모든 행위를 일거에 헛된 것으로 치부함으로써 주인공과 독자 모두를 '안정적인' 결말로 인도한다. 이 가혹한 아이러니에서 눈을 돌리기는 쉽지 않다.

　무엇보다도 시인이자 소설가로서 어중간한 인지도를 쌓으며 실패와 불안정으로 점철된 삶을 살아가던 비관론자 케네스 피어링이 이 작품으로 생애 가장 큰 상업적 성공을 맛보았다는 사실은, 그와 같은 세상을 살아가는 독자들이 그 무기력한 비전에 얼마나 공감했는가를 말해 주는 듯하다. 물론 영화 역사에 길이 남을 최전성기를 구가하고 있던 당대의 할리우드가 이 소설에 눈독을 들인 것도 정해진 수순. 하지만 문제는 소설의 장점이란 늘 영화로 손쉽게 옮겨지는 것이 아니라는 데에 있다. 시점이라는 개념은 영화에서는 소설에서처럼 그렇게 명확하게 구분되는 것은 아니며, 특히 스타를 중심으로 주인공이 정해진 극영화에서 시점을 자유분방하게 옮겨 가며 이야기를 전개한다는 건 쉬운 일이 아니다. 피어링이 펼쳐 보인 사회 네트워크의 건조한 악몽이 할리우드에서 재현 가능할까?

　소설 출간으로부터 2년 후인 1948년에 발표된 존 패로우 감독, 레이 밀란드, 찰스 로튼 주연의 영화 『빅 클락』은 이 질문에 지극히 영화적인 답변을 제시한다. 여기에서 '빅 클락'은 스트라우드의 머릿속에만 존재하는 상징이 아니라 재노스 엔터프라이즈 빌딩의 로비에 자리한 거대한 시계탑으로 구현된다. 이 시계탑은 빌딩 내의 다른 모든 시계 및 해외 파견소의 시계에까지 연동되어 기업 전체를 관장하는 물리적 토대다. 그런 다음 영화는 이미 사건이 벌어지고 스트라우드가 빌딩 안에 갇힌 시점에서 이야기를 시작하여 모든 갈등을 '지금 이 순간', '재노스 엔터프라이즈 빌딩 안'이라는 시공

간 안에 집약하고 있다. 게다가 폴린 델로스와의 만남을 출발점으로 보자면 몇 개월의 시간을 배경으로 하는 소설과 달리, 영화 속의 모든 사건은 24시간 만에 벌어진 상황. 피부에 와 닿는 사건의 속도나 밀도는 훨씬 강력해진다. 비록 원작의 다중 시점을 선명히 구현하지는 못했고, 얼 재노스를 시간에 대한 강박에 사로잡힌 막강한 권력자이자 최종 보스로 내세우는 통에 시스템에 대한 통찰은 다소 약해진 감은 있지만, 개인을 둘러싼 무표정한 사회 네트워크의 압박을 물리적이고 영화적인 표현 수단으로 충실히 '번역'한 셈이다. 당연히 결말 또한 이런 변화에 맞추어 바뀌었는데, 스포일러를 하지는 않겠지만 영화의 미덕을 살리는 동시에 원작에서 가볍게 언급하고 지나간 몇몇 디테일에서 힌트를 얻어 만든 결말이라는 점에서 비교하는 즐거움이 있다.

그러나 우리나라에서 좀 더 잘 알려진 영화판은 역시 1987년에 로저 도날드슨 감독이 케빈 코스트너를 주연으로 연출한 『노 웨이 아웃』일 것이다. 이 작품은 1948년판에 비해 훨씬 자유로운 각색을 선보이는데, 가령 재노스 엔터프라이즈는 미 국방부로, 얼 재노스는 국방부 장관으로 바뀌었으며, 코스트너가 연기한 주인공은 미혼으로, 국방부 장관의 애인과 하룻밤의 불장난이 아니라 진심 어린 사랑을 나누다가 사건에 휘말리게 된다. (아마도 90년대까지도 성행한 냉전 액션물의 유행 하에 나온 아이디어였겠지만) 기업 네트워크 체계를 군 정보부로 옮긴다는 아이디어 자체는 나쁘지 않다. 그러나 이 영화는 설정의 가능성을 탐구하기보다는 80년대의 풍족하고 순진무구한 할리우드 분위기에 흠뻑 빠져든 채 당시 전성기를 누리던 코스트너의 스타 이미지를 전면에 내세워 만든 기성품 스릴러로 그치고 마는 감이 있다. 일단 원작의 스티브 헤이건에 해당하는 국방부 장관 보좌관을 중심 악역으로 내세우는데, 이 캐릭터가 명령을 하달하는 데에 그치지 않고 심복을 심어 두며 수사를 거의 진두지휘하다시피 하는 바람에 코스트너가 연기한 주인공은 싸움하기만도 바쁘다. 사건 수사 과정이나 명령의 전달 체계에 관한 묘사가 대폭 줄어드는 것은 당연지사. 남는 것은 코스트너의 '열연'인데, 정작 그를 둘러싼 환경의 압박이 원작이나 1948년판 영화만 못하니 감정 표현의 깊이나 개연성이 부족하다. 그런가 하면 진 해크만이 연기한 국방부 장관의 비중을 줄인 것은 반대로 원작에 충실한 결과이지만, 결과적으로는 소설과 영화라는 매체의 차이를 드러내고 마는 패착으로 남는다. 다중 시점을 통해 사건의 구조 자체에 주목한 소설에서는 재노스가 한동안 등장하지 않더라도 별문제가 없었으나, 해크만이라는 스타의 육신을 통해 관객이 실제로 볼 수 있게 된 국방부 장관이 화면에 장시간 등장하지 않게 되자 어딘가 이야기가 헐겁다는 인상을 주는 것이다. 결국 피어링의 원작이나 1948년판 영화에서 스트라우드가 선보이는 쉴 새 없는 공작—역공작의 네트워크보다는 션 영의 미모를 내세운 애정 장면과 자동차 추격전, 격투 장면의 쾌락에 집중하는 편이 더 마음 편한 접근법이겠다.

이렇게 이미 두 번 영화화[1] 되었고, 어쨌든 두 편 모두 인기를 끌었으며, 또 그중 한 편은 영화 자체로도 빼어난 성과를 거두었다면

---

1 이외에도 알랭 코르노 감독의 이브 몽탕을 주연으로 영화화한 1976년작 『폴리스 피통 357』 역시 『빅 클락』을 원작으로 내세우고 있다. 이 영화에서는 주인공이 경찰이고, 상관의 정부와 사랑에 빠져 삼각 관계를 맺는다. 그러나 프랑스 누아르 영화의 계보를 이은 코르노는 이것을 고독한 주인공 경찰 한 사람의 불안과 자존감에 집중하여 각색했고, 결과적으로는 피어링의 소설을 원작으로 삼았다기보다는 영감의 원천으로 받아들인 정도이기에 여기서는 생략하고자 한다.

이제 만족하고 손을 거두는 게 도리일 터. 그러나 발표로부터 65년이 지난 지금 다시 피어링의 비전을 돌아보고 있노라면, 오히려 언제든 또 한 편의 영화가 새로이 기획되더라도 이상하지 않으리란 생각을 떨치기 어렵다. 그것은 한편으로는 '자신을 추적하는 사람'이라는 소재가 지닌 원형적인 매혹 때문이기도 하겠지만, 무엇보다도 피어링이 구축한 '빅 클락'의 모습이 반세기가 지난 지금 오히려 그 어느 때보다도 유효하게 느껴지기 때문이리라. 국가공권력의 역할을 대체하여 담론을 생산하고 기능을 수행하는 거대 기업체. 각자 자기 일에는 유능하지만 전체 그림은 알지도 못하고 알 수도 없는 구성원. 그들을 엮는 네트워크 위에서 벌어지는 책임 전가 또는 증발. 방향을 잃은 채 떠밀리고 있다는 걸 의식하면서도 발을 빼기는커녕 계속 흐름에 끼어 한몫할 수밖에 없는 삶, 약속된 일탈과 반복되는 귀환. 이 모두가 『빅 클락』에 고스란히 담겨 있지 않던가.

그러니 책을 덮으며 이렇게 생각할 수밖에. 바라건대 어서 『빅 클락』에 감탄하며 한숨 쉬지 않을 수 있는 날이 오기를.

하드보일드 정서로 그려낸 시대의 자화상

아침이 되면 거대한 회색빛 빌딩 안으로 사람들이 모여든다. 저마다 거대한 조직 속의 톱니바퀴가 되어 굴러가면서 필사적으로 탈출구를 찾아 헤맨다. 하지만 탈출구라고 생각했던 길이 낭떠러지였음을 뒤늦게 알게 되는 일도 흔하다. 이것이 바로 『빅 클락』에 등장하는 세상이고, 당시 미국 사회의 모습이기도 하며, 반세기가 지난 현재 우리가 사는 일상이기도 하다.

케네스 피어링은 1902년, 일리노이주 시카고 근처에 있는 오크파크라는 작은 도시에서 태어났다. 하드보일드의 선구자라고 할 수 있는 헤밍웨이와는 동향으로, 그의 고등학교 3년 후배이기도 하다. 일리노이 대학을 졸업한 피어링은 뉴욕으로 이주하여 본격적으로 시인이자 좌파 운동가로서의 활동을 시작한다. 시인 및 저널리스트로 확고한 입지를 구축한 그는 1930년대 후반부터 하드보일드 스타일의 소설을 발표한다. 그중 1946년에 발표한 『빅 클락』은 케네스 피어링의 대표작이라 할 수 있다.

1930년대 대공황 시대의 격변을 온몸으로 겪으면서 이를 자신의 저술 속에 효과적으로 녹여내었던 케네스 피어링은, 제2차세계대전이 끝나자 냉전 시대의 도래를 실감하게 된다. 대공황 시대에 접어들자 직장에서의 성공과 안정적인 가정 생활을 양립하는 것이 그 무엇보다 어려워졌다는 사실을 놓치지 않고 포착하였으며, 전후 시대에 와서는 HUAC미 하원의 비미(非美) 활동 조사 위원회에서 매카시즘으로 이어지는 본격적인 사상 검증의 시대가 올 것임을 누구보다도 먼저 눈치챘던 것이다. 그러한 인식이 바로 『빅 클락』에 녹아 있다.

  이 시기 사회를 지배하던 분위기는 반공과 반동성애였고, 이에 벗어나는 존재는 애국적이지 못한 것으로 간주되었다. 그리하여 대중문화에서도 이러한 사회 분위기가 적극 반영되었다. 영화와 소설에 등장하는 악당 보스가 동성애자라는 설정이 부쩍 늘어났고, 반공주의자를 표방하는 미키 스필레인이 당대 최고의 베스트셀러 작가로 등극하였다. 이런 사회 분위기에 비판적인 분위기를 견지했던 피어링의 작품이 당시에는 평론가들의 호평과는 달리 상업적으로 큰 조명을 받지 못했다는 사실은 어쩌면 당연했다.

  그러나 피어링은 『빅 클락』을 발표하면서 처음이자 마지막으로 상업적인 성공을 거둔다. 이 작품에는 대공황 이후에 각인된 사회적 변화의 단면과, 전쟁 이후 밀어닥칠 광풍에 대한 날카로운 인식이 모두 담겨 있다. 겉으로는 행복한 것처럼 보이는 스트라우드 일가, 거대 조직인 재노스 엔터프라이즈와 이를 구성하는 각각의 개인들, 조지 스트라우드의 행동을 지배하는 '빅 클락'의 존재 등이 한 살인 사건을 둘러싸고 조금씩 펼쳐진다. 그리 길지 않은 작품이지만 이러한 여러 요소들의 밀도가 상당하기에 결코 가벼워 보이지 않는다.

동시에 『빅 클락』은 훌륭한 스릴러이기도 하다. 매력적인 캐릭터와 흥미로운 설정을 갖추고 있음은 물론이거니와 하드보일드 특유의 작품 전체를 관통하는 정서와 여러 인물의 시점을 넘나드는 흥미로운 사건 구성이 적절하게 어우러져 있어, 하드보일드의 전성시대에 발표된 수많은 작품 중에서도 단연 발군의 재미를 보장한다. 반세기를 훨씬 넘긴 오늘날에도 여전한 평가를 받고 있는 것 역시 이 때문이다.

케네스 피어링은 1961년에 악성흑색종으로 사망한다. 생전 두 차례의 이혼을 겪고 알코올중독으로 고생했으며 공산주의자 의혹을 사 FBI의 조사를 받으며 빅 브라더의 도래를 온몸으로 겪는 등, 그의 인생은 결코 순탄하지 못했다. 어떻게 보면 자신이 그려냈던 당시 미국 사회의 부조리를 그대로 체험한 셈이었다. 그러기에 이 작품은 작가의 자기고백처럼 보여 더욱 절절하게 느껴진다.

The Big Clock
빅클락

초판1쇄 발행 2012년 11월 6일

지은이 | 케네스 피어링
옮긴이 | 이동윤
발행인 | 박세진
편   집 | 이도훈
교   정 | 박은영, 윤숙영, 이형일, 전영수
표지디자인 | 허은정
용   지 | 두송지업
인   쇄 | 대덕문화사
제   본 | 자현제책사

펴낸곳 | 피니스 아프리카에
출판등록 | 2010년 10월 12일 제25100−2010−000041호
주소 | 143-220 서울시 광진구 중곡동 639−9 동명빌딩 7층
전화 | 02−3436−8813
팩스 | 02−6442−8814
블로그 | www.finisafricae.co.kr
메일 | finisaf@naver.com